LE CHOIX DES APPARENCES

DU MÊME AUTEUR

Un été d'ombre et de lumière, De Borée, 2009
Retour aux Alizés, Belfond, 2011
Les Eaux noires, Belfond, 2012
Un automne en clair-obscur, Calmann-Lévy, 2014
La Mémoire des anges, Calmann-Lévy, 2015
Le Pacte du silence, Calmann-Lévy, 2017
Après les ténèbres, L'Archipel, 2018
D'une vie à l'autre, L'Archipel, 2019

Retrouvez l'auteure sur Facebook (Martine Delomme Auteur)

Martine Delomme

LE CHOIX DES APPARENCES

Roman

Terres de France

PRESSES DE LA CITÉ

Ce récit est une fiction, toute ressemblance avec des personnes existant ou ayant existé serait purement fortuite.

92, avenue de France – 75013 Paris
ISBN 978-2-258-16213-6
Dépôt légal : janvier 2020

Presses de la Cité
un département **place des éditeurs**

place des éditeurs

A Audrey

1

— Qu'elle aille au diable !

— Grâce à vous, elle connaît déjà l'enfer ! rétorqua maître Maillard en décochant un sourire satisfait à l'homme ulcéré.

Ce sourire de félin qu'elle affichait volontiers quand elle savait qu'elle avait tous les atouts en main pour gagner la partie et mettre à genoux le mari infidèle. Camille Maillard saisit le bras de sa cliente et l'entraîna hors de la Chambre des affaires familiales. Liliane Soirac hâta le pas, visiblement inquiète, et se retourna plusieurs fois vers son mari, qui les suivait à quelques pas en compagnie de son avocat.

— Vous avez peur ? demanda maître Maillard. S'il le faut, je vais requérir une ordonnance restrictive d'éloignement…

— Oh, non ! Je suis sûre qu'il n'est pas si mauvais que ça !

Camille Maillard ne comptait plus les fois où elle avait entendu cette petite phrase. Ces femmes qui niaient les relations extraconjugales de leur mari et refusaient de voir les manœuvres dont il était capable pour échapper à ses obligations familiales la surprenaient encore. Toutes, elles assuraient que leur conjoint n'était « pas si mauvais que cela ».

— Votre mari est un menteur invétéré, Liliane, et vous le savez.

— Ma mère dit que je devrais accepter ses conditions pour qu'il me laisse tranquille. De toute façon, je serai mieux toute seule avec les enfants.

— En quoi vous retrouver seule avec vos enfants, sans argent, pourrait-il constituer une amélioration de votre vie quotidienne ? Laissez-moi faire, toutes les chances sont de notre côté, faites-moi confiance.

Camille Maillard accompagna sa cliente jusque dans le parking souterrain et s'assura qu'elle quittait le palais de justice de Toulouse en toute sécurité. Puis elle sortit son téléphone portable de son sac et en se dirigeant vers sa voiture consulta sa messagerie vocale. Elle appela son assistante :

— C'est impensable ! Mme Delmas a encore annulé son rendez-vous ?

— Oui, maître, elle a demandé s'il était possible de le reporter à mercredi. J'ai réussi à lui trouver un créneau à 14 heures, juste avant votre première audience de l'après-midi.

— Elle ne manque pas d'air ! C'est la seconde fois qu'elle se défile au dernier moment. Je vais lui dire ma façon de penser, croyez-moi.

Agacée, Camille rangea le téléphone et démarra en lançant la climatisation. Une chaleur oppressante planait sur la ville en cette fin mai et la température avoisinait les trente degrés. Lorsqu'elle aborda l'immeuble qui abritait le cabinet d'avocats dans lequel elle était associée, Camille pesta à l'encontre de l'imbécile qui s'était approprié sa place de parking. Elle tourna en rond pendant cinq minutes avant de trouver un emplacement libre, ce qui acheva de la mettre de mauvaise humeur. Elle prit l'ascenseur jusqu'au cinquième étage, ouvrit la double porte du hall à toute volée.

— Encore un crétin qui ne sait pas lire ! Certaines places sont pourtant clairement réservées, dans le sous-sol !

— Je crois que c'est l'avocat d'un autre cabinet qui est en rendez-vous avec Ingrid… expliqua la standardiste.

— Ce n'est pas pour autant qu'il est intelligent !

Camille s'approcha du bureau de son assistante, qui s'empressa de lui remettre une pochette cartonnée.

— C'est votre billet d'avion, dit Stéphanie Maurin. Vous plaidez à Paris lundi.

— Je sais, Stéphanie, merci.

— Et Mme Delmas a bien confirmé votre rendez-vous mercredi à 14 heures.

— Elle a intérêt à être ponctuelle, cette fois, sinon je l'envoie paître ! A présent, faites en sorte qu'on ne me dérange pas, le dossier Soirac m'attend. J'espère que je vais pouvoir travailler tranquillement. Tout va de travers, aujourd'hui.

— Votre horoscope vous prédisait une journée compliquée !

— Vous croyez à ces sornettes ? s'étonna Camille en glissant le billet d'avion dans son sac. C'est complètement stupide ! Votre destin n'est pas inscrit dans les étoiles mais dans vos choix.

La réplique ironique eut l'effet d'une gifle sur Stéphanie Maurin. Elle regarda s'éloigner sa patronne, dont la coiffure flamboyait, puis elle se remit au travail en écrasant rageusement les touches de son clavier.

Camille entra dans son bureau en claquant la porte derrière elle. La vaste pièce, équipée de meubles design ultrachics, de fauteuils de cuir blanc, révélait une certaine opulence. Face au bureau, la baie offrait une vue panoramique sur Toulouse et le palais de justice, un curieux mélange de brique et de verrières, rehaussé d'une façade dix-neuvième.

Camille accrocha sa veste à la patère et posa son attaché-case par terre à côté de son fauteuil. Avec réticence, elle nota le nouveau rendez-vous avec Brigitte Delmas dans son agenda. Pourquoi avait-elle accepté cette affaire ? Elle ne la sentait pas du tout. C'est Ingrid qui avait établi le premier contact avec cette cliente avant de lui passer le relais pour se consacrer à un dossier complexe de succession.

Camille Maillard avait rejoint le cabinet d'avocats six ans plus tôt, en s'associant à Ingrid Thénar. Les deux jeunes femmes avaient suivi un parcours identique : un doctorat en droit puis l'école de la magistrature de Bordeaux, pour finalement s'engager dans le privé. Ainsi, Camille avait rejoint le cabinet familial à Strasbourg. Un groupement d'avocats d'affaires où travaillaient son père et son mari. Après son divorce, elle s'était vue dans l'obligation de quitter Strasbourg. Elle avait accepté la proposition de son amie d'université, qui venait d'ouvrir un cabinet à Toulouse, spécialisé dans les affaires familiales. Camille n'avait pas sa pareille pour défendre les dossiers les plus délicats et en quelques années elle avait acquis une solide réputation. Elle comptait parmi les meilleures avocates de la ville en matière de divorce.

Pour l'heure, le divorce de Liliane Soirac l'inquiétait. Son instinct lui soufflait que la jeune femme était fragile ; malgré les incartades répétées de son mari, elle n'avait pas encore accepté l'inévitable. La tentative de conciliation avait failli tourner au désastre. Pourtant, Camille savait affronter les pires moments d'une confrontation, quand la mauvaise foi d'un homme dépassait l'entendement. Il était clair que sa cliente était terrorisée par son mari, et elle craignait qu'elle ne tienne pas jusqu'à la fin de la procédure. Le dossier était solide, toutefois. Camille avait diligenté l'enquêteur de droit privé affilié au cabinet pour vérifier les finances du mari. Cet idiot étalait sa vie sur les réseaux sociaux, sa voiture de course, ses vacances aux Caraïbes, ses soirées dans les clubs branchés en compagnie de jeunes femmes à peine plus âgées que sa fille. Dans le même temps il ergotait pour payer les frais de scolarité de ses enfants. Adultère, désintérêt pour sa famille, abandon du domicile conjugal, Camille avait toutes les cartes en main ! Elle comptait bien les utiliser pour réclamer cinq cent mille euros de prestation compensatoire, et elle était sûre de les obtenir à condition que sa cliente lui laisse les coudées franches.

Un léger coup à la porte et Stéphanie Maurin entra sur la pointe des pieds.

— Oui ? demanda Camille, sans lever la tête de son dossier.

— Pardon de vous déranger, votre confrère a déposé ses conclusions pour la garde des enfants dans l'affaire Barreau.

— Posez ça sur la desserte.

Camille n'avait pas bougé et Stéphanie se retira aussi discrètement qu'elle était entrée. Deux ans après son arrivée au cabinet, la jeune fille redoutait toujours autant sa patronne. Autoritaire, imprévisible, Camille était le professionnalisme incarné. Elle portait des tenues chics mais strictes, une montre mais jamais de bijoux, et elle avait cette allure un peu trop masculine qui incitait à l'admirer ou à la détester. C'est bien cela son problème, pensait Stéphanie, on la craint, on l'admire, mais on ne l'aime pas. Travailler avec elle était un défi de chaque instant, dans un climat de pression permanente. Elle ne formulait jamais deux fois un ordre, et quand on avait compris ce qu'elle voulait elle était déjà passée à autre chose, au grand dam de ses interlocuteurs. Les assistantes et les secrétaires travaillaient dans un espace fait de box séparés par d'immenses cloisons vitrées, où régnait un bourdonnement feutré. Celui de Stéphanie était situé en face du bureau de Camille et la jeune fille avait souvent l'impression d'être l'objet d'une surveillance constante.

Dans l'après-midi, Camille s'accorda une courte pause pour boire un café. Elle avait installé une cafetière ultramoderne dans son bureau, car l'idée de se faire servir par l'une ou l'autre de ses collaboratrices lui répugnait. Elle choisit une capsule et lança la machine. Elle avait encore deux bonnes heures devant elle avant de quitter le cabinet. Elle fut presque tentée de programmer une alerte sur son téléphone mobile. Sabine et Benoît, les enfants de son compagnon, partaient le lendemain pour leur semaine de garde maternelle. Elle se devait de ne pas être en retard pour le dîner.

A 19 h 30, elle quitta enfin le cabinet. Une demi-heure plus tard, elle rangeait sa voiture derrière celle de Denis dans l'allée qui menait à leur maison. Elle n'eut pas le temps d'ouvrir la porte : Benoît venait à sa rencontre, tout excité.

— Tu viendras au spectacle de mon école, Camille ?

La jeune femme resta interdite. Surgi derrière son fils, Denis vola à son secours :

— Je serai là et je filmerai le spectacle avec mon portable.

— C'est une excellente idée, renchérit Camille, nous regarderons le film ensemble, d'accord ?

— D'ac !

Benoît parti, Camille rendit son baiser à Denis.

— Désolée, chéri, j'ai été un peu prise au dépourvu, mais je pense que c'est le rôle de leur mère d'assister au spectacle de fin d'année, je crois que je ne m'y sentirais pas à l'aise.

— Tu as parfaitement raison, laisse-moi gérer ça !

Camille abandonna les escarpins qu'elle portait pour pallier son mètre soixante, chaussa des ballerines à talons plats et rangea soigneusement son attaché-case, ses lunettes et ses clés. Denis l'observait. Elle semblait en pleine forme. Sans être vraiment belle, elle était séduisante. Son teint hâlé avait un éclat chaud et doré, ses cheveux mi-longs formaient des vagues savamment désordonnées autour de son visage.

Deux ans plus tôt, Camille avait défendu Eloïse, la sœur de Denis, dans une affaire de garde d'enfants particulièrement délicate. Elle avait fait la connaissance de Denis, venu soutenir Eloïse, et ils avaient sympathisé. Camille vivait seule depuis quatre ans, et à trente-quatre ans elle n'avait pas envisagé de refaire sa vie. Mais cet homme au charme discret, à la voix posée, l'avait intriguée, puis séduite. Denis était resté sur la défensive un certain temps, persuadé que la garde alternée de ses deux enfants alors âgés de quatre et six ans représenterait un handicap insurmontable pour une femme comme Camille. Contre toute attente, ce ne fut pas le cas. Après quelques mois de rencontres au cours desquelles ils avaient appris à se connaître, ils avaient tous emménagé dans la maison de Camille. Elle avait su prendre une place discrète dans la vie des enfants, leur montrer de l'affection, sans s'imposer et en évitant de jouer le rôle d'une seconde mère. Elle ne s'immisçait pas dans leur vie scolaire, sportive ou associative. Denis lui était reconnaissant de la bonne entente et de l'équilibre qui régnaient dans leur foyer.

— Le dîner est prêt ! annonça Denis. Nous pouvons passer à table.

Camille avait troqué son tailleur vert céladon contre une robe d'intérieur légère.

— Ça tombe bien, je meurs de faim. Sabine, Benoît, vous venez ?

Denis Bacquey était médecin ophtalmologiste au centre hospitalier de Toulouse. Ses horaires lui permettaient de récupérer ses enfants à la sortie de l'école, et la plupart du temps, c'était lui qui préparait le dîner. Au menu du soir, escalopes, gratin de macaronis, salade et glaces. Camille emplit les verres des enfants d'eau fraîche, tandis que Denis débouchait une bouteille de rosé.

— Papa, est-ce qu'on peut reparler du chien ? lança Sabine entre deux bouchées de macaronis.

Camille et Denis échangèrent un coup d'œil et un court silence s'imposa. A maintes reprises, Sabine avait émis le souhait d'avoir un chien.

— Je t'ai dit que nous en reparlerions après les vacances d'été, répliqua son père.

— Oui, mais si vous êtes d'accord, je dois le dire à la mère de Julien pour qu'elle nous garde le chiot.

Denis posa sa fourchette sur le bord de son assiette et fixa sa fille, les sourcils froncés.

— Je croyais que nous avions été clairs ! Ce n'est pas une décision que nous pouvons prendre à la légère. Il y a des inconvénients.

— Lesquels, papa ?

— Nous sommes absents toute la journée, qui prendra soin de ton chien pendant ce temps-là ? Et la semaine où tu es chez maman ?

En guise de réponse, la fillette sortit son téléphone portable de sa poche et fit défiler des photos jusqu'à une petite boule de poils frisottés.

— Regardez comme il est mignon, il pourra surveiller la maison et chasser les cambrioleurs !

Camille se tamponna les lèvres avec le coin de sa serviette et se pencha sur la photo.

— En effet ! Etant donné sa taille, si on est attaqués par une créature pas plus grosse qu'une chauve-souris, on a toutes nos chances !

Benoît éclata de rire et Denis sourit en regardant Camille. Son humour le surprenait toujours. Son entourage professionnel, ses amis la disaient uniquement motivée par la réussite et le prestige. On ne lui avait jamais reconnu d'autres qualités que l'ambition. Mais à ses yeux, elle avait une personnalité plus complexe, des émotions, des révoltes refoulées, des mystères qu'il ne parvenait pas à percer.

— Je te promets que nous allons réfléchir et que nous en reparlerons très vite, dit-il à sa fille avant de se tourner vers Camille : Et les vacances de juillet, au fait, tu as des projets ?

Les parents de Denis avaient proposé de leur prêter leur villa à Fréjus et les enfants avaient souscrit à cette idée avec enthousiasme.

— Je t'avoue que je n'ai pas pris le temps d'y penser, je cumule les affaires épineuses et j'ai autre chose en tête pour le moment.

Camille détestait l'idée de partir tout un mois en congé. Elle était certaine de s'ennuyer, obnubilée par le travail qui s'accumulerait en son absence. Denis avait bien compris ses réticences.

— Je pourrais partir avec les enfants, et tu nous rejoindrais un peu plus tard ?

— Oui, pourquoi pas ? C'est à qui de débarrasser la table ?

— A Sabine ! s'écria Benoît.

Il sauta de sa chaise et s'enfuit de la salle de séjour, sans demander son reste.

— Je vais t'aider, ma puce, proposa Camille en rassemblant les coupes à glace.

C'était une autre règle établie. Denis préparait le dîner, Camille et les enfants remettaient tout en ordre. Une fois la vaisselle sale dans le lave-vaisselle et les restes du repas rangés dans le réfrigérateur, Camille regarda discrètement sa montre. Denis en déduisit qu'elle s'enfermerait dans son bureau pour le reste de la soirée.

2

Camille aurait parié que sa cliente serait en retard. Et ce fut le cas. Quelques minutes à peine, mais qui justifièrent son accueil glacial. Brigitte Delmas était accompagnée de l'aîné de ses deux enfants, Adrien, âgé de quinze ans. Camille avait très vite compris qu'elle l'utilisait comme un témoin. Et il assistait, résigné, au déchirement de ses parents. Camille le salua et, sans dire un mot, il lui tendit une main molle aux ongles rongés, puis ils gagnèrent la salle de réunion. C'était une pièce lumineuse, cossue, alliant verre et bois. Camille prit place en désignant les fauteuils face à elle. Brigitte Delmas changea deux fois de siège avec son fils, avant de s'asseoir. Le jeune homme suivait le bon plaisir de sa mère et gardait la tête baissée. Au centre de l'immense table recouverte de verre, un plateau attendait avec une théière, des tasses en porcelaine de Limoges et une coupelle garnie de petits-fours. Camille ignora cette attention à l'égard des visiteurs, tapota du bout des doigts sur le coin de la table et se racla la gorge. Devant elle s'étalaient des papiers constellés de Post-it jaune vif. Elle déplaça quelques feuilles, y pêcha les conclusions de la partie adverse. Elle ne put s'empêcher de les parcourir en diagonale une dernière fois. Elle avait cerné la personnalité de sa cliente dès leur première rencontre et son instinct lui soufflait qu'elle rejetterait l'offre de l'avocat de son mari. Elle fit glisser le dossier sur la table en direction de Brigitte Delmas et feignit d'étudier les papiers épars devant elle, laissant à sa cliente le temps de découvrir les termes de son futur divorce.

En réalité, Brigitte Delmas ne lisait pas, elle observait Camille. Elle s'était renseignée sur elle. Brillante, tenace, féroce même, maître Maillard cultivait sa réputation de garce qui déteste les hommes. La personne idoine… Elle rassembla les papiers qu'elle n'avait pas encore lus et se décida enfin à les parcourir.

— Votre mari propose la garde alternée des enfants, crut bon de préciser Camille en jetant un coup d'œil en direction d'Adrien.

Il tourna brièvement la tête vers sa mère et se tapit au fond de son fauteuil, les mains dans les poches de son pantalon.

— Quant au volet financier… reprit Camille.

— Je ne lui pardonnerai jamais son aventure avec son assistante ! la coupa brutalement Brigitte Delmas. Je veux le ruiner et je compte sur vous pour ça ! Ils n'auront qu'à vivre d'amour et d'eau fraîche, sa bimbo et lui !

— Je ferai mon possible, mais je vous rappelle qu'il y a des lois et des seuils à respecter.

— Alors soutirez-lui le maximum ! Je n'ai pas l'intention de me laisser gruger. Point final. S'il le faut, je ferai en sorte qu'il ne revoie jamais ses enfants.

Adrien leva brusquement la tête et croisa le regard de Camille. Il avait pâli. Au fil de sa carrière, Camille avait appris que ce n'était jamais une bonne stratégie d'utiliser les enfants pour faire monter les enchères. Bien décidée à ne pas laisser sa cliente diriger l'entretien, elle répliqua d'une voix ferme :

— Votre mari vous offre cent quatre-vingt mille euros de prestation compensatoire, une pension alimentaire pour les enfants, l'entière jouissance de la maison et de ce qu'elle contient, et...

— Ce n'est pas suffisant ! lança Brigitte Delmas en jetant le dossier au milieu de la table. J'ai fait des recherches, moi aussi !

Elle sortit une enveloppe de papier kraft et la tendit à Camille, qui la vida de son contenu. Brigitte Delmas avait rassemblé tous les relevés de banque de son mari et une multitude de documents financiers.

— Adrien ira à l'université dans quelques années. S'il prenait à mon mari l'idée de refaire sa vie, de fonder une nouvelle famille, tous les prétextes seraient bons pour échapper à ses obligations. C'est maintenant que je veux lui rafler tout son fric.

Camille examinait sa cliente, qui avait du mal à contenir sa rage. Maigre, presque décharnée, trop maquillée pour son âge, le visage crispé de haine, elle lui inspirait une réelle antipathie.

— Je veux plus, décréta Brigitte Delmas, et je veux le démolir.

N'est-ce pas déjà fait ? se demanda Camille en se rappelant l'entrevue de conciliation, sa cliente toutes griffes dehors et, face à elle, un homme las, vaincu.

— Dépouiller quelqu'un n'est pas une chose banale, expliqua-t-elle, la justice se doit d'être équitable...

— Vous êtes mon avocate ou la sienne ?

Camille se posa brusquement la question. Depuis le début de cette affaire, elle avait l'impression d'être dans le mauvais camp.

— Très bien, dit-elle en se levant, je vais avertir mon confrère que vous refusez sa proposition. Définissez clairement ce que vous souhaitez et je présenterai une nouvelle requête.

L'entretien était terminé. Brigitte Delmas se leva à son tour, imitée par son fils. Camille les accompagna jusqu'à la porte de son bureau.

— La prochaine fois, je vous serai reconnaissante de respecter le rendez-vous arrêté, mon emploi du temps est chronométré, vous savez. A bientôt.

Après leur départ, Stéphanie Maurin entra dans le bureau de Camille avec un parapheur. Camille signa plusieurs documents, non sans les avoir soigneusement lus.

— Comment s'est passée l'entrevue avec Mme Delmas ?

— Vous voulez savoir ce que je pense ? demanda Camille.

Question purement rhétorique… se dit Stéphanie. Qui oserait l'empêcher de dire ce qu'elle pense ?

— C'est clair qu'elle veut ruiner son mari, poursuivit Camille, et elle ira jusqu'à utiliser ses enfants s'il le faut.

Elle tendit deux chemises cartonnées à la jeune fille.

— Mes conclusions après la tentative de conciliation des époux Fairon, et le dossier Lenoir. Cette affaire d'adoption plénière est complexe. Mettez-moi tout cela au propre, et faites attention à mes annotations, elles sont primordiales. Vous pourrez laisser les chemises sur mon bureau en partant ?

— Il vous faut tout cela pour ce soir ?

— Impérativement, répondit Camille sur un ton qui n'offrait pas la moindre discussion.

Stéphanie n'osa pas évoquer l'invitation de son petit ami, la table réservée au restaurant pour fêter l'anniversaire de leur première rencontre. Elle se retira et une fois dans son bureau jeta un regard courroucé en direction de sa patronne. La garce, pensa-t-elle, lui a-t-on jamais refusé quelque chose à cette pimbêche qui réussit tout ce qu'elle entreprend et qui traite les autres comme de la merde ?

Elle rédigea un court message pour Frédéric, puis, les larmes aux yeux, se plongea dans son travail.

Le divorce de Brigitte Delmas était plaidé. Le jugement fut rendu au bénéfice de l'épouse, mais Camille n'en tira aucune fierté. Alain Delmas avait accepté toutes les exigences de sa femme. Il n'avait pas cherché à se battre, au grand dam de son avocat. Enfin libérée, Camille en éprouva un vif soulagement. Une affaire qu'elle n'était pas près d'oublier.

A la sortie de la Chambre des affaires familiales, Camille échangea quelques mots avec un confrère. Elle s'attarda au greffe, mais en constatant l'heure avancée elle se hâta vers la sortie. Denis devait participer à une importante réunion à l'hôpital, et elle lui avait promis de préparer le dîner de Sabine et Benoît.

C'est en descendant les marches du palais de justice qu'elle le vit. Alain Delmas se tenait face à elle, trois marches plus bas. Il la regardait fixement ; elle se figea. Son regard n'avait rien perdu de sa tristesse, mais l'incompréhension, les reproches peut-être le rendaient plus sombre encore. Des veines gonflées palpitaient à ses tempes. Il resta un moment immobile, comme indécis, le visage levé vers Camille. Puis, sans la quitter des yeux, il sortit un revolver de sa poche, en dégagea le cran de sûreté. Camille eut un violent mouvement de recul.

Ce fut comme un étourdissement, elle crut que les marches vacillaient sous ses pieds. Elle attendit le coup de feu en se retenant de hurler, d'appeler au secours. Il devait bien y avoir du monde devant le palais de justice ? Pourquoi personne n'intervenait ? Son regard planté dans celui de Delmas, elle essayait de comprendre... Avait-il l'intention de lui tirer dessus ? Camille crut voir un imperceptible sourire sur le visage de l'homme, puis il leva l'arme vers elle. Elle ressentit une douleur violente dans la poitrine, comme si la balle la transperçait déjà. Mais ce fut la tête d'Alain Delmas qui vola en éclats, constellant de sang les vêtements de Camille.

3

Terrifiée, hagarde, Camille retenait son souffle. Elle sentait la sueur ruisseler sur tout son corps comme si l'arme était toujours pointée vers elle. Mais l'homme était étendu sur les marches, ses yeux ouverts fixant le ciel. Une plaie béante avait arraché la moitié de son crâne. Les dégâts étaient toujours plus dévastateurs à la sortie du projectile. Camille avait retenu ce détail lu dans certains rapports de balistique. Elle prit alors conscience de la foule qui avait jailli du tribunal, des voix, des cris qui s'élevaient autour d'elle. Elle fit un pas et quelqu'un la tira sur le côté. Elle remarqua les éclaboussures de sang sur son pantalon blanc, la matière cérébrale sur ses chaussures. Son déjeuner lui remonta dans la gorge. Elle se sentit entourée, bousculée, on lui posait des questions, et la même revenait sans cesse : que s'était-il passé ? Elle remarqua des téléphones portables dirigés vers elle. On la prenait en photo…

Soudain, une poigne ferme s'abattit sur son bras. Le bâtonnier du tribunal l'entraîna jusque dans son bureau, deux étages plus haut. Il lui demanda si Delmas avait tenté de s'en prendre à elle.

— C'est ce que j'ai cru au début... Il faut croire qu'il avait une autre idée en tête. Pourquoi a-t-il fait une chose pareille ? C'est de la folie.

— Comment savoir, répondit le bâtonnier, il a peut-être voulu donner une leçon à sa femme, ou envoyer un message. Un mari perdant son divorce qui se suicide sur les marches du palais de justice et juste aux pieds de l'avocate de son épouse ! Une aubaine pour la presse !

Camille crut bon de ne pas répondre. Elle pensa au sang de Delmas répandu sur elle.

— Je devrais changer de tenue...

— Non, pas dans l'immédiat. La police voudra certainement récupérer vos vêtements et on va sûrement réclamer votre témoignage.

Il passa derrière son imposant bureau Empire, décrocha le téléphone et prévint l'huissier que Camille était dans son bureau. Elle redoutait de souiller les fauteuils recouverts de tissu et préféra ne pas s'asseoir. Le cœur au bord des lèvres, les mains et les jambes tremblantes, elle s'approcha de la fenêtre et appuya son visage contre la vitre brûlante. Le bâtonnier la rejoignit.

— Respirez à fond et essayez de vous détendre avant l'arrivée des forces de l'ordre. Vous étiez la dernière à avoir approché M. Delmas, les policiers voudront vous poser des questions.

Dans son complet trois pièces gris, sa chemise blanche rehaussée d'une cravate de bon ton, il affichait la mine supérieure de celui qui prend les choses en main. Depuis la fenêtre, Camille assista à l'arrivée des pompiers, des policiers, qui éloignèrent la foule et placèrent un cordon de sécurité. Elle nota le signe de tête qu'échangèrent les urgentistes, avant de charger le corps sur une civière.

Une longue demi-heure s'écoula avant l'arrivée d'un inspecteur de police, accompagné d'une jeune femme en uniforme. L'homme se présenta, salua le bâtonnier avant de s'adresser à Camille :

— Maître Maillard ? On m'a dit que vous étiez la dernière personne à avoir parlé à M. Delmas.

— Pas exactement, mais il était près de moi quand…

Camille cherchait ses mots. Son estomac se nouait à mesure que les circonstances du drame lui revenaient en mémoire.

— Quand il a tiré, reprit-elle, il ne m'a pas adressé la parole.

— D'accord, maître, mais avant de vous poser quelques questions, nous allons devoir récupérer vos vêtements. Avez-vous autre chose à vous mettre ?

— Dans mon bureau, oui.

Camille gardait toujours une tenue de rechange, anticipant une tasse ou un verre renversés.

— L'agent Villard va vous accompagner, reprit l'inspecteur. Je vous attends ici.

Camille précéda la jeune femme jusque dans son bureau. Elle sortit un pantalon et un chemisier de son placard, puis retira ses effets tachés de sang. La jeune femme les plia et les glissa dans un sachet en plastique qu'elle referma soigneusement. Camille croisa son regard et la jeune policière lui sourit.

— Ça va aller ?

— Oui, merci, répondit Camille, je vais prendre cinq minutes pour me rafraîchir.

Après un détour par les toilettes, où elle se lava les mains et s'humecta le visage, elle retrouva l'inspecteur dans le bureau du bâtonnier. Elle prit place dans un fauteuil et attendit. A son grand soulagement, il n'y eut ni questions insidieuses, ni regards scrutateurs, l'inspecteur fit preuve d'une efficacité tranquille en allant droit au but :

— Parlons des minutes qui ont précédé le coup de feu. Vous connaissiez M. Delmas ?

— J'ai représenté son épouse dans leur procédure de divorce. Je dirais que mes rapports étaient plus personnels avec Mme Delmas.

— Essayez de vous rappeler, qu'a-t-il fait avant de tirer ? Le moindre détail peut avoir de l'importance.

Camille essaya de reconstituer la scène mais les images se dérobaient. Tout était flou dans son esprit. Son instinct la sommait de reprendre pied dans la réalité, de faire un effort. De remettre à plus tard l'angoisse, les nausées... Comme elle regrettait d'avoir accepté cette affaire !

— Je ne sais pas, dit-elle enfin. Tout ce que je peux décrire, c'est la peur que j'ai éprouvée. Il a d'abord tourné l'arme vers moi, et j'ai cru qu'il avait l'intention de s'en prendre à moi. Je...

— Ma consœur est sous le choc ! coupa le bâtonnier. Laissez-lui le temps de se reprendre. Si besoin, vous pourrez toujours la questionner ultérieurement. Bien que selon toute vraisemblance le suicide ne semble faire aucun doute.

L'inspecteur se leva et extirpa une carte de la poche de sa veste.

— Je comprends, maître. Mais si, avec le recul, quelque chose vous revient, appelez-moi. L'agent Villard va vous raccompagner chez vous, il vaut mieux ne pas prendre le volant dans votre état.

— Inutile, intervint le bâtonnier, je conduirai maître Maillard à son domicile moi-même.

Il saisit un trousseau de clés dans son attaché-case, prit Camille par le bras et précéda les inspecteurs jusqu'à la porte. Dans le couloir, ils échangèrent des poignées de main et les policiers se dirigèrent vers l'entrée principale du palais de justice, là où s'était déroulé le drame.

— Nous allons passer par le sous-sol, proposa le bâtonnier en indiquant l'ascenseur d'un signe de tête.

Ils s'approchèrent, la porte s'ouvrit devant eux. Camille se trouva nez à nez avec Adrien Delmas.

Il s'immobilisa en la voyant. Il était en compagnie d'une femme âgée d'une cinquantaine d'années qui le tenait par le bras. Camille s'avança et tendit la main au jeune homme.

— Je suis désolée de ce qui est arrivé, Adrien.

— Désolée ? répliqua-t-il en ignorant la main tendue devant lui. Vous avez un de ces culots ! Tout ce qui s'est passé est votre faute !

— Pardon ?

— Mon père n'a jamais été le salaud que vous avez décrit au juge, c'était un type bien.

— Adrien, allons-nous-en, dit la femme à ses côtés. Je suis sa tante, ajouta-t-elle en se tournant vers Camille et le bâtonnier.

— C'est votre faute, répéta le jeune homme en se détachant de l'emprise de sa tante. Vous avez défendu ma mère, vous lui avez donné le beau rôle, mais c'est une garce... Comment avez-vous pu faire une chose pareille ? C'est ça, la justice ?

Il fit un pas vers Camille, son regard planté dans le sien, des yeux sans larmes mais pleins de cris refoulés. Visiblement, il avait du mal à juguler sa colère.

— Ça suffit maintenant ! lança le bâtonnier.

D'une légère pression sur l'épaule, il poussa Camille à l'intérieur de l'ascenseur. Il pressa une touche et les portes se refermèrent. Camille s'appuya dans un coin et garda le silence.

— N'accordez pas trop de crédit aux propos de ce gamin. Il vient de perdre son père, il est sous le choc.

— Je sais. Toutefois, il n'a peut-être pas complètement tort. Je ne peux pas m'empêcher d'éprouver un certain malaise. Cette affaire était… Comment dire ? Les torts du mari n'étaient pas aussi clairement établis que dans la plupart des dossiers que je traite…

— Allons, Camille ! Vous étiez l'avocate de Mme Delmas, c'était votre rôle de la défendre en utilisant tous les arguments à votre disposition. Si l'avocat de la partie adverse n'était pas à la hauteur, vous n'y êtes pour rien. Et vous ne pouviez pas deviner ce que Delmas allait faire.

Il avait raison. Un tel dénouement était imprévisible. Et pourtant Camille avait vécu cette procédure dans l'attente permanente de complications. Ils arrivèrent près de la voiture du bâtonnier, il se pencha et ouvrit la portière devant la jeune femme. Elle posa son sac à ses pieds, attacha la ceinture de sécurité. Elle avait la gorge douloureuse et les mains moites…

— C'était son choix, conclut le bâtonnier.

Elle crut bon de ne pas le contredire. Mais elle restait convaincue que bien souvent le suicide n'était pas un choix mais, au contraire, une décision fondée sur la conviction de ne plus avoir de choix. Elle prit une longue inspiration, s'efforça de remettre de l'ordre dans ses pensées. L'inspecteur de police la pressait d'essayer de se souvenir… Delmas l'avait-il interpellée ? Elle était la seule personne qu'il regardait au moment de tirer. Elle jurerait qu'il avait souri. Un sourire furtif, résigné. Celui du sacrifice accepté. Pourquoi avait-il fait cela ? Pourquoi n'avait-il pas pensé à son fils en cet instant ? Elle revoyait le visage ravagé et furieux du gamin.

Le bâtonnier démarra et quitta le parking. Des travaux encombraient le centre-ville et il n'avait pas d'autre choix que de passer devant le palais de justice. La circulation était ralentie par les véhicules des secouristes et de la police. La foule des badauds débordait des trottoirs. Le bâtonnier donna un coup de volant à gauche et se dégagea du trafic. Deux hommes armés d'appareils photo se précipitèrent. Ils frappèrent sur les portières en faisant signe de descendre les vitres.

— Ne répondez pas ! s'écria le bâtonnier sur un ton qui ressemblait à un ordre.

Il embraya brutalement. Les flashs crépitaient. Camille se pencha en dissimulant son visage dans ses mains. La voiture fit un bond en avant sous les huées et les coups de klaxon.

4

Camille parcourut une dernière fois ses messages électroniques et vérifia son agenda du lendemain. Elle rassembla quelques dossiers dans son attaché-case, jeta un coup d'œil autour d'elle. C'était une première ! Depuis six ans, il n'y avait jamais eu aussi peu de papiers épars sur son bureau. Elle avait demandé à Stéphanie Maurin d'arrêter ses rendez-vous à 18 heures et elle avait surpris le regard étonné de son assistante. Quitter le cabinet avant tout le monde, cela aussi c'était une première.

Depuis qu'elle s'était associée à Ingrid Thénar, son travail occupait la majeure partie de son temps. Travailleuse infatigable, dotée d'une mémoire exceptionnelle, elle jonglait avec les dossiers, tirait profit du moindre détail, et toutes les affaires gagnées étaient autant de victoires personnelles.

Chaque matin, elle fredonnait sous la douche, elle anticipait les tâches de la matinée en buvant son thé. Elle n'avait pas encore quitté son domicile qu'elle avait déjà le téléphone collé à son oreille.

Mais, dans cet édifice soigneusement construit au fil de longues années de travail, un mur avait cédé. A présent, Camille se surprenait à appréhender le jour nouveau et les affaires qui l'attendaient. Elle était fatiguée mais elle refusait de l'admettre. Six jours s'étaient écoulés depuis le suicide d'Alain Delmas et elle n'était toujours pas en mesure de définir ce qui était le plus pénible. Les cauchemars qui hantaient ses nuits ou son retour au cabinet. Elle feignait d'ignorer les regards soutenus, les conversations interrompues quand elle entrait dans une pièce, les conciliabules devant le distributeur de boissons. « Cette fois, elle va craquer... Elle s'est pris une sacrée paire de claques... » Les commentaires étaient distillés en catimini, mais bien peu lui échappaient. Et l'appel de Brigitte Delmas, qui l'avait remerciée avec un soupçon de triomphe dans la voix, lui avait porté le coup de grâce. Les remerciements de ses clientes étaient pratique courante et Camille répondait comme il se devait : « J'ai rempli ma mission, rien de plus... » Suivait alors une avalanche de compliments, de gratitude. La reconnaissance presque ironique de Brigitte Delmas lui laissait un goût amer. Elle lui avait coupé la parole et lui avait raccroché au nez.

Quant à Ingrid, l'associée de Camille, elle n'avait pas été longue à trouver une issue positive au drame qui secouait encore le palais de justice :

« Le plus drôle est que cela nous vaut de nouvelles clientes ! Les femmes préfèrent une avocate qui pousse les hommes à bout.

— Tu veux dire au suicide ? avait rétorqué Camille. Rappelle-moi de le faire graver sur mes cartes de visite…

— Allons, Camille ! Tu n'es pour rien dans ce drame, tu le sais bien. »

Cette remarque, elle l'avait entendue cent fois. Elle n'y était pour rien… Pourquoi ne parvenait-elle pas à s'en convaincre elle-même ?

Avant de prendre son sac et ses clés, Camille consulta la liste des appels. Aucun journaliste. La fin tragique d'Alain Delmas avait fait couler beaucoup d'encre dans les médias régionaux. Le standard du palais de justice avait été pris d'assaut par la presse et Camille s'était vue contrainte de repousser les journalistes qui l'attendaient jusque devant la porte de son domicile. Le lendemain du drame, elle était rentrée tard et, en relevant le courrier dans la boîte aux lettres, elle avait aperçu un type armé d'un appareil photo dissimulé derrière un arbre de l'avenue. Le flash l'avait aveuglée, elle avait lâché les enveloppes et les prospectus par terre et s'était précipitée à l'intérieur de la maison en gardant la tête résolument baissée. Denis était sorti en trombe, il avait ramassé le courrier avant de rentrer la voiture de Camille dans l'allée.

Un matin, en arrivant au cabinet, Camille avait trouvé un exemplaire du quotidien sur son bureau, ouvert sur une photo d'elle, hagarde sur les marches du palais, ses vêtements maculés de sang, avec un titre accrocheur, destiné à provoquer l'émotion et à faire grimper le tirage. Un collectif de pères divorcés avait dénoncé les décisions de justice rendues dans la plupart des cas au bénéfice des femmes, et toujours à charge pour les hommes. Un rédacteur osait poser la question de la responsabilité des avocats.

Camille quitta son bureau et traversa l'open space. Stéphanie Maurin s'était rapprochée d'une de ses collègues et elle parlait à voix basse :

— Ça, elle ne l'avait pas vu venir… Elle qui ne croit pas aux astres, elle aurait mieux fait de lire son horoscope ce matin-là… Il lui prédisait une journée agitée !

Elle conclut sa remarque d'un éclat de rire, mais face au regard désespéré de sa collègue elle se retourna et se retrouva nez à nez avec sa patronne.

— Cela vous ennuierait de vous consacrer entièrement à votre travail, pour une fois ? demanda Camille d'une voix cinglante. J'attends toujours la mise à jour de ma requête dans l'affaire Daguet. Il me la faut pour demain matin, 8 heures.

Avec un soupir discret, mais agacé, Stéphanie Maurin rejoignit son bureau. Camille se retint de la suivre et de la virer sur-le-champ. Elle se contenta de l'ignorer : elle ne perdait rien pour attendre, cette petite idiote.

Elle sortit de l'immeuble et longea le trottoir en direction du square près duquel elle avait laissé sa voiture en début d'après-midi. Soudain, elle aperçut Adrien Delmas assis sur un banc à l'entrée du jardin public. Elle s'arrêta net. Il se leva en la voyant. Ils ne s'étaient pas revus depuis l'accrochage devant l'ascenseur du tribunal. Blême, les cheveux en bataille, il était méconnaissable. Il se tenait raide, les bras ballants. Camille attendit, persuadée que le jeune homme allait se précipiter vers elle. Il n'en fit rien, se contenta de la regarder. Ses traits étaient durs, étrangement figés. Cette absence de réaction était pire que ce à quoi elle s'attendait. Elle fit volte-face, hâta le pas jusqu'au parking et s'engouffra dans sa voiture.

En quittant Toulouse, elle s'arrêta devant une pharmacie, choisit un lait démaquillant, une lotion, et demanda des comprimés contre la migraine. Tandis qu'elle préparait sa carte bancaire, elle remarqua un présentoir publicitaire sur le comptoir de l'officine… Il vantait les vertus thérapeutiques d'un sédatif contre les troubles mineurs du sommeil. Camille doutait de l'efficacité d'un médicament à base de plantes, mais elle n'avait pas le temps de prendre rendez-vous chez son médecin et pas la moindre envie d'évoquer les récents événements avec une tierce personne. Elle saisit une boîte de comprimés, lut rapidement les indications au dos et l'ajouta à ses achats.

En rentrant chez elle, Camille fut accueillie par un délicieux fumet de volaille rôtie. Denis vint à sa rencontre et l'aida à se débarrasser de sa veste.

— J'ai dressé la table dans la cuisine, mais auparavant je nous ai préparé un verre dans le salon. Je voudrais te dire deux mots.

— D'accord. Où sont les enfants ?

— Dans leur chambre. Sabine prépare ses derniers contrôles avant les congés et Benoît est au téléphone avec sa mère.

Dans le salon, une bouteille de vin blanc attendait dans un rafraîchisseur. Denis avait disposé des crackers et des petits dés de fromage dans une coupelle. Camille s'installa dans son fauteuil préféré, les jambes sur un pouf, et observa Denis. Il sortit deux verres, les tourna vers la lumière et vérifia leur netteté. Elle ne le connaissait pas aussi méticuleux. Retardait-il le moment de lui parler ? Depuis quelque temps, il régnait un moment de gêne entre eux quand ils se retrouvaient seuls. Une hésitation, un silence… C'était récent, et quelque peu dérangeant. Allait-il évoquer les vacances à Fréjus ? Camille n'avait pas envie de partir un mois dans un cadre qu'elle n'appréciait pas, avec toute la famille de Denis qui défilerait. Du bruit, des cris d'enfants, des soirées barbecue qui s'éterniseraient. Ce n'étaient pas les vacances dont elle rêvait. Du moins, pas cette année.

— Comment s'est passée ta journée ? demanda Denis en servant le vin.

Camille trempa les lèvres dans le vin léger et fruité, mais elle ne toucha ni aux biscuits ni au fromage. La question de Denis la prit au dépourvu. Dès le début de leur vie commune, ils avaient décidé de ne pas évoquer leurs activités professionnelles en rentrant à la maison le soir.

— Pourquoi me demandes-tu cela ?

Denis marqua une pause, observa les reflets du vin dans la lumière, puis son regard se posa sur Camille. Elle lui adressa un sourire distrait et il se sentit mal à l'aise. Les enfants faisaient tout pour l'éviter et il ne pouvait pas leur en vouloir. Sabine lui avait même demandé s'ils pouvaient rester chez leur mère jusqu'aux vacances. Depuis cette malheureuse affaire, Camille s'était repliée sur elle-même. Denis avait noté de subtils changements dans son comportement. Son visage était défait, ses yeux trahissaient non pas de la tristesse mais de l'appréhension. Il essayait de l'aider, mais il était maladroit, et elle restait indifférente à ses tentatives d'approche, à ses marques d'affection. Il avait toujours su que des deux il était le plus aimant, le plus épris, et il l'acceptait. Après l'expérience de son premier mariage, il appréciait la vie avec Camille, organisée, sans surprise. Jusqu'à ces derniers jours…

— Camille, je sais que tu n'y es pour rien, mais cette tempête médiatique autour du suicide de ce type…

— Oui ?

— Sabine et Benoît en entendent parler tous les jours à l'école et ça les perturbe. Les gamins sont féroces entre eux.

Camille plongea le nez dans son verre, huma les notes florales du vin et but une nouvelle gorgée.

— Comment les camarades de tes enfants ont-ils établi le lien entre eux, moi et cette affaire ?

— Leur mère s'en est chargée, tu t'en doutes bien ! Elle est prête à tout pour faire réviser le jugement de garde alternée, elle rêve de récupérer les enfants en me laissant un week-end sur deux et la moitié des vacances... et comme elle fait partie de l'association des parents d'élèves, tu devines le reste. Ce dont les parents discutent à la maison parvient tôt ou tard aux oreilles des enfants.

— Je vois... et qu'est-ce que ton ex et toi attendez de moi ?

— Mais rien... Rien, Camille ! Je voulais seulement t'en toucher deux mots. Je sais que tu n'es pas responsable de ce drame épouvantable. C'est juste que la presse s'en donne à cœur joie et...

Il n'osa pas évoquer l'article paru dans le quotidien régional, elle l'avait certainement lu. Une longue interview de la sœur de Delmas, qui le décrivait comme un homme bien, dévoué à son travail et aimant sa famille. Le portrait de Brigitte Delmas était moins élogieux : « Cette sangsue lui a tout pris, ses enfants, ses biens. Il avait tout perdu. Comment voulez-vous qu'il survive à cela ? »

— Tu as raison, admit Camille en reposant son verre aux trois quarts plein sur le plateau, j'ai fait mon travail dans cette affaire, rien de tout ce qui est arrivé ensuite n'était prévisible. Mais tu ne devrais pas te tracasser outre mesure, les congés d'été débutent dans une semaine. Je suis sûre que d'ici la rentrée la presse sera passée à autre chose. Je vais faire l'impasse sur le dîner, excuse-moi, je vais me coucher.

— Ne le prends pas mal mais tu m'inquiètes, je trouve que tu n'as pas l'air d'aller bien du tout.

— Mais si, je t'assure, juste un peu de surmenage.

Camille fit un détour par la salle de bains. Elle ôta son maquillage et prit une douche tiède.

La réaction de Denis la décevait. Bien sûr, il se devait de penser à ses enfants, mais il ne faisait pas beaucoup d'efforts pour comprendre ses doutes, et cet état de choc qu'elle avait du mal à surmonter. Elle aurait aimé passer la soirée près de lui à parler de choses et d'autres, s'endormir à ses côtés.

Elle choisit un livre dans la bibliothèque où ils avaient rassemblé tous leurs ouvrages préférés, et elle se rendit dans la chambre d'amis. Une atmosphère paisible baignait la pièce plongée dans la pénombre. Elle posa son téléphone portable sur la table de nuit et se glissa dans les draps frais délicatement imprégnés d'un parfum de jasmin.

En achetant la maison, cinq ans auparavant, Camille était seule et elle avait choisi de s'installer dans cette chambre. Elle aimait les murs lambrissés de chêne clair, les rideaux turquoise, la vue sur le jardin. Quand Denis était arrivé dans sa vie, elle avait jugé plus fonctionnel d'occuper la chambre côté rue, beaucoup plus spacieuse. Il avait été plus facile d'y intégrer une commode, et un immense dressing mieux adapté à la garde-robe de deux personnes.

Camille redressa les coussins dans son dos et ouvrit son livre. Elle parcourut machinalement quelques pages. Contre toute attente, elle parvint à être captivée par l'histoire de cette famille qui avait quitté la Corrèze au début du vingtième siècle pour s'installer en Gironde et planter les premiers pieds de vigne de ce qui allait devenir un des plus prestigieux vignobles du monde.

Soudain, la sonnerie de son téléphone portable tira Camille de sa lecture. Elle vit s'afficher le numéro de son frère et hésita avant de décrocher. Elle connaissait Jean-Luc. Si elle ne répondait pas, il appellerait sur le poste fixe et, la minute suivante, Denis lui apporterait le combiné. Comme elle n'avait pas de marque-page, elle posa le livre ouvert à côté d'elle.

— Camille ! Je suis ravi de t'entendre, je me fais du souci pour toi.

La voix faussement enjouée de Jean-Luc n'augurait pourtant rien de plaisant.

— Bonsoir, Jean-Luc, merci de m'appeler, il y a si longtemps que nous ne nous sommes pas parlé.

— Je voulais prendre de tes nouvelles.

— Merci, je vais bien.

— Tu en es sûre ? Je suis au courant de cette regrettable affaire. Que s'est-il passé, exactement ?

Nous y voilà, pensa Camille. Elle se doutait bien qu'il n'avait pas appelé parce qu'il s'inquiétait pour elle.

— Je défendais l'épouse dans une procédure de divorce, et j'ai gagné.

— Ça ne me surprend pas, tu es très douée pour massacrer les mecs.

— Il paraît, oui, répliqua Camille, la gorge nouée. Je regrette sincèrement l'issue, mais je n'y suis pour rien.

— Quand même ! Le type qui se flingue à tes pieds, ce n'est pas rien.

— Que veux-tu insinuer ? Que j'ai provoqué sa mort ?

— Je n'ai pas dit ça…

— Mais tu le penses !

— Camille, on en parle jusque dans les couloirs de l'Assemblée. Le député de ta circonscription en a fait des gorges chaudes. Je te laisse imaginer combien c'est gênant pour moi.

— J'imagine, en effet.

Jean-Luc était député de la troisième circonscription du Bas-Rhin. Depuis quatre générations, c'était une tradition dans la famille Dulau. Le fils aîné était destiné à une carrière politique et le cadet à la magistrature. Pour Hector Dulau, le père de Jean-Luc et Camille, la tradition prévalait toujours. Jean-Luc avait rempli sa part du contrat, docteur en sciences économiques, conseiller régional, puis député. L'arrivée de Camille avait été le grain de sable qui avait percuté l'engrenage de plein fouet. C'était une fille ! Hector Dulau avait été si amer qu'elle ne soit pas le deuxième fils tant attendu qu'il avait refusé de la regarder. Il s'était enfui de la clinique pour aller boire un triple whisky dans le bar le plus proche. Et le pire était à venir ! Après un accouchement difficile, l'obstétricien avait émis un diagnostic sans appel : Maria Dulau n'aurait plus d'enfants.

De rage, Hector Dulau avait doté sa fille de ce prénom mixte et décidé de l'élever comme un garçon. Camille avait fait de son mieux pour respecter la coutume familiale jusqu'à l'école de la magistrature. Puis, faisant fi des traditions, elle avait opté pour le secteur privé.

Camille écoutait son frère d'une oreille distraite. Il parlait de lui… de la gêne que lui procurait le suicide d'Alain Delmas, de sa peur du scandale. Etait-il capable d'imaginer ce qu'elle ressentait, elle ? Il ressemblait en tous points à leur père. Et pourtant… une fois au cours de leur vie son frère avait pris soin d'elle. Une seule fois, et il y avait si longtemps.

— La police a conclu au suicide, coupa-t-elle, il n'y a pas à redouter le moindre scandale. Et je ne t'apprendrai pas qu'un fait divers chasse l'autre, l'intérêt des journalistes finira par s'estomper sous la pression de l'actualité.

Puis elle crut bon de changer de sujet et demanda des nouvelles de Véronique, sa belle-sœur, et de ses neveux. En raccrochant, elle éprouva un grand vide et de la tristesse aussi. Elle se posa la sempiternelle question à laquelle elle n'avait jamais trouvé de réponse : son père avait-il jamais accepté qu'elle ne soit pas le deuxième fils qu'il espérait ?

Elle prit la boîte de sédatifs sur la table de nuit et l'ouvrit. La notice recommandait de ne pas prendre plus de deux comprimés. Elle en avala trois et se demanda combien de temps mettraient les pastilles à produire l'effet escompté.

Elle finit par sombrer dans un sommeil lourd, agité de cauchemars. Des scènes défilaient par bribes, elle était sur les marches du palais de justice. Quelqu'un l'appelait. Elle se retournait. Le canon d'une arme était pointé vers elle…

5

Il était là... juste à côté de sa place de parking. Il l'épiait, dissimulé derrière un pilier. Adrien Delmas la suivait et cela durait depuis plus d'une semaine. Au moindre bruit dans son dos, les nerfs de Camille se tendaient, elle vivait dans un état de tension permanent. Cette traque devenait insupportable. Elle verrouilla sa voiture et marcha vers l'ascenseur en sentant le regard du jeune homme dans son dos. Ce n'est qu'en parvenant à l'étage du cabinet qu'elle respira plus librement.

Elle traversa l'open space, gagna son bureau en oubliant de saluer ses collaboratrices. Elle posa son attaché-case près du fauteuil et consulta le planning de sa journée. Elle recevait une nouvelle cliente dans une demi-heure et elle plaidait une affaire cruciale à 14 heures.

Soudain, elle vit l'enveloppe sur le coin de son bureau. Ordinaire, sans cachet postal, elle mentionnait son nom en caractères bâton. Camille l'ouvrit et en sortit une feuille blanche. Elle vit aussitôt le nom d'Adrien, en haut à gauche.

Mon père était la seule personne qui m'écoutait et qui me comprenait. Pourquoi s'est-il suicidé sans même un dernier mot pour ceux qu'il aimait, pour moi ? Il a choisi de mourir devant vous, comme s'il voulait dire au monde entier que c'était à cause de vous. Ma mère dit que je vais avoir de l'argent. Et alors ? Vous aussi, vous en avez, je suppose… Ça vous aide à mieux dormir quand vous savez que vous avez détruit une famille ? Vous n'avez pas compris que ma mère vous menait en bateau. C'est elle, la salope. Lui c'était un type bien. Et maintenant, je l'ai perdu. Je hais ma mère, je voudrais la voir morte. Et vous aussi.

Abasourdie, Camille décrocha le téléphone et composa le numéro de Brigitte Delmas. Celle-ci attendit la septième sonnerie pour répondre.

— Madame Delmas, cela vous arrive de surveiller votre fils ? lança Camille sans prendre la peine de la saluer. Je le trouve sur mon chemin tous les jours, près du palais de justice, dans le parking… Et là, il m'a envoyé une lettre dans laquelle il me menace de mort…

— Je suis désolée, maître. Depuis le décès de son père, Adrien me fait peur, je ne le reconnais plus. J'en ai parlé à notre médecin traitant. Il affirme qu'après le suicide d'un proche les enfants connaissent une période de révolte, ils cherchent un bouc émissaire.

— Et vous trouvez normal que ce soit moi ?

— Non, bien sûr, mais notre médecin...

— Pas besoin d'être médecin pour comprendre ce qu'éprouve votre fils, coupa Camille, fortement agacée par le ton léger de Brigitte Delmas. J'imagine qu'Adrien aurait préféré voir ses parents se séparer dans la sérénité.

— Nous n'avons rien à nous reprocher, maître.

Camille n'en était pas si sûre. Elle avait la lettre du jeune homme sous les yeux... *C'est elle, la salope.*

— C'est certainement d'un psychologue que votre fils a besoin. Et c'est votre rôle de mère de veiller sur lui et de l'empêcher de commettre des bêtises.

— Je vais lui parler...

— Soyez convaincante, madame Delmas, ou je serai contrainte de prendre des mesures déplaisantes pour vous comme pour lui.

Brigitte Delmas marqua une pause et Camille devina que ses menaces à peine voilées l'inquiétaient.

— Je... je pense que nous allons partir quelques jours chez mes parents, reprit-elle, j'espère que cela fera du bien à Adrien.

— Je l'espère aussi, répondit Camille, cette situation ne peut plus durer.

Elle raccrocha, glissa une capsule dans la cafetière et se pencha sur le parapheur, où une dizaine de documents attendaient sa signature. Elle but son café et se prépara à accueillir sa nouvelle cliente.

— Quand je pense à toutes ces années où il m'a prise pour une idiote !

Camille avait connu des cas plus difficiles à défendre. Le mari de sa cliente entretenait sa maîtresse dans un appartement parisien, et elle pensait qu'ils avaient un enfant ensemble.

— S'il le faut, je demanderai un test de paternité, déclara Camille en prenant des notes.

— C'est ça ! Et en attendant, maître, je veux qu'il quitte le domicile conjugal. Nous nous disputons comme des chiffonniers devant les enfants, la semaine dernière nous avons bien failli en venir aux mains. Et j'en ai marre de me réfugier dans la chambre d'amis dès qu'il daigne dormir à la maison, pour soi-disant profiter des enfants.

Camille ébaucha un sourire. Il n'était nul besoin de se disputer avec son conjoint pour apprécier le calme d'une chambre d'amis.

— J'ai abandonné ma carrière pour me consacrer à notre famille, il m'avait promis monts et merveilles à l'époque, ajouta Mme Couturier. Aujourd'hui, je veux qu'il assume ses responsabilités. Croyez-moi, il en a les moyens.

— Très bien, conclut Camille en se levant, mon assistante va vous communiquer la liste des documents à fournir pour ouvrir votre dossier et lancer la procédure.

Elle raccompagna sa cliente jusqu'à la porte et lui tendit la main.

— Nous allons nous revoir très bientôt.

— Je suis ravie que vous acceptiez de me défendre, je n'aurais pu faire un meilleur choix. Je connais votre réputation, vous êtes une tueuse !

Elle ne parut même pas s'apercevoir de la portée de sa remarque. Son ton était si exagérément flatteur qu'il frisait l'impudence.

Mais les mots firent mouche dans l'esprit de Camille, elle se sentit blêmir. La violence du choc l'empêcha de respirer. Elle referma la porte de son bureau, s'y adossa un instant, puis alla se préparer une autre tasse de café. En se glissant dans son fauteuil, elle prit conscience du tremblement qui l'agitait.

Soudain, le voyant du téléphone fixe clignota. Camille décrocha et Stéphanie Maurin lui rappela son déjeuner avec Denis. Elle se sentait incapable de bouger de son bureau, et elle n'avait pas faim. Elle parvint à joindre Denis et annula leur déjeuner. Elle pensa à sa plaidoirie en début d'après-midi... Elle ne se sentait pas prête. Elle *n'était* pas prête ! Elle but quelques gorgées de café et se plongea dans le divorce Breillat.

Elle s'était préparée comme d'habitude : les questions et les réponses ne laissant aucun vide, aucun temps mort. Ses plaidoiries déclamées sur un ton parfois cinglant lui valaient la considération mais provoquaient aussi de profondes inimitiés. Pour l'heure, elle écoutait l'avocat de la partie adverse en observant sa cliente. Des cheveux blond-roux, des vêtements démodés alors que son mari s'affichait dans un costume Armani. Camille entrevoyait la jeune fille que Mme Breillat avait dû être. Une étudiante ordinaire qui avait cru parvenir au sommet de l'échelle sociale grâce au mariage et qui n'avait pas compris qu'au vingt et unième siècle les princes n'épousent plus les bergères. Excepté les pervers narcissiques, qui cherchent une servante et une génitrice dévouée et soumise. Combien en avait-elle croisé, de ces femmes aimantes, romantiques, prêtes à avaler n'importe quel bobard, et qui finissaient toujours par devenir des victimes !

Tandis qu'il présentait ses conclusions, l'avocat de la partie adverse lançait des regards en coin du côté de Camille. Rien ne la stimulait autant que la crainte qu'elle provoquait chez les hommes, comme s'ils redoutaient le moment où elle se lèverait en repoussant sa robe noire en arrière d'un geste large, un sourire un tantinet arrogant aux lèvres.

Dans cette affaire, elle avait mandaté un détective privé qui n'avait pas tardé à établir que le mari de sa cliente était à la tête d'une société prospère qui engrangeait des bénéfices colossaux. Une aubaine pour l'épouse et pour le cabinet.

Quand vint le tour de Camille d'intervenir, ce fut un désastre. Elle laissa sa première phrase en suspens et, soudain, plus une seule idée ne lui vint à l'esprit. Le trou noir... Elle revoyait le revolver pointé vers elle, la main de Delmas qui bougeait lentement, le mouvement jusqu'à sa tempe et le bruit de la détonation. Il tombait à ses pieds. Le sang partout.

Camille sentit la panique la gagner, elle vérifia ses notes et sa main droite se mit à trembler. Elle lâcha le stylo, qui heurta la table avec un bruit sec. Elle était incapable d'exprimer le moindre argument en faveur de sa cliente. Sa plaidoirie ne fut rien d'autre qu'un lamentable échec.

Le juge aux affaires familiales confia la garde provisoire des enfants à leur père. C'était la plus préjudiciable des décisions ! Breillat était un tyran de la pire espèce. Et, d'expérience, Camille savait que les parents avaient parfois un pouvoir redoutable sur leurs enfants, jusqu'à leur infliger les pires souffrances. Comment avait-elle pu échouer ainsi ?

La salle des affaires familiales se vidait. Camille prit une profonde inspiration et, les nerfs à fleur de peau, entreprit de rassembler les documents épars devant elle. A cet instant, elle aurait pu s'effondrer ou se mettre à hurler. Une main se posa sur son épaule ; elle tressaillit. C'était Ingrid Thénar, son associée.

— Tu étais là ? demanda Camille, affolée.

— J'y étais. Et il faut qu'on parle !

En fin d'après-midi, elles se retrouvèrent dans le bureau d'Ingrid et, aussitôt, Camille décela une froideur inhabituelle dans le ton de sa consœur.

— Tu dois admettre que tu es à bout ! Je crois que ce serait une bonne idée que tu prennes un congé.

— C'est vrai, reconnut Camille, je suis à cran en ce moment, mais c'est passager. Je vais reprendre le dessus, je t'assure. C'est juste l'affaire de quelques jours.

Elle se tut. Même à ses propres oreilles, ses piètres explications sonnaient faux.

— A d'autres ! lança Ingrid, ulcérée. Tu te rends compte de ce qui s'est passé cet après-midi ? En temps normal, tu n'aurais fait qu'une bouchée de la partie adverse, et là, tu t'es fait avoir comme une débutante ! Ah, il doit se frotter les mains, le mari ! Tu paries qu'il sable le champagne avec son avocat en ce moment ?

C'était plus que Camille ne pouvait en supporter. Elle lança le dossier Breillat sur le bureau de son associée.

— Tu n'as qu'à reprendre l'affaire !

— C'est trop tard, ta cliente vient d'appeler, elle change de cabinet juridique.

Camille demeura bouche bée. C'était la première fois qu'elle perdait une cliente. Elle eut brusquement conscience qu'elle avait été incapable de mener à bien cette affaire, de débusquer les faiblesses de la partie adverse. Les idées l'avaient fuie. Evanouies, les reparties acerbes qui avaient fait sa réputation.

— Tu traverses une période difficile, reprit Ingrid d'une voix plus calme, je ne t'ai jamais vue ainsi.

Même ton maquillage ne peut pas dissimuler tes signes d'épuisement. Tu es rétamée ! Il faut que tu te ressaisisses… maintenant.

— D'accord, tu as raison. Quelques jours de repos me feront du bien. De toute façon, j'avais prévu de partir une semaine à Fréjus avec Denis et les enfants.

— Il te faudra plus d'une semaine pour rattraper ta piètre performance de cet après-midi.

— Mais c'est la première fois que cela m'arrive en six ans, protesta Camille, blessée par les reproches d'Ingrid, et tu me pousses dehors ?

— Bien sûr que non ! Je te demande juste de prendre du recul, non pas deux ou trois jours, mais deux ou trois semaines. Le temps que cette affaire se calme et que les médias passent à autre chose… Ne m'oblige pas à insister !

— Je croyais que nous étions amies et que je pouvais compter sur toi.

— L'amitié n'a rien à voir là-dedans, c'est la réputation du cabinet qui est en jeu. Prends quelques jours, et ne t'inquiète pas, je ferai tourner la boutique.

Camille se retint de demander à Ingrid si elle était sûre de ce qu'elle avançait. Personne n'ignorait que c'était elle qui apportait soixante-dix pour cent du chiffre d'affaires au cabinet. Avec un mari et trois jeunes enfants, Ingrid était incapable d'assumer des journées de douze à quinze heures.

— C'est ça, murmura Camille, je me tire. Dans le fond, c'est préférable, je pourrais devenir désagréable.

Elle fit demi-tour et se replia dans son bureau. Elle se laissa tomber dans son fauteuil, appuya ses coudes sur le sous-main et cacha son visage dans ses paumes. Elle ne pouvait plus maîtriser ses tremblements, sa respiration trop courte, cette vague douleur au creux de l'estomac. Et si Ingrid avait raison ? Même s'il lui était insupportable de l'accepter, elle devait s'éloigner du cabinet et du palais de justice, du moins pour un certain temps. Ecartelée entre révolte et colère, elle attendit longtemps avant de copier plusieurs dossiers importants sur une clé USB qu'elle glissa dans son attaché-case. Puis elle verrouilla les tiroirs de son bureau et quitta le cabinet, sans un mot à l'adresse de quiconque.

Camille fit quelques achats dans le centre de Toulouse, puis rentra chez elle. Une longue liste en main, Denis vérifiait le contenu des valises de Sabine et Benoît. Après leur ultime semaine chez leur mère, ils arriveraient avec d'autres effets, d'autres jeux, et comme à l'accoutumée il entasserait dans la voiture des sacs que les enfants n'ouvriraient pas.

— As-tu réfléchi ? demanda-t-il. Je suis convaincu que des vacances au soleil te feraient le plus grand bien.

Il vit aussitôt que quelque chose n'allait pas. Le visage de Camille était figé, elle paraissait surprise en voyant les valises empilées dans l'entrée. Avait-elle oublié qu'ils étaient censés partir le lendemain ? Il ne désespérait pas de la convaincre de les accompagner en arguant qu'elle avait besoin de repos.

— Veux-tu que je t'aide à préparer tes bagages ? demanda-t-il.

Il guetta son approbation, ne décela qu'une vive contrariété sur ses traits tendus. A maintes reprises, Camille avait laissé entendre qu'elle ne souhaitait pas aller à Fréjus. Elle savait qu'elle se reposerait mieux seule, mais Denis ne semblait pas le comprendre.

— Je t'ai déjà dit que je n'avais pas envie d'aller m'emmerder sur la plage pendant des jours et des jours, répondit-elle en se débarrassant de ses clés et de son sac sur la desserte de l'entrée.

Denis lui lança un regard consterné et elle comprit qu'elle lui avait fait de la peine.

— Je suis désolée, je sais que, les enfants et toi, vous aimez cette région, mais je crois que j'ai besoin de prendre du recul et de m'isoler un peu.

Elle se rendit dans la cuisine, où elle se servit un grand verre d'eau fraîche qu'elle but d'un trait. Denis la suivit, en quête d'arguments pour la persuader de changer d'avis. Il l'observa tandis qu'elle rangeait son verre dans le lave-vaisselle. Un rayon de soleil se glissa dans sa chevelure, lui donnant de jolis reflets cuivrés. L'espace d'un court instant, il crut voir une vive émotion dans son regard sombre. Elle se ressaisit aussitôt.

— Les enfants seront déçus si tu ne viens pas, dit-il enfin.

— Ils vont retrouver leurs oncles, leurs tantes et leurs cousins qu'ils voient une fois l'an, je suis sûre que je ne leur manquerai pas tant que cela.

— Tu es injuste, Camille ! Bien sûr que si, tu leur manqueras. Tu comptes beaucoup pour eux.

Elle avait encore gaffé. Elle se demanda si ce n'était pas d'un bon verre de vin ou d'un whisky qu'elle avait besoin.

— Je sais… excuse-moi. Ecoute, Denis, laisse-moi quelques jours. Je vous rejoindrai dans la deuxième quinzaine de juillet, promis !

Ils se turent et le vide se glissa entre eux. Denis encaissa le coup, le rejet de Camille l'attristait. Il était en colère, aussi. Tant de projets de voyages avaient jalonné leur vie commune. Des excursions dans des pays lointains qu'ils rêvaient de découvrir. Au dernier moment, Camille était toujours empêchée par son travail.

Le 3 juillet, Denis chargea les bagages dans sa voiture. Camille lui souhaita bon voyage. Après une brève étreinte et un baiser discret, il prit le volant.

6

Camille déposa les sacs en désordre sur le canapé. Elle était moulue. Denis était parti le samedi précédent et depuis deux jours il ne lui avait pas donné signe de vie. Dimanche, elle avait apprécié d'être enfin seule. Un peu de solitude lui semblait salutaire pour remettre de l'ordre dans ses idées et replacer les récents événements dans une perspective rationnelle. Elle devait absolument se reprendre en main et faire face aux angoisses qui l'oppressaient. Mais après avoir apprécié la sérénité d'un beau dimanche estival, elle avait ressenti une sensation de vide, puis une immense tristesse, comme si, soudain, tout se rompait autour d'elle.

Ce matin, elle essayait de se comporter comme s'il s'agissait d'un lundi ordinaire. Elle s'était levée à 6 heures, s'était imposé une demi-heure de jogging avant de prendre son petit déjeuner sur la terrasse. Le soleil était haut déjà, annonçant une journée torride. Après sa douche, Camille se planta devant son miroir et observa l'image qu'il lui renvoyait. La vue de son visage défait, de ses yeux alourdis de cernes provoqua un mouvement de recul ; la peau terne, les sourcils en bataille, le jugement était sans appel ! Elle s'ingénia à sauver les apparences, lissa ses cheveux, rehaussa ses pommettes d'un peu de blush avant d'appliquer une touche de vert irisé sur ses paupières et du brillant sur ses lèvres.

En début d'après-midi, elle décida de s'accorder du temps pour toutes ces choses qu'en temps normal elle expédiait toujours trop vite : l'institut de beauté, le salon de coiffure, où elle subit deux heures de bavardages entre clientes et employées. Puis elle s'épuisa à courir les boutiques.

En vain. Aucune de ces frivolités ne l'avait vraiment détendue. Ses pensées la ramenaient irrémédiablement aux événements qui avaient suivi le décès d'Alain Delmas. Le harcèlement d'Adrien, la presse, sa plaidoirie ratée… Et Ingrid la sommant de s'éloigner quelque temps du cabinet.

Elle considéra ses emplettes éparpillées sur le canapé. Tout un après-midi perdu dans de telles futilités ! Que lui arrivait-il ? Un long tremblement parcourut son corps. Elle pesta et se traita de mauviette. Elle se croyait moins fragile. Elle parcourut les pièces silencieuses et ouvrit les fenêtres voilées de rideaux qui frémirent dans le courant d'air qui traversa la maison. Elle décida de ranger ses achats et monta les sacs estampillés de prestigieux logos dans sa chambre. Elle suspendit les vêtements, plaça les chaussures dans le bas du dressing. Puis, passablement dubitative, elle contempla le sac à main qu'elle avait acheté sur un coup de tête. Elle ne l'utiliserait sans doute jamais. Elle se hissa sur la pointe des pieds et glissa le sac tout en haut du meuble. Au passage, elle bouscula un coffret, qui se renversa sur le tapis. Camille possédait peu de bijoux, deux montres, un collier en or serti de quelques émeraudes que Denis lui avait offert pour célébrer leurs deux ans de vie commune, et aussi sa bague de fiançailles et son alliance, cadeaux de son ex-mari. Elle ne les avait jamais portées. Elle entreprit de les ramasser, s'interrompit en découvrant le bracelet que sa grand-mère lui avait donné pour son onzième anniversaire. « Parce que tu es l'unique fille de la famille », avait-elle dit. De l'or tressé, quelques brillants, un petit bracelet d'une grande simplicité. Mais sa vue déclencha une avalanche de tendres souvenirs chez Camille. Les vacances en Bretagne chez les parents de sa mère, Marguerite et Albert. Tout à coup, des images prirent forme dans son esprit, la voix posée de sa grand-mère, les éclats de rire, les plaisanteries de son grand-père… et la maison à Tréboul, au cœur de la baie de Douarnenez. « Les Roches brunes », une bâtisse dressée sur les remparts face à la plage de sable blanc. Elle y avait laissé ses rêves, ses secrets d'enfant, avec les chapeaux de paille et les robes d'été à fines bretelles. Elle se rappelait le jardin toujours fleuri, la balançoire… et la terrasse éclairée à l'heure du dîner.

Des souvenirs revinrent, et comme un interlude paisible ils dessinèrent un sourire sur ses lèvres. Elle se revoyait, des bougies parfumées à la citronnelle entre ses petits doigts. Son grand-père les allumait et ils choisissaient ensemble le meilleur endroit où les déposer pour éloigner les moustiques.

Troublée, Camille rangea l'écrin à bijoux dans le dressing et descendit dans la cuisine. Elle sortit du réfrigérateur une tranche de jambon, quelques feuilles de salade, deux tomates, se prépara une assiette de crudités qu'elle mangea debout devant la fenêtre qui donnait sur le jardin. Le chêne avait besoin d'être élagué. A la première grosse tempête, les branches pouvaient s'écrouler sur le toit du garage. Demain, elle appellerait une entreprise d'élagage. Denis ne s'occupait jamais de l'entretien de la maison, elle s'en agaçait parfois.

L'allée, les massifs la ramenèrent à la maison de son enfance. Elle y était revenue pour les funérailles de son grand-père. En partant, elle avait serré sa grand-mère dans ses bras, caressé son visage, essuyé ses yeux rougis. Elle avait eu beaucoup de peine à refouler ses propres larmes. Camille ne pleurait jamais. Pour adoucir le chagrin de sa grand-mère, elle lui avait promis de revenir chaque été. Entre-temps, elle avait divorcé, et quitté Strasbourg pour Toulouse. Deux ans plus tard, sa grand-mère était décédée à son tour. Camille ne l'avait pas revue. Après la cérémonie au cimetière, elle s'était juré d'aller en Bretagne de temps en temps, pour ne jamais oublier ses grands-parents et la maison de son enfance. Là non plus, elle n'avait pas tenu sa promesse. Mais combien de fois s'était-elle surprise à rêver d'une plage, d'un horizon flou entre ciel et mer. Puis le père de Camille avait convaincu son épouse de vendre la maison de sa famille.

Camille se servit un verre de vin et l'emporta dans le salon. Elle feuilleta le programme des différentes chaînes, alluma la télévision. En regardant le bulletin d'information, elle laissa ses pensées vagabonder, remonter le temps jusqu'à ses vacances en Bretagne. Comme un rituel, son grand-père ne manquait jamais le journal télévisé. C'était le moment où il se servait un doigt de vin de mirabelle que sa femme préparait chaque été avec les fruits du jardin. Camille voulait toujours goûter, ses grands-parents riaient en lui assurant que ce serait pour plus tard, quand elle serait grande.

Elle avait grandi et n'avait jamais goûté le vin de mirabelle… Elle était lancinante, cette impression désagréable d'avoir abandonné ses grands-parents ; elle leur devait les plus beaux moments de son enfance, pourtant ! Elle pensa alors à toutes les promesses qu'elle n'avait pas tenues, à toutes les fois où elle avait failli. Elle affronta une nouvelle vague de tristesse, résista à l'envie de se servir un second verre de vin. Elle avait toujours jugé l'apitoiement sur soi comme un signe de faiblesse, et voilà qu'elle commençait à se prendre en pitié.

Le téléphone fixe retentit dans le silence. Elle sursauta. En entendant la voix de sa mère, elle se figea.

— Camille, oh mon Dieu que je suis contente de t'entendre ! Ton frère m'a raconté cette épouvantable histoire. Comment vas-tu ?

— Un peu de stress et de fatigue, maman, rien de grave.

— Mais tu n'as pas été blessée, n'est-ce pas ?

Camille entendit des cris d'enfants.

— Laissez-moi tranquille, je suis au téléphone ! s'écria Maria Dulau. Excuse-moi, je garde les enfants de ton frère ce soir, et les deux plus jeunes sont infernaux !

— Oui, bien sûr.

Jean-Luc avait toujours accaparé toute l'attention de leurs parents et Camille s'était contentée de la seconde place, ce qui convenait à l'enfant timide qu'elle était alors. Jusqu'à ce que son père prenne son éducation en main.

— Tu es sûre que tu vas bien ? reprit sa mère. Je m'inquiète pour toi.

Camille préféra ne pas répondre. Comment aurait-elle pu prêter le moindre crédit aux propos de sa mère ? Elles ne s'étaient pas parlé depuis des mois, elles ne s'étaient pas vues depuis six ans. Sa mère était-elle toujours aussi jolie ? Elle aurait tellement voulu lui ressembler, mais c'était son frère qui avait hérité de son teint clair, de ses traits fins.

— Et toi, maman ? coupa-t-elle. Tu vas bien ? Tu ne me donnes pas souvent de tes nouvelles.

Maria Dulau était une femme discrète par nécessité, face à un mari résolu et autoritaire. Pourtant, Camille se souvenait de grosses disputes, de cris, sa mère se réfugiant dans sa chambre en abandonnant ses enfants à la rage paternelle.

— Ton père va partir en cure à Vichy, je ne sais pas encore si je l'accompagnerai... c'est lui qui décidera. Et toi, que feras-tu pendant les vacances ?

— Denis et les enfants sont partis à Fréjus.

— Tu vas les rejoindre ?

— Non...

Et à cet instant sa décision ne faisait aucun doute ! Elle avait besoin d'être seule, de retrouver le calme, le silence de ses années de célibat. Même si cette solitude lui semblait déroutante, parfois. Une trop grande confusion régnait dans ses pensées. Elle était perdue...

— Il est parti sans toi ? s'étonna Maria Dulau. Mais c'est le rôle de ton compagnon de te soutenir dans cette épreuve...

Camille ne put s'empêcher de sourire. Sa mère était toujours si hostile envers le monde en général et les hommes en particulier. Elle eut toutefois l'impression qu'elle se montrait compatissante à son égard et elle en fut émue. Mais ce sentiment fut de courte durée.

— Ecoute, Camille, je te rappellerai, j'entends ton père qui rentre. A plus tard.

Maria raccrocha sans laisser à sa fille le temps de réagir. Stupéfaite, elle se retrouva comme une idiote, le combiné à la main. Lorsqu'elle raccrocha, le silence l'entoura, de plus en plus difficile à supporter.

Elle se rendit dans la salle de bains, enfila une robe noire, retoucha son maquillage et recoiffa ses cheveux. Elle vaporisa quelques gouttes de parfum derrière ses oreilles, jeta un dernier coup d'œil au miroir. Puis elle troqua ses mocassins d'intérieur contre une paire d'escarpins, saisit son sac à main et sortit.

Elle marcha une demi-heure en direction du centre-ville. Tout à coup, elle fit ce qu'elle n'avait pas fait depuis une éternité. Elle entra dans un bar et commanda un cognac-glace, qu'elle avala rapidement avant d'en commander un autre. Elle buvait peu d'alcool fort. Le cognac lui irrita la gorge et l'estomac. Elle ressentit une vaguc de chaleur accompagnée d'un léger vertige. Elle reposa le verre sur le comptoir, regarda autour d'elle. L'endroit ressemblait à tous les établissements branchés. Une profusion de miroirs, un luxe tapageur. Elle remarqua les clients agglutinés près du bar, assis comme elle sur de hauts tabourets design. Des tables rondes étaient disposées autour d'un piano d'où montaient les notes d'une mélodie qui lui sembla vaguement familière. Elle chercha un instant dans sa mémoire, fut incapable de se souvenir. Soudain, une idée lui traversa furtivement l'esprit... C'était lié à ce qu'elle avait fait cet après-midi, mais la sensation était confuse. Qu'avait-elle omis d'important avant de quitter son domicile ? Qu'aurait-elle dû faire ? L'idée était là, tapie dans un coin de sa tête, et se transforma très vite en agacement. Les glaçons avaient fondu dans son verre, le cognac n'avait plus aucun goût. Elle le but pourtant.

— Je peux me joindre à vous ?

Camille se tourna vers l'homme qui désignait le tabouret où elle avait posé son sac à main.

— Je ne vois pas comment je pourrais vous en empêcher, répondit-elle en retirant son sac.

L'homme se hissa près d'elle, leurs jambes se frôlèrent. Il se pencha vers elle et tenta d'engager la conversation :

— C'est du cognac ? La même chose ! lança-t-il au barman. Je vous en offre un autre ?

— Non merci, répliqua Camille.

Mais, discrètement, elle fit signe au garçon de la resservir.

Le pianiste attaquait une nouvelle rengaine. Un couple ébaucha quelques pas de danse près du piano. Camille but une gorgée d'alcool.

— Vous buvez pour « oublier » quelqu'un ou quelque chose ? demanda l'homme assis à ses côtés en mimant des guillemets du bout des doigts.

Camille ne répondit pas. Sa désinvolture étudiée lui déplaisait. Il se pencha plus près d'elle, le visage au niveau du sien.

— Si vous voulez, je peux vous aider à « oublier »…

De nouveau, il dessina des guillemets dans l'air. C'était horripilant ! Soudain, il posa une main sur le genou de Camille, elle se dégagea en le repoussant brutalement.

— Cassez-vous, espèce de bouffon !

Il perdit l'équilibre et renversa son cognac en se rattrapant au bar de justesse. Le barman s'approcha aussitôt.

— Vous avez compris ce que vient de vous dire cette dame ? Laissez-la tranquille.

— Mais pour qui elle se prend, cette pétasse ? Elle m'a fait renverser mon verre…

— Vous quittez le bar ou j'appelle les flics ! rétorqua le barman tout en essuyant le comptoir.

A contrecœur l'homme s'éloigna, après avoir jeté un regard mauvais à Camille.

— Merci, dit-elle au barman.

— Je vous en prie, ça fait partie de mon travail… Je vous sers un autre verre ?

— Non merci, répondit-elle, jugeant qu'elle avait déjà assez bu, mais je vous serais reconnaissante si vous vouliez bien m'appeler un taxi.

Il acquiesça d'un mouvement de tête et composa un numéro de téléphone sur son portable. Camille jeta un coup d'œil à la note qu'il avait posée devant elle, sortit quelques billets de son sac et ajouta un généreux pourboire.

Dans le taxi qui la ramenait chez elle, Camille eut l'impression que des relents d'alcool imbibaient son visage et ses vêtements. Elle ressentit un début de nausée et une grande lassitude l'écrasa, comme une chape de plomb. Et quelque chose continuait de la tarauder... cette idée qui, à nouveau, se dérobait.

Le taxi s'arrêta devant chez elle. Elle descendit, chancela, se retint à la portière. Elle paya la course et la voiture s'éloigna dans la nuit. Camille chercha les clés dans son sac et en levant la tête elle vit Adrien Delmas dans l'ombre. Il s'approcha d'elle et la fixa. Pas un muscle de son visage ne bougeait, même ses paupières ne cillaient pas. Camille eut le sentiment que cela durait une éternité. Elle sentit sa robe de soie coller à son dos et de légères gouttes de sueur perler dans son cou. Elle fit un pas pour rentrer chez elle, mais le jeune homme restait là, figé, entre elle et le portail.

— Maintenant, ça suffit, Adrien ! s'écria-t-elle. J'ai fait preuve de patience jusqu'ici, mais je vous préviens, si vous n'arrêtez pas de me harceler, je déposerai une plainte au commissariat de police.

Le jeune homme recula d'un pas. Ses yeux se plissèrent et il serra les poings. Soudain, il cracha au visage de Camille et fit volte-face. Sidérée, Camille hoqueta avant de s'essuyer la joue d'un revers de main. Elle se rua vers le jardin, activa la fermeture électrique du portail et remonta l'allée en courant. Puis elle se barricada chez elle et enclencha l'alarme.

La nuit fut épouvantable. Entre vomissements et migraines, Camille resta éveillée, assise dans son lit, prête à se précipiter dans la salle de bains à la moindre nausée. Elle vit les premières lueurs de l'aube filtrer à travers les persiennes. Elle se sentait incapable de bouger, elle avait l'impression de se tenir au bord d'un précipice et de regarder en bas… Il y avait bien longtemps qu'elle n'avait pas ressenti ce grand froid intérieur. Mais il n'avait pas disparu, il l'habitait toujours, et il était là, plus vivace que jamais. Le téléphone sonna une fois, deux fois. Quelle heure était-il ? Elle finit par s'assoupir pour se réveiller en sursaut à 10 heures du matin. Elle avait encore le goût de l'alcool dans la bouche ! Elle sortit de son lit au prix d'efforts colossaux et se traîna jusque dans la salle de bains. Elle se rafraîchit le visage et voulut se brosser les dents. Mais, en voyant les filets rouges dans la pâte dentifrice, elle vomit. Elle finit par se glisser sous la douche et laissa une longue cascade d'eau tiède l'inonder de la tête aux pieds. Elle repéra un point sensible sur son coude. Impossible de se rappeler comment elle s'était fait cette ecchymose. Elle pensa à Adrien. Etait-il devant sa porte ? Jusqu'à quand la surveillerait-il ainsi ? Elle se demanda si elle devait rappeler sa mère. Apparemment, Brigitte Delmas ne se souciait guère de son fils. Alors comment faire comprendre à ce gamin paumé qu'elle n'était pour rien dans la décision de son père ?

— Je ne l'ai pas tué ! dit-elle, haut et fort.

Dans le silence, sa voix résonna avec l'accent du désespoir.

Camille enfila un peignoir de bain et descendit dans la cuisine, où elle fit couler un café très fort. Elle le but à petites gorgées, accompagné de deux comprimés d'aspirine. Le remède préféré de son père contre la gueule de bois. Lorsqu'il revenait d'un rendez-vous avec l'une de ses maîtresses, il empestait l'alcool, le parfum bon marché… Il ingurgitait un café serré et de l'aspirine, avant d'aller se rafraîchir, puis il vaquait à ses occupations, comme si rien ne s'était passé.

Camille jeta un coup d'œil à son téléphone mobile, qui était resté dans l'entrée. Des appels en absence, Ingrid, son frère, et Denis, qui, de guerre lasse, avait fini par lui laisser un message. Ils étaient bien arrivés à Fréjus et ils avaient hâte qu'elle les rejoigne.

Et l'idée confuse qui la troublait depuis la veille se fit jour ! Le bracelet de sa grand-mère, la plage de sable blanc… C'est en Bretagne qu'elle voulait aller ! Et ce désir, impérieux, violent, lui sembla incontrôlable, comme si elle avait atteint un point de non-retour. Elle but quelques gorgées de café en laissant l'idée faire son chemin. Se retirer du regard des autres, se détendre, seule, une semaine ou deux… un voyage dans le temps entre ciel et mer.

Combien d'heures de route pour se rendre à Douarnenez ? Camille emporta la tasse de café dans son bureau, chercha l'itinéraire sur Internet et réserva une chambre d'hôtel pour une semaine. Elle pourrait toujours prolonger sa réservation si elle le souhaitait. Pour l'instant, elle espérait que ces quelques jours en Bretagne lui procureraient l'énergie, et surtout l'envie, de rejoindre Denis et les enfants à Fréjus.

Camille détestait faire ses bagages, c'était une corvée qu'elle repoussait toujours jusqu'à la dernière minute. Pourtant, ce matin-là, il lui fallut une demi-heure à peine pour rassembler quelques vêtements dans une valise. Elle glissa son agenda et la clé USB qu'elle avait rapportés du cabinet dans son attaché-case, prit son coffret à bijoux et fit un détour par son bureau. Elle ouvrit le coffre-fort, en retira la valisette contenant ses papiers personnels. Elle ne s'en séparait jamais. L'idée que certains d'entre eux puissent être lus par tout un chacun lui répugnait.

Elle se prépara une seconde tasse de café et vérifia si ses papiers d'identité, ses chéquiers et ses cartes de crédit étaient bien rangés dans son sac à main. Puis elle passa la maison en revue, jeta les restes contenus dans le réfrigérateur, ferma tous les volets. Tout était en ordre. Elle chargea sa voiture, programma le système d'alarme et glissa ses clés dans la boîte à gants. Elle s'assit au volant, mit le contact et écouta rugir le moteur.

Et sans plus attendre elle chaussa ses lunettes de soleil et attacha sa ceinture de sécurité… Son cœur battit plus vite. La route s'ouvrait devant elle et elle n'avait plus qu'une idée, maintenant : fuir.

7

A 22 heures, Camille entra dans Douarnenez sous une pluie battante. Elle longea la côte, finit par trouver son hôtel. Elle l'avait choisi pour le luxe et le confort d'un établissement ultramoderne, et sa situation exceptionnelle à proximité de la mer. En descendant de voiture, elle fut frappée par la fraîcheur de l'air marin. On entendait au loin le roulement des vagues, mais la mer demeurait invisible tant le ciel était bas et sombre. Un brouillard dense accompagné de bourrasques effaçait les contours de la plage tandis que le crépuscule laissait subrepticement place à la nuit. Elle avait tant attendu le moment d'apercevoir la côte. Elle fut déçue. Elle prit ses valises et hâta le pas vers l'entrée de l'hôtel.

Le hall d'accueil brillait de mille feux dispensés par les lustres et les appliques alliant bronze et verre teinté. Une moquette brun et bordeaux rehaussait le ton ivoire des murs. Des fauteuils design et des tables basses où s'entassaient des piles de journaux divers et variés meublaient l'espace largement ouvert sur un salon-bar d'où s'échappaient les notes d'une douce musique d'ambiance. A l'opposé du salon, une arche donnait sur une salle de restaurant dont la majorité des tables étaient occupées. Au fond, un escalier suivi d'une galerie menait aux étages.

Camille se présenta à l'accueil :

— Camille Dulau, j'ai réservé une chambre.

Au téléphone, elle avait mentionné son nom de jeune fille. Après son divorce, elle avait gardé son nom de femme pour exercer sa profession. Son ex-mari avait quelque peu regimbé, mais il avait fini par accepter, moyennant une compensation financière annuelle.

— Bonjour, madame Dulau, soyez la bienvenue. Je suis Bernadette Chapet, la gérante de l'établissement.

Elle avait la quarantaine passée, était d'une élégance raffinée, servie par des vêtements griffés et une coiffure aérienne qui devait nécessiter une coupe de cheveux très sophistiquée. Elle tendit à Camille une carte magnétique et une petite enveloppe blanche.

— Chambre 24, au deuxième étage. Et voici le code pour le coffre, ajouta-t-elle en baissant discrètement la voix. N'oubliez pas de le modifier, l'ascenseur est à gauche de l'escalier.

Camille prit sa valise.

— Attendez, on va vous accompagner jusqu'à votre chambre, dit Mme Chapet avec un sourire avenant. Souhaitez-vous dîner ? Il est tard, mais nous pouvons encore vous servir pendant trois quarts d'heure.

— Non merci, j'ai conduit dix heures d'affilée, je rêve d'une bonne douche et de pouvoir enfin me reposer.

Camille avait parcouru huit cent cinquante kilomètres de routes et d'autoroutes passablement embouteillées. A peine s'était-elle autorisé deux ou trois pauses-café.

— Dans ce cas, reprit Mme Chapet, n'hésitez pas à commander un plateau-repas, nous vous servirons en chambre. Sur le minibar, vous trouverez une carte proposant sandwichs, salades et desserts.

— Je vais voir, merci.

— Et si vous avez besoin de quoi que ce soit, insista Mme Chapet, n'hésitez pas à appeler la réception.

Une jeune fille s'empara de sa valise, et Camille se dirigea vers l'ascenseur. Au deuxième étage, elles longèrent le couloir jusqu'à la chambre 24. La jeune fille ouvrit la porte et s'effaça devant Camille, qui entra en la remerciant. La porte se referma automatiquement derrière elle. Elle posa sa valise et fit le tour de la chambre. De belles dimensions, elle était claire et offrait un espace bureau équipé du wifi, un coin salon avec deux fauteuils et un téléviseur à écran plat. Les murs et la moquette gris perle s'accordaient au jeté de lit et aux rideaux vieux rose et lilas. Des aquarelles et un miroir soleil apportaient une touche d'élégance discrète à la décoration. Camille testa le confort du lit, puis elle suspendit ses vêtements dans la penderie avant de ranger son nécessaire de toilette dans la salle de bains. Puis elle enferma son écrin à bijoux et sa valisette de documents personnels dans le coffre avant d'en modifier la combinaison.

Soudain, elle prit conscience qu'elle n'avait pratiquement rien mangé de la journée, excepté un minuscule paquet de chips. Elle trouva la carte posée bien en vue sur le minibar. Elle la consulta puis appela la réception et commanda une salade de quinoa, d'avocat et de crevettes, accompagnée d'un thé.

— Apportez-moi le plateau dans une demi-heure, s'il vous plaît.

Après avoir raccroché, Camille prit une douche, enfila un pyjama et un peignoir de satin assortis. Elle cherchait ses mules dans la valise lorsqu'on frappa à la porte. Elle prit sa commande et signa le reçu. Puis elle s'installa dans le coin salon et dîna en regardant le dernier bulletin d'information. La salade était fraîche et bien assaisonnée, les crevettes savoureuses, mais le thé était un peu trop fort à son goût. Son en-cas achevé, Camille fouilla dans son sac à la recherche de sa boîte de sédatifs. Agréablement surprise par l'efficacité de ce remède à base de plantes, elle en usait régulièrement. Epuisée, elle éteignit son téléphone portable, se glissa dans le lit et s'endormit en oubliant d'arrêter la télévision.

Camille ouvrit les yeux, se hissa sur ses coudes et regarda autour d'elle. Elle eut quelques secondes d'hésitation en découvrant le cadre qui l'entourait. Le lieu, le lit, les bruits n'étaient pas les siens. Où était-elle ? L'hôtel... Elle était en Bretagne. Une douce lumière filtrait à travers les voilages et traversait la chambre en un long faisceau de particules scintillantes. Elle se rendit compte qu'elle avait oublié de fermer les volets avant de se coucher. Elle regarda l'heure, en resta ébahie. Elle avait dormi huit heures d'affilée, ce qui ne lui était pas arrivé depuis une éternité. Elle s'étira longuement, un membre après l'autre, puis elle se leva, enfila son peignoir et s'approcha de la fenêtre. La veille, elle n'avait pas remarqué que la chambre donnait sur un balcon-terrasse surmonté d'un store rayé rouge et blanc et équipé d'une table, de deux transats et de trois fauteuils en rotin recouverts de satin fleuri. Elle s'avança jusqu'à la balustrade de bois verni, et encore ensommeillée elle contempla le paysage, l'immensité du large, le ciel à perte de vue et la mer à l'infini. Les bateaux laissaient derrière eux des sillons d'écume. Elle écouta le chant des mouettes qui montait jusqu'à elle. C'était magnifique et si calme... C'était le temps retrouvé des joies de l'enfance, celui des séjours en Bretagne. Le premier matin des vacances d'été plein d'émotions, quand tout était nouveau et surtout tellement simple ! Quand le bonheur n'était rien d'autre que la voix de sa grand-mère : « Camille, ma chérie, tu es réveillée ? Est-ce que tu as bien dormi ? Viens vite, le petit déjeuner est prêt, je t'ai préparé des crêpes ! »

Une heure plus tard, vêtue d'un jean et d'une tunique, Camille descendit à la réception. Une jeune fille lui indiqua le salon où le petit déjeuner était servi et lui demanda le numéro de sa chambre. Comme la plupart des établissements modernes, l'hôtel proposait un buffet. Camille composa un plateau avec un yaourt, un verre de jus d'orange et une grande tasse de café. Elle fut incapable de résister aux crêpes nappées de miel. Elle mangea de bon appétit, et en quittant le salon elle croisa la gérante dans le hall.

— Avez-vous bien dormi, madame Dulau ?

— Oh oui, parfaitement bien.

— Je ne suis pas surprise, reprit Mme Chapet, notre hôtel est calme, et nous mettons tout en œuvre pour le confort de nos clients. Vous avez retenu la chambre pour une semaine, n'est-ce pas ?

Camille acquiesça d'un signe de tête.

— Notre restaurant est ouvert uniquement le soir. N'oubliez pas de réserver votre dîner si vous le souhaitez. Nous sommes très fiers de notre sélection de poissons et crustacés.

— C'est bon à savoir, répondit Camille, amusée par l'éclair d'orgueil qui animait le regard de la gérante.

— Ce soir, par exemple, reprit celle-ci, nous servirons des raviolis de tourteau, accompagnés de pommes de terre rissolées au beurre d'ail et de pickles de fenouil, une spécialité de notre chef.

A 10 heures, Camille quitta l'hôtel et partit se promener le long des rues bordées de maisons aux façades ocre, beiges, vert d'eau ou jaune-orangé. Des roses trémières s'accrochaient aux pierres et le soleil inondait les rues de mille feux. Une impression de gaieté régnait partout. Camille acheta le journal, un livre et un guide touristique. Elle s'installa à la terrasse d'un bar face à la mer et commanda un café. En attendant d'être servie, elle déplia le quotidien régional et parcourut les gros titres des pages d'informations nationales. Des mots jaillirent devant ses yeux, catastrophe, accident… Tout à coup, elle éprouva une vive appréhension, comme si les événements dramatiques survenus à Toulouse l'avaient suivie jusqu'ici. Que je suis bête ! pensa-t-elle, en savourant la légère amertume du café. Puis elle ouvrit le guide touristique, pêcha un carnet et un stylo dans son sac et nota soigneusement les sites qu'elle voulait visiter. Mais avant tout, c'était la maison de son enfance qu'elle voulait revoir… Qu'était devenue la demeure de granit juchée sur les remparts ? Piquée par la curiosité, Camille paya sa consommation et rentra à l'hôtel, où elle rése… une table pour le dîner.

Puis elle prit sa voiture, franchit le pont-viaduc qui enjambait la rivière de Pouldavid et reliait Douarnenez à Tréboul, où avaient vécu ses grands-parents. Elle trouva un emplacement libre sur le parking près du port, traversa la place à pied et enfila une succession de rues étroites aux maisons colorées, aux seuils fleuris. Elle longea des boutiques dont les éventaires croulaient sous une profusion de ballons, de coussins de plage, de cartes postales, de livres et de jeux pour les enfants. Elle acheta un sandwich, une bouteille d'eau et un petit sac de plage.

Elle prit le chemin qui montait le long des remparts et, brusquement, s'arrêta net. Le choc fut énorme. Combien de fois avait-elle envisagé de revenir ici ? Elle avait toujours quelque chose de plus important à faire. A présent elle était là, devant ses yeux ! La maison à avancée, avec ses pignons sur lesquels descendait le toit d'ardoise. La demeure de ses grands-parents, construite sur une crête rocheuse, nichée au milieu d'une pelouse verdoyante. Elle se souvenait qu'elle était plus belle au lever du jour, dans la lumière dorée qui caressait les murs de granit. De granit aussi, le mur surmonté d'une clôture de bois qui entourait les jardins et le parc. Les propriétaires avaient gardé le nom sur la plaque près de l'entrée : *Les Roches brunes*. Les massifs étaient fleuris, les arbres taillés, comme autrefois. La maison de mon enfance, se répétait-elle. Elle était là ! Comme s'il n'avait jamais existé qu'elle dans ses souvenirs. Et elle ne pouvait en détacher son regard. Elle se rappelait le chemin qui contournait la bâtisse et menait au garage et au petit abri de jardin où son grand-père rangeait ses outils. On avait ajouté une véranda côté jardin, avec des fleurs dans des pots suspendus et un salon d'extérieur. Un peu plus loin, Camille découvrit la balançoire sous les arbres. C'était une autre balançoire, mais l'espace d'un instant elle imagina que c'était toujours la sienne. Elle eut envie de prendre quelques photos, sortit son téléphone portable. Elle prit alors conscience qu'il était resté éteint depuis la veille. Soudain, elle entendit des rires d'enfants ; deux petites filles sortirent de la maison en courant et se précipitèrent vers la balançoire. Une jeune femme apparut, portant des chapeaux et une bouteille d'eau minérale. Le cœur de Camille se serra. Derrière la clôture, elle était l'intruse. Elle rangea le portable dans son sac et reprit l'ascension des remparts. Elle arriva sur un terre-plein aménagé en espace public, avec des bancs et des tables de pique-nique. Une pancarte indiquait le chemin qui donnait accès à la mer. L'escalier, creusé à même la falaise, était raide, mais une solide rambarde permettait de descendre en toute sécurité. Camille s'arrêta à mi-parcours. De sa mémoire fusaient des images qui, brusquement, prenaient vie sous ses yeux. Les roches, le sable blanc et enfin la mer. Et la jetée qui s'avançait majestueusement dans les eaux. Une lumière éclatante dansait à l'horizon, embrasant la baie. Camille se revoyait, enfant, marcher jusqu'au bout de la jetée, escalader les rochers, courir sur la plage et se laisser tomber dans les vagues en poussant des cris de joie. Elle avait ri, elle avait joué en ces lieux. Toute son enfance lui revenait en un flux de souvenirs. Elle était surprise de les découvrir aussi vivants dans sa mémoire. Elle descendit les dernières marches de l'escalier et traversa à pas prudents une étendue de galets avant de fouler le sable clair qui crissa sous ses chaussures. Elle les retira et s'avança dans l'eau limpide. C'était un véritable petit coin de paradis qui s'animait devant ses yeux émerveillés. Son paradis... De longues minutes s'écoulèrent puis elle fit demi-tour et s'assit sur les rochers. Elle s'abandonna à un long moment de contemplation. Coupée du monde, entre mer et ciel, à l'écoute du chant des vagues, elle se sentait bien.

Les heures s'envolèrent. Camille ne se lassait pas du calme mélancolique de la plage, de la rumeur des vagues. La brise salée, fraîche, lui procurait une agréable sensation de légèreté. Le soleil brillait dans un ciel azuré où flottaient de rares nuages. Elle observa les enfants qui s'aspergeaient et couraient dans l'eau, les mères qui les essuyaient, les couvraient de crème solaire et leur distribuaient des sandwichs. Elle dévora le sien avec appétit. Elle se revoyait sur cette même plage de sable blanc en compagnie de ses grands-parents. Son grand-père jetait le ballon dans l'eau, elle courait en provoquant des éclaboussures… c'étaient des fous rires à n'en plus finir, et sa grand-mère qui s'inquiétait : « Albert, tu es sûr qu'elle a pied, la petite ? »

Soudain, elle vit les familles quitter la crique, les bras encombrés de parasols repliés, de glacières portatives, de sacs de toile. Et peu à peu le silence se glissa autour d'elle. A 19 heures, elle ressentit un creux à l'estomac. Elle mourait de faim ! Un besoin vital qu'elle n'avait pas ressenti depuis si longtemps. Elle pensa aux raviolis de tourteau de Mme Chapet, enfila ses chaussures et regagna sa voiture.

8

La semaine s'écoula. Camille vivait au présent. Jour après jour, elle découvrait le plaisir de se détendre. Elle cédait à l'oisiveté et ce sentiment était nouveau pour elle. Oubliés, les soucis des clientes, la pression des plaidoiries. En quelques jours, son existence avait pris un autre rythme, prévisible et tranquille. Le matin, elle flânait sur le port, elle achetait un exemplaire du quotidien régional, elle buvait un café en parcourant les gros titres et elle partait en l'abandonnant sur la table. Il lui arriva même de se laisser distraire par les bateaux et les passants, et de quitter la terrasse du café sans avoir ouvert le journal.

Elle s'accorda quelques heures de lèche-vitrines dans les rues commerçantes, goûta le plaisir d'essayer des tenues décontractées pour compléter les quelques effets qu'elle avait emportés à la hâte en quittant Toulouse. En choisissant un maillot de bain noir d'une coupe sobre, elle se surprit à sourire. Elle ne pensait pas que l'achat d'un simple maillot de bain pouvait lui procurer un tel bonheur.

Le matin, elle visitait l'arrière-pays, des phares, des abbayes, des musées. Un jour, elle avait suivi la route des fortifications de la presqu'île de Crozon. Elle avait découvert le site archéologique de Plouhinec et les moulins de Cléden-Cap-Sizun. Chaque jour, elle s'imprégnait de paysages, de couleurs, de senteurs. Tout était nouveau et tout était extraordinaire ! Toulouse, le palais de justice, le cabinet, cela semblait si loin.

Elle n'avait pas rallumé son portable ; personne ne savait où elle était. Cette idée avait quelque chose de rassurant et de déroutant à la fois. Elle organisait toujours son emploi du temps pour rentrer à l'hôtel en milieu d'après-midi. Elle se changeait, prenait un livre, son chapeau, et descendait sur la plage. Elle s'installait sur son drap de bain et passait des heures à contempler la mer. Elle ne se lassait pas du mouvement des flots battant le sable, poussés par la brise. Elle observait souvent les gens autour d'elle. Chaque jour, les mêmes familles revenaient et s'installaient au même endroit avec leur parasol, leur pique-nique. Avant d'aller se baigner, les parents lisaient, les enfants jouaient au ballon, couraient après leur cerf-volant ou se chamaillaient en construisant un château de sable. En les regardant, Camille se laissait pénétrer de la vie des autres, qui lui semblait si facile, si calme. Et cette simplicité la gagnait à son tour. Face à la mer sans fin, elle se sentait portée par un étrange sentiment de plénitude. Et elle attendait le moment où les touristes quittaient la plage. Quand tout était silencieux autour d'elle, elle glissait au milieu des vagues, se laissait aller à nager sur le dos, en fixant la singulière mobilité des nuages dans le ciel.

En rentrant à l'hôtel, elle prenait une douche et écoutait de la musique. Elle avait eu la sagesse d'emporter un coffret des plus beaux chefs-d'œuvre de Maria Callas. Puis elle descendait dîner. A la fin du repas, Mme Chapet venait en personne déposer une tasse de café sur le coin de sa table. Elle la gratifiait d'un chaleureux sourire que Camille lui retournait.

« Je ne veux pas vous assommer de mes bavardages », disait la propriétaire de l'hôtel comme un rituel.

Mais elle tenait à s'assurer que Camille ne manquait de rien, qu'elle appréciait son séjour à Douarnenez. Les premiers soirs, la jeune femme fut intriguée par cette marque de sollicitude. Puis, en observant la clientèle de l'hôtel, elle comprit. Elle était seule dans sa chambre, seule en sortant le matin et en rentrant. Le soir dans la salle à manger, toutes les tables de quatre personnes étaient occupées. Parfois on ajoutait une chaise qu'on empruntait à la table de Camille en s'excusant. Par contraste, sa propre table semblait infiniment triste et déserte. Mais pour autant, personne ne la regardait avec curiosité ou compassion, comme s'il n'y avait pas de honte à être seul, à disposer d'un peu d'espace.

Le mercredi, jour du marché municipal, Camille flâna le long des éventaires avant d'acheter un bouquet de fleurs pourvu d'une réserve d'eau. Elle prit sa voiture et se rendit au cimetière de Tréboul. Elle eut un peu de mal à ouvrir la lourde grille de fer forgé. Il n'y avait personne dans les allées. Elle se rappelait exactement où était le caveau familial, une stèle de granit surmontée d'une croix. Les noms de ses grands-parents étaient gravés dans la pierre ternie, sur laquelle reposaient quelques plaques funéraires défraîchies. En voyant les tombes alentour, bien entretenues, fleuries, elle éprouva un petit pincement au cœur. Elle eut un peu honte, aussi…

Ce matin-là, Camille se décida à rallumer son portable et ne compta pas moins de quarante-cinq messages, SMS et courriels confondus. Elle élimina la plupart d'entre eux et ne retint que ceux de Denis et d'Ingrid. Dans des termes presque identiques, ils étaient impatients de recevoir de ses nouvelles. Ingrid lui demandait d'avancer son retour au bureau, elle croulait sous les affaires et elle ne trouvait plus certains documents. Camille prit conscience que la clé USB contenant les dossiers qu'elle avait emportée en quittant Toulouse était toujours au fond de sa valise. Elle ne l'avait même pas ouverte. Denis, quant à lui, attendait son arrivée à Fréjus. Selon ses dires, les enfants aussi. Camille ne rédigea qu'une seule réponse pour tous les deux, à peine quelques mots : elle s'accordait encore un peu de repos. Machinalement, elle compta les jours depuis son arrivée en Bretagne. Combien de temps pourrait-elle rester encore ? Elle s'apprêtait à éteindre son téléphone lorsqu'elle découvrit un dernier e-mail et se figea. *Est-ce que tu dors bien, sale garce ?* L'expéditeur se cachait derrière une adresse anonyme : delta1245@…

Aussitôt, elle pensa à Adrien Delmas. Comment s'était-il procuré son adresse mail ? Elle imagina que pour un ado ce devait être facile. En fouillant dans les contacts et les papiers de sa mère, par exemple. Passablement contrariée, Camille éteignit son téléphone et le glissa dans son sac.

Le 14 juillet, Camille quitta l'hôtel de bonne heure. Elle s'éloigna du littoral et suivit de pittoresques routes de campagne. Des hameaux, des chapelles se dressaient çà et là. Dans la plupart des communes s'élevaient des calvaires à l'architecture compliquée d'inspiration gothique. Puis elle traversa des landes de joncs et de bruyères, des bois où coulaient de petits ruisseaux. Les voies, de plus en plus étroites, gardaient le tracé d'anciens sentiers, les bruyères, les fougères envahissaient les fossés.

Camille était dans les forêts de l'arrière-pays breton. Elle s'arrêta au bord d'un chemin et descendit de voiture. Elle reconnut alors les odeurs humides et suaves des sous-bois. Elle se souvenait ! Stupéfaite, elle se rendit compte qu'elle n'avait rien oublié des légendes que lui racontait son grand-père. Brocéliande, la forêt du roi Arthur et des chevaliers de la Table ronde réfugiés d'outre-Manche. Camille se revoyait l'hiver devant la cheminée, ou l'été sous les arbres du jardin. Elle s'installait confortablement dans son petit fauteuil d'osier et, fascinée, écoutait son grand-père lui révéler, comme si c'était encore un secret, l'histoire de la fée Morgane, de Lancelot, de la reine Guenièvre, et tout le mystère qui entourait la dernière demeure de l'enchanteur Merlin.

Ses grands-parents s'étaient donné beaucoup de peine pour embellir les moments qu'elle passait en leur compagnie. Ils avaient réussi ! Aujourd'hui encore, ces instants restaient les plus heureux de sa vie. Etait-ce pour cette raison qu'elle semblait si bien ici ? Libre ! C'était le mot qui lui venait spontanément à l'esprit. Elle avait l'impression d'être libre. Un sentiment nouveau, troublant. Elle marcha au milieu des fougères, elle aurait voulu en cueillir un bouquet, l'emporter avec elle. Elle s'arrêta, respira.

Et brusquement ce fut une évidence. Elle avait vécu ces quelques jours comme un merveilleux moment de répit. C'était terminé. Elle devait rentrer à Toulouse.

Elle reprit la direction de Douarnenez et, arrivée à l'hôtel, se réfugia dans le silence et la fraîcheur de sa chambre. Elle s'installa sur le balcon. La brise balayait les roches, la mer reflétait toutes les nuances du bleu, de l'azur à l'indigo, sous un ciel pommelé de nuages, à nul autre pareil. Camille ne se lassait pas du spectacle. Pourtant, il était temps qu'elle arrête la date de son retour. Elle s'imaginait reprenant sa vie là où elle l'avait laissée quelques jours plus tôt, les heures interminables au cabinet, les rendez-vous, les plaidoiries. Le pouvait-elle encore ? Pouvait-elle sortir indemne du drame qui s'était produit sur les marches du palais de justice, et faire comme si tout cela n'était jamais arrivé ? Quelque chose lui disait que ce n'était plus possible. Il lui semblait que le drame dont elle avait été le témoin avait inscrit une limite dans son existence. Comme si, d'un coup, une barrière s'était dressée entre le présent et l'avenir.

Camille décida de ne pas descendre dîner. La gérante lui avait dit qu'on pouvait admirer le feu d'artifice depuis le balcon qui entourait l'hôtel. Elle commanda un plateau-repas et s'installa dehors, dans un des fauteuils de rotin. Elle posa le plateau sur la table basse et dîna sans cesser de contempler la baie. Elle vit s'éteindre les derniers rayons de soleil et la nuit s'installer par petites touches. Le ciel se voila de notes améthyste, rose nacré, jusque sur la ligne d'horizon, où la mer semblait épouser les nuages. Puis il s'obscurcit, se parsema d'étoiles, et la lune apparut. Seul le clapotis des vagues troublait le silence sacré de la nuit. Jusqu'à ce qu'éclate la première fusée. Alors le ciel s'embrasa de bleu et d'or.

9

Le lendemain, le temps était calme, le ciel dégagé et lumineux. Installée devant son petit déjeuner, Camille ne pouvait détacher son regard du front de mer où naissait un somptueux lever de soleil. La surface des eaux scintillait de mille feux. Les baies du salon étaient entrouvertes et le souffle d'une légère brise vint caresser le visage de la jeune femme. Elle s'était sentie follement libre depuis le lundi précédent, libre de regarder la mer, d'admirer la lumière capricieuse du ciel, d'écouter palpiter le monde autour d'elle, et, plus merveilleux encore, libre de ne rien faire. Jusqu'à son départ impromptu pour la Bretagne, le matin était le moment où elle se préparait à une journée de course perpétuelle et qui commençait toujours par la vérification de son emploi du temps, en avalant deux tasses de thé et un toast. L'idée de contempler le lever du jour ne lui aurait jamais traversé l'esprit.

Encore une dernière journée, pensa-t-elle en étalant une généreuse couche de beurre salé sur sa tartine de pain. Elle était si bien… L'air pur, la marche, les baignades et la cuisine gastronomique qui faisait la fierté de Mme Chapet l'avaient remise à neuf. Mais le moment était venu de repartir. Le temps qu'elle s'était accordé était écoulé.

Le soleil devenait plus vif. Les yeux fixés sur les contours de l'île Tristan, Camille but son café à petites gorgées et quitta la table. A l'accueil, elle demanda qu'on lui prépare sa note, puis elle remonta dans sa chambre et se résigna à s'occuper de ses bagages. Elle plia ses vêtements en hâte et les entassa pêle-mêle dans sa valise. Elle bouclerait tout le lendemain matin, juste avant le départ. Cela lui rappelait la fin de ses vacances d'enfant. Elle était si triste lorsqu'elle devait faire ses bagages et regagner Strasbourg. Elle se pelotonnait à l'arrière de la voiture de ses grands-parents et restait silencieuse durant tout le trajet. Alors qu'elle était si volubile lorsqu'ils venaient la chercher au début des vacances ! Elle éprouvait ce même sentiment de mélancolie aujourd'hui.

Dans la lumière éclatante qui embrasait la chambre, Camille apporta la touche finale à sa valise. Elle avait choisi de passer cette dernière journée à la pointe du Raz. Elle enfila un jean, un pull léger, prit son blouson et chaussa une paire de tennis.

Pour préserver le littoral, les collectivités territoriales avaient aménagé un immense parking à plusieurs kilomètres du site. Camille trouva une place de stationnement mais se refusa à utiliser la navette. Elle emprunta un chemin de randonnée qui menait à la proue rocheuse. Les sentiers traversaient la lande fleurie de bruyères roses ; en approchant du site, le paysage devenait époustouflant. Les falaises escarpées dominaient la plage, des vagues frangées d'écume roulaient sur le sable jusqu'aux rochers. Au loin, on apercevait l'île de Sein. En se rapprochant du promontoire, Camille eut la sensation enivrante de se trouver au bout du monde. Elle respirait à pleins poumons en scrutant le ciel, où planaient quelques mouettes étrangement silencieuses.

Elle se déchaussa et marcha longtemps sur la plage, le visage tourné vers le large. Puis elle escalada quelques petits rochers et l'eau cristalline vint lui lécher les pieds. Elle s'attarda devant le spectacle fascinant, mystérieux, qu'offrait la baie des Trépassés, une interminable plage de sable, des rochers balayés par la houle du vent. Enfant, déjà, elle était émerveillée par ce lieu de légende. On disait que dans cette baie venaient s'échouer les corps des naufragés et son grand-père lui racontait que, les jours de tempête, le vent apportait les gémissements des âmes perdues en attente d'une sépulture.

Camille trouva un coin tranquille et s'assit sur un rocher. Elle sortit le sandwich qu'elle avait acheté en chemin. En grignotant, elle suivit des yeux le fracas régulier des vagues qui s'écrasaient sur les pierres. La brise, chargée d'embruns, soufflait des senteurs marines vers les terres.

Je reviendrai, se dit-elle. Et cette fois, elle sut qu'elle tiendrait parole.

L'après-midi s'écoula et le soleil disparut derrière les nuages. Le vent se renforça. La surface de l'eau se chargea de grosses vagues qui percutaient les rochers avec des bouillonnements tumultueux. A regret, Camille s'arracha à sa contemplation.

Elle reprit la route et roula doucement, les vitres entrouvertes, la caresse de l'air frais sur son visage. A mi-chemin, elle remarqua une fabrique de biscuits, les Palets bretons, vit le panneau publicitaire proposant des ventes à emporter. Elle s'arrêta. Si elle se décidait à rejoindre Denis à Fréjus, apporter des friandises aux enfants lui parut une bonne idée. Elle entra dans le magasin, tourna dans les allées, examina les présentoirs. Elle admira les pots, les assiettes en faïence de Quimper, et emplit son panier d'un assortiment de biscuits. En flânant encore, elle ajouta des chocolats, du sel de Guérande pour elle et du cidre doux pour Denis. A la caisse, elle attendait son tour pour régler ses achats lorsque son regard se posa sur une annonce : *Recherchons assistante avec références et bonnes notions de droit.* Camille relut l'annonce une deuxième fois. Puis une troisième. Longtemps après, elle se demanderait encore ce qui lui était passé par l'esprit à cet instant-là. Quand vint son tour de payer, elle demanda à rencontrer le responsable. Derrière sa caisse, la jeune employée saisonnière ne posa pas de questions. Elle décrocha le téléphone, prononça quelques mots à voix basse et, sur ses indications, Camille longea un couloir dont la cloison vitrée donnait sur un atelier. Des gens s'activaient, des machines tournaient. Elle frappa à la porte au bout du couloir. Une voix masculine l'invita à entrer. Elle pénétra dans le bureau, un homme se leva et lui tendit la main. Légèrement plus âgé qu'elle, il était brun, large d'épaules avec un début d'embonpoint. Il était vêtu simplement d'un jean et d'un tee-shirt.

— Bonjour. Yves Valand. Asseyez-vous, je vous en prie.

— J'ai vu votre annonce à la caisse, dit-elle en prenant place, le poste est-il pourvu ?

— Non, pas encore. Vous êtes à la recherche d'un emploi ?

— Pas exactement, expliqua Camille. En fait je suis de passage, et…

— Et vous avez décidé de rester ? demanda Yves Valand.

Les sourcils levés, les coudes appuyés sur le rebord de son siège, il l'examina avec intérêt. Il avait reçu deux candidates au cours de la semaine, et il n'avait pas donné suite. Trop jeunes et inexpérimentées. D'emblée, cette jeune femme l'intrigua, la tête droite, les épaules rejetées en arrière, une voix bien timbrée, elle avait des manières strictes et élégantes. Quelque chose clochait : elle ne correspondait pas à l'image qu'il se faisait d'une assistante en quête d'emploi. Que faisait-elle dans son bureau ?

Camille se rendit compte de l'attention qu'il lui portait et mesura ce que sa démarche avait d'incongru. Pourquoi avait-elle souhaité le rencontrer ? Il lui avait demandé si elle comptait rester dans la région...

— Je ne sais pas, répondit-elle enfin, je suis avocate et...

Elle résista à l'envie de se lever, de partir en courant, et malgré cela elle soutint le regard de cet homme qui ne cessait de la fixer.

— Avocate ? s'étonna-t-il. J'ai besoin d'une assistante avec des compétences juridiques, certes, mais ne pensez-vous pas que vous êtes surqualifiée pour ce poste ?

Il devenait urgent qu'elle trouve quelque chose à dire. Mais comment lui expliquer la réaction impulsive, incontrôlable, qui l'avait guidée dans son bureau ? Elle ne se l'expliquait pas elle-même. Elle saisit le premier prétexte qui lui vint à l'esprit :

— Je viens de vivre un divorce très difficile...

Elle s'interrompit. Etait-ce un mensonge éhonté ou une demi-vérité ? Elle avait réellement vécu un divorce difficile, même si c'était celui des époux

Delmas. Au fond, quelle importance si elle lui disait la vérité ? Autant jouer la carte de la franchise… Il y avait peu de chances qu'il accepte de l'embaucher et demain elle serait partie. Tout bien considéré, elle préférait parler de sa vie à Toulouse plutôt que d'évoquer le cabinet juridique de sa famille à Strasbourg. Elle planta son regard dans celui d'Yves Valand et lui raconta le divorce de sa cliente, le suicide.

— J'ai besoin de m'éloigner, conclut-elle, de prendre du recul pendant un certain temps.

Prendre du recul, marquer une pause… c'était le prétexte à sa fuite ! Elle avait toujours su prendre du recul face aux aléas de sa vie.

— Je comprends, assura-t-il, l'air grave, c'est fou comme tout peut basculer en quelques minutes, mais ce n'était pas votre faute.

Soudain, Camille se mit à trembler. Elle revoyait toute la scène, les cris, le coup de feu. Ce n'était pas sa faute, une explication qui résonnait comme une rengaine qu'on lui chantait depuis des semaines !

— Et pourtant, les images n'ont pas cessé de tourner en boucle dans ma tête, et je n'ai pas cessé de me demander ce que j'aurais pu faire pour éviter cela.

— Rien, sans doute… C'était totalement imprévisible.

Il se tut et l'observa. Une autorité naturelle émanait de la posture de cette femme, sa personnalité piquait sa curiosité.

— Que savez-vous de la fabrication des biscuits bretons ? demanda-t-il sur un ton plus léger.

— Peu de chose, avoua-t-elle, à part que je les aime.

Elle montra son cabas plein à craquer.

— La maison existe depuis 1946, et a toujours su garder un caractère familial. A l'époque, le fondateur utilisait le lait de ses vaches pour fabriquer le beurre. J'ai rejoint l'équipe il y a dix ans tout juste, comme chef de production, avec pour mission d'élargir la gamme, de conquérir de nouveaux marchés. Il faut vous dire que je suis pâtissier et meilleur ouvrier de France.

Il désigna, posé sur le coin du meuble de rangement, un petit cadre à l'intérieur duquel il posait, quinze ans plus jeune, vêtu d'une veste blanche au col tricolore. Camille pensa au cuisinier du restaurant de Toulouse où elle invitait parfois ses clientes. Les diplômes, les portraits du chef dans sa tenue immaculée de meilleur ouvrier de France fleurissaient sur les murs de la salle à manger.

— Félicitations ! dit-elle. Je sais que cette distinction récompense des artisans de grand talent.

— Merci, répliqua-t-il, un peu surpris. Quand la fabrique a été mise en vente, faute de repreneur familial, j'ai franchi le pas. Je vois que vous avez fait une sélection parmi notre gamme, ajouta-t-il en désignant son sac. Nous fabriquons aussi le fameux kouign-amann, la spécialité bretonne par excellence.

Il se leva, ouvrit la vitrine placée derrière son bureau, en sortit plusieurs paquets de biscuits. Il défit les emballages et les posa devant Camille.

— Voici des produits qui ne sont pas encore commercialisés, des sablés aux éclats d'amande chocolatés, enrobés d'un nappage à la vanille, et des madeleines fourrées de caramel au beurre salé. Je vous en prie, goûtez !

Camille choisit les madeleines au caramel. Elles étaient délicieuses et elle ne se priva pas de le lui dire.

— Mais pourquoi les notions de droit sont-elles si importantes dans votre profil de recrutement ?

— Je passe plus de la moitié de mon temps à surveiller la fabrication, et la majorité du temps qu'il me reste à inventer de nouvelles recettes. Et, comme dans toute entreprise, je rencontre des litiges avec les fournisseurs, les clients, et ne parlons pas des transporteurs ! Une bonne partie de nos produits est écoulée par le biais du Net et des ventes par correspondance. Nous fournissons aussi des boutiques de produits fins et artisanaux un peu partout en France. Actuellement, je suis en pourparlers avec un producteur de cidre, l'objectif étant de constituer un regroupement pour assurer la promotion, le traitement des commandes, les expéditions. Je vous avoue que tout cela est fastidieux à mettre en place.

— Et dans un contrat, la moindre erreur peut entraîner des conséquences interminables dont les parties ne sortent jamais indemnes, précisa Camille.

— C'est tout à fait cela. J'ai une secrétaire-comptable et un jeune homme en contrat de qualification qu'il faudrait sans doute former. Comme je vous l'ai dit, je n'ai pas assez de temps. J'ai besoin d'une collaboratrice polyvalente, et de confiance, à qui je puisse déléguer une part de mes responsabilités.

Camille se tapit dans le fond de son fauteuil. A nouveau, elle se demanda ce qu'elle faisait là. De son côté, visiblement intrigué, Yves Valand l'examinait discrètement. Il y avait de l'énergie, de la détermination dans l'extrême mobilité de son regard. Et quelque chose de plus confus, qu'il avait du mal à définir.

— Vous regrettez déjà votre démarche, je me trompe ? demanda-t-il avec un petit sourire. Ce n'est pas grave, de toute façon je ne pourrais sans doute pas vous rétribuer à la mesure de vos compétences.

— Combien proposez-vous ?

Il avança un chiffre à peine supérieur au SMIC. Camille ne sourcilla pas. Peu importait, elle avait déjà pris sa décision, elle savait qu'elle allait accepter cet emploi. Elle y voyait l'opportunité de rester quelque temps dans cet environnement paisible où elle avait doucement recommencé à vivre. Et le poste qu'Yves Valand lui offrait tenait de la gageure ! Braver tous les interdits, n'était-ce pas ce dont elle avait viscéralement besoin en ce moment ?

— Je vais vous faire une proposition, dit-elle. J'accepte ce travail pour un délai de quatre mois. Pendant ce temps, je m'engage à former le jeune homme que vous venez d'embaucher. Quand je partirai, vous aurez quelqu'un de compétent pour vous seconder. Qu'en pensez-vous ?

— Vous êtes sûre de vouloir faire ça ?

Il essayait de l'imaginer au milieu des ouvrières de l'usine, collaborant avec Maryse, la petite secrétaire-comptable… Ce n'était pas son univers, elle ne s'adapterait jamais.

— C'est seulement pour quelques mois, répéta Camille.

— Dans ce cas, c'est d'accord. Laissez-moi votre nom. Vous ne voyez pas d'inconvénient à ce que nous établissions un contrat ?

— Bien sûr que non, répliqua Camille en sortant la carte d'identité où figurait son nom de jeune fille.

— Alors rendez-vous demain matin à 11 heures pour la signature, et je vous ferai visiter l'usine.

Il lui tendit une carte de visite et se leva ; Camille l'imita. Il la raccompagna au bout du couloir et lui tendit la main.

— Si vous changez d'avis, dit-il, un simple SMS suffira. Je ne vous en voudrai pas !

Elle répondit d'un sourire qui laissait penser qu'elle n'était pas femme à changer d'avis aussi simplement. Il la regarda partir. Tout au long de leur entretien, il avait brûlé d'envie de lui poser des questions et d'en apprendre un peu plus sur elle. Il ignorait si elle était mariée, si elle avait des enfants. A présent, il avait l'impression de s'être emballé un peu vite. Elle lui avait raconté une histoire terrifiante qui justifiait amplement son désir d'éloignement. Mais de là à accepter un poste d'assistante sous-payé dans une biscuiterie au fin fond de la campagne bretonne... Que cachait-elle exactement ? Devait-il s'inquiéter ? La dernière chose dont il avait besoin en ce moment, c'était de complications administratives, voire pire encore : un trublion dans son équipe qui, somme toute, fonctionnait plutôt bien. Il était décidé à faire quelques recherches sur le Net avant de préparer son contrat d'embauche, et il pourrait toujours revenir sur son offre. Dans ce cas, lorsqu'elle viendrait pour la signature, il chargerait la gamine en poste à l'accueil de lui transmettre sa décision.

Camille rejoignit sa voiture et rangea son cabas dans le coffre. Abasourdie, elle roula quelques kilomètres avant d'apercevoir une aire de repos. Elle s'arrêta, descendit, fit quelques pas à l'ombre des arbres. Puis elle remarqua un banc et s'assit. Elle retira ses lunettes de soleil, passa longuement ses mains sur son visage. Après un sentiment furtif d'irréalité, vint la certitude qu'elle venait de commettre une folie. Une boule se noua au fond de sa gorge et elle sentit un immense creux au niveau de l'estomac. Elle garda la tête penchée, les mains jointes serrées entre ses genoux et resta là... Elle tentait d'évaluer les conséquences de la décision qu'elle avait prise en quelques minutes. A l'horizon, des rouleaux de vagues s'échouaient sur le sable blanc. Depuis une semaine, elle avait passé d'innombrables heures à contempler le ressac. Une longue méditation où elle avait pris le temps d'un retour sur elle-même, mesuré le vide de sa vie pourtant trépidante.

Elle eut l'impression que son existence venait d'être soufflée en milliers de particules, comme dans une explosion. Des pensées se bousculaient dans son esprit, l'appréhension, l'envie de fuir de nouveau. Elle émit une succession de soupirs et réfléchit encore. Une petite lueur d'espoir naissait doucement. Passablement troublée, elle reprit le chemin de l'hôtel.

10

A l'hôtel, Camille réserva une table pour le dîner et prolongea son séjour de deux semaines, au grand bonheur de Mme Chapet, qui lui annonça le menu du soir :

— Bar en croûte de sel… Savez-vous que c'est le poisson roi de nos contrées ? Nous le servirons avec des tagliatelles fraîches au basilic.

Camille souscrivit au menu et regagna sa chambre. Elle remit une partie de ses vêtements dans la penderie et laissa les autres de côté pour le service de nettoyage. Avant de rejoindre la salle à manger, elle rechargea la batterie de son téléphone portable et se décida enfin à consulter sa messagerie. Une trentaine de messages l'attendait, la plupart d'entre eux émanaient de ses clientes. Elle les effaça et lut les autres. Denis s'inquiétait de plus en plus de son silence, il affirmait que les enfants la réclamaient. Ingrid espérait qu'elle rentrerait sous peu, et son frère lui demandait où elle était passée. Elle s'attarda sur la lecture d'un nouvel e-mail anonyme : *Profite de tes vacances, salope, tu finiras bien par rentrer !*

Elle ne pouvait pas prouver que ces insultes venaient d'Adrien Delmas, mais qui d'autre pouvait lui en vouloir à ce point ? Force lui était de reconnaître qu'elle était soulagée de se trouver loin de Toulouse. Comment en était-elle arrivée là ? A refuser d'affronter la vie qui était la sienne quelques semaines auparavant ? Etait-ce de la lâcheté, ou un banal sentiment de survie ? Elle n'avait tout simplement pas envie qu'on la retrouve. Du moins pour un certain temps. Elle n'en était pas moins consciente que, tôt ou tard, elle serait contrainte de rentrer. Pour l'heure, elle souhaitait juste vivre les prochains mois autrement, en ne pensant qu'à elle. Cependant, elle ne pouvait pas atermoyer davantage pour répondre à Denis et à Ingrid. Elle s'installa au bureau et réfléchit. Elle édulcora du mieux qu'elle put la portée de chaque mot… mais y avait-il moult manières d'annoncer qu'elle ne rentrerait pas avant plusieurs mois ? Les réactions furent immédiates. Tandis que Camille changeait de tenue, son téléphone sonna sans interruption. Puis un SMS d'Ingrid arriva sur sa messagerie : *J'espère que tu plaisantes ? Et qu'est-ce que je fais, moi, en attendant que tu daignes rentrer ? Si tu crois que tu vas arranger la situation en substituant un problème à un autre… Appelle-moi !* Le SMS fut suivi par celui de Denis, quelques minutes plus tard :

Je sais que tu feras ce que tu voudras, comme toujours. Mais et nous dans tout ça ? Tu t'es demandé si tu avais le droit de nous larguer comme ça ? As-tu pensé à Sabine et Benoît ? Tu leur manques beaucoup, ils parlent de toi tous les jours. D'ailleurs, ils vont t'envoyer un petit message. Réfléchis, Camille, et appelle-moi.

Camille devinait la manipulation par les émotions, à peine dissimulée sous le ton larmoyant de Denis. Cependant, elle avait conscience que les enfants étaient en droit de se poser bien des questions. Que leur répondrait-elle lorsqu'ils lui écriraient ? Peut-être leur manquait-elle sincèrement. Etait-elle en train de se tromper ?

Agacée, Camille se rendit dans la salle de bains, ouvrit le robinet et laissa l'eau froide couler sur ses paumes avant de les appliquer sur ses joues. Elle rassembla ses mains en coupe, but quelques gorgées et se regarda dans la glace. Les cernes avaient disparu du contour de ses yeux et son teint avait retrouvé une jolie couleur rosée. Elle se recoiffa, retoucha son maquillage et troqua la tenue qu'elle avait enfilée le matin pour sa randonnée à la pointe du Raz contre une robe d'été légère aux délicats motifs floraux.

Puis elle éteignit son téléphone et le rangea au fond de son sac. Si le doute avait perduré un moment dans son esprit, à présent elle ne regrettait plus sa décision.

Après le dîner, Camille descendit sur la plage et marcha le long de la jetée. A l'instar du matin où elle était restée fascinée devant le lever du soleil, elle savoura chaque minute de la lente progression du crépuscule. La nuit tombée, elle regagna sa chambre d'hôtel et fit couler une douche si chaude sur sa peau nue que les miroirs de la salle de bains se couvrirent de buée. L'eau brûlante lui apporta une merveilleuse sensation de calme. Puis elle se glissa dans son lit et ouvrit son livre. Les mots, les phrases défilaient devant ses yeux. Elle ne savait pas ce qu'elle lisait. Elle songeait à sa rencontre avec Yves Valand, au contrat qu'elle signerait le lendemain. Et après cela ? C'était toute sa vie qu'elle devait réorganiser. La chambre d'hôtel en tout premier lieu, une solution indubitablement provisoire. Comment trouver un logement mieux adapté à un séjour de quatre mois ? Et le téléphone ? Elle réfléchit, mais très vite la fatigue eut raison d'elle. Elle ferma son livre, éteignit la lumière et s'endormit sur une ultime pensée : elle devait renvoyer les dossiers du cabinet à Ingrid.

Le lendemain, Camille signa son contrat de travail. Elle n'eut aucune difficulté à fournir son numéro d'affiliation aux différents organismes sociaux. Depuis des années, tous ces documents étaient établis à son nom de jeune fille. Elle demanda à Yves Valand de rester discret à propos de ce qu'elle lui avait confié au cours de leur premier entretien.

— Cela va sans dire. Je vous propose de commencer dès lundi ! Rendez-vous à 8 heures, je vous présenterai les effectifs au complet. Nous débutons toujours la semaine par une réunion de toute l'équipe et l'exposé des objectifs de la semaine. En attendant, suivez-moi, je vais vous faire visiter l'usine.

C'était une succession d'ateliers, et dans le premier Camille découvrit d'énormes pétrins de boulanger.

— Tous les ingrédients sont mélangés ici, et on adapte les dosages aux différentes recettes, palets, madeleines, cakes, etc.

Puis il lui montra le deuxième atelier, où la pâte à biscuit s'écoulait dans des moules qui glissaient sur des tapis roulants.

— Comme vous pouvez le voir, expliqua Valand, les pinceaux imprègnent les biscuits d'un mélange d'eau et de sucre. C'est ce qui leur donnera un bel aspect doré.

Camille se rendit compte que les employés la regardaient avec curiosité. Ses vêtements de belle coupe, ses sandales fabriquées en Italie... elle était beaucoup trop élégante. Elle devait passer pour une cliente, ou une visiteuse de marque, certainement pas pour une candidate à l'embauche !

Ensuite, les tapis roulants poussaient les moules sur de larges plaques métalliques qu'un employé disposait sur des chariots.

— Les chariots entrent directement dans les fours, ajouta Valand, et le temps de cuisson varie selon les recettes.

Une délicieuse odeur de beurre, de sucre chaud, flottait dans les ateliers. Valand invita Camille à goûter un cake aux pépites de chocolat.

— Quand ils sont encore chauds, c'est un régal !

Camille coupa le gâteau, souffla sur un morceau et le dévora.

— C'est mortel, admit-elle, et que se passe-t-il ensuite ?

Il la précéda dans une immense pièce fraîche.

— Les biscuits refroidissent ici. Puis ils sont acheminés sur la chaîne suivante, où on procède au nappage, chocolat, caramel ou coulis de fruits...

A la sortie de l'enrobeuse, les biscuits passaient lentement dans un tunnel refroidissant où le glaçage se figeait.

— Depuis 2002, la biscuiterie est certifiée selon la norme ISO 9001.

— C'est une certification de qualité ?

— C'est LA certification qui assure une qualité irréprochable, que ce soit dans la fabrication ou dans le conditionnement de nos produits. Elle atteste notre politique de sécurité alimentaire.

— Et votre capacité de production ? demanda Camille tandis qu'ils quittaient les ateliers.

— Environ deux tonnes par jour.

Ils rejoignirent les bureaux et Valand proposa à Camille de découvrir le sien. C'était une pièce exiguë dont la peinture vert pâle s'écaillait par endroits. Elle était équipée de nombreux casiers de rangement et d'étagères fixées au mur. Deux plaques de verre reposaient sur des pieds chromés et les fauteuils en simili cuir avaient connu des jours meilleurs. Une seule fenêtre donnait sur le parking. Mais Camille nota la délicieuse odeur de pâtisserie qui venait des ateliers et embaumait la pièce. Le bureau était désert, seul un ordinateur en veille témoignait d'une activité suspendue.

— Ça ira ? demanda Valand. Un peu précaire, peut-être ? C'est Loïc, le stagiaire dont je vous ai parlé, qui occupait la place. Il va provisoirement s'installer avec Maryse, notre secrétaire. Votre arrivée va nécessiter un réaménagement des locaux, mais laissez-moi un peu de temps.

Camille devina qu'il s'était démené pour lui attribuer son propre bureau et elle lui en sut gré.

— Tout ira bien, assura-t-elle en souriant. Je commencerai lundi avec plaisir.

— C'est parfait, j'ai du travail pour vous ! Et vous pouvez adapter vos horaires, arriver tôt et repartir à 17 heures, ou débuter plus tard le matin. Tout dépend de la distance… Où habitez-vous ?

— J'ai encore ma chambre d'hôtel à Douarnenez.

— Vous avez l'intention d'y rester ?

— Pas pendant quatre mois. Je vais d'abord prendre mes fonctions, je verrai ensuite. Pourquoi pas une chambre d'hôte ou un meublé…

Soudain, un homme vêtu d'une blouse blanche entra en coup de vent dans le bureau.

— Yves ! On a un problème sur le troisième tapis.

Valand quitta la pièce en courant, après un rapide « A lundi ! » adressé à Camille, qui s'éclipsa aussi.

De retour à Douarnenez, Camille se gara sur le parking de l'hôtel puis elle s'accorda une pause-shopping. Les boutiques affichaient des soldes exceptionnels et la foule se pressait dans les rues. Camille fit l'emplette de deux pantalons, d'une jupe de coupe simple. Elle essaya plusieurs chemisiers, des tee-shirts, choisit des chaussures à brides dotées de petits talons et un sac à main de bonne qualité mais en oubliant les estampilles des grands couturiers. Pendant la visite de la biscuiterie, elle avait compris qu'elle allait devoir modifier son style et faire preuve de simplicité. Par chance, elle n'irait pas jusqu'à changer de véhicule, et cette pensée l'amusa. Elle n'avait jamais accordé la moindre importance au luxe d'une voiture, contrairement aux deux hommes qui avaient traversé sa vie. Elle possédait une berline italienne de moyenne gamme que tout le monde, ou presque, pouvait acquérir.

Abandonnée à elle-même et surprise de l'être, Camille flâna longtemps, offrant son visage au vent marin. Loin du cabinet, détachée de son couple, de sa maison, elle avait tout le loisir de penser à elle. Elle se sentait gagnée par un enthousiasme surprenant, un sentiment presque joyeux sourdait en elle de manière inattendue.

Elle acheta un téléphone à carte et, les bras chargés d'une multitude de paquets, elle rentra à l'hôtel. Elle ouvrit son ordinateur portable, envoya le contenu de la clé USB à Stéphanie Maurin en lui expliquant où elle trouverait les pièces originales des différents dossiers. Elle clôtura ses comptes sur les réseaux sociaux et rangea ses nouveaux vêtements dans la penderie. Elle mit son mobile à carte en route et se dirigea vers la porte-fenêtre qui donnait sur le balcon. Elle prit place dans un fauteuil, s'étira longuement en regardant la rue en contrebas. Le soleil glissait en cascade sur les bardeaux multicolores des maisons et donnait une jolie teinte orangée aux roses trémières.

11

Après avoir trouvé une place sur le parking encombré des Palets bretons, Camille longea les bâtiments à pied. Elle croisa d'autres personnes, la plupart vêtues de blouses ou de tenues de travail. On la salua, elle répondit d'un signe de tête. Elle était à des années-lumière du cadre luxueux, de l'ambiance sophistiquée du cabinet toulousain. A 8 heures sonnantes, tous les employés se retrouvèrent dans une pièce aménagée en salle de réunion, située entre les ateliers et les bureaux. Yves Valand arriva le dernier, distribua des poignées de main, puis il présenta Camille, en mettant en avant ses compétences juridiques.

— Désormais, tous les litiges, les contrats, les relations avec les administrations seront l'affaire de Camille.

Elle inclina la tête et adressa un rapide sourire à la ronde. Yves n'en dit pas plus, mais il avait remarqué sa tenue plus simple, son petit sac de toile, sa coiffure sage. Il lui présenta Loïc Boutin, le stagiaire qu'elle s'était engagée à former, et Maryse, la secrétaire-comptable, qui affichait une petite trentaine, une frimousse à croquer et de beaux yeux bleus. Sa tenue très jeune, un rien provocante, détonnait au milieu des blouses de travail. Camille comprit qu'elle en jouait.

— Je suis ravie de vous voir rejoindre l'équipe, dit la jeune femme avec une poignée de main énergique, croyez-moi, il y a du travail pour deux !

Volontairement, ou pas, elle avait fait abstraction du jeune Loïc et Camille remarqua qu'il avait piqué un fard.

Yves Valand reprit la parole et présenta à Camille Bernard Grant, le responsable de la production.

— C'est mon bras droit, la fabrication des biscuits n'a aucun secret pour lui. La réussite de notre entreprise repose en partie sur notre tandem. Si vous avez des questions, vous pouvez vous adresser à Bernard, il vous renseignera aussi bien que moi !

Puis il fit rapidement le tour du programme hebdomadaire. Camille l'écouta dispenser ses instructions et les questions fusèrent. Bernard Grant s'inquiétait des nombreux réglages qu'imposait la nouvelle machine à emballer.

— On perd un temps fou, lança-t-il. Si ça continue à ce rythme, on va être vraiment à la bourre !

Le chef du service des expéditions renchérit en soulignant que c'était déjà le cas, aussitôt suivi de Maryse :

— J'en ai marre de me faire enguirlander par les clients que nous livrons en retard !

Camille écoutait les commentaires en gardant le silence. Elle mesurait combien sa situation était différente aujourd'hui. Accoutumée à décider seule, c'était elle qui aurait dirigé les discussions, il n'y avait pas si longtemps. Désormais, elle faisait partie d'une équipe, elle devrait apprendre à exécuter des ordres, à rendre des comptes.

La réunion s'acheva et le groupe se dispersa. Camille se dirigea vers le bureau qui lui était alloué. Quelques minutes plus tard, Valand lui apporta une pile de dossiers.

— Des retards, des impayés, des problèmes répétitifs avec une société de transport… vous ne manquerez pas de travail !

— Tant mieux !

Camille était convaincue que tout cela était dans ses cordes. Mais le point de départ de sa mission était une parfaite organisation et une bonne connaissance de l'entreprise.

— Puis-je disposer de deux heures avant de commencer ? Je voudrais étudier toutes les étapes de la production, le conditionnement, les expéditions…

— Bien sûr, approuva Valand, je vous recommande même d'y consacrer la matinée. Je vous envoie Loïc Boutin, notre stagiaire. Puisqu'il doit travailler avec vous, le plus vite sera le mieux. Je vous laisse, la nouvelle chaîne d'emballage nous crée quelques soucis ce matin. Mais si vous avez besoin de moi, n'hésitez pas à me déranger.

Camille eut à peine le temps de poser son sac et sa veste, de sortir ses lunettes qu'un jeune homme pénétra dans le bureau. Elle prit le temps de l'examiner mieux qu'elle ne l'avait fait pendant la réunion. Blond, les yeux clairs… Pas plus de vingt-deux ans, se dit-elle.

— Depuis combien de temps travaillez-vous dans l'entreprise, Loïc ?

— Trois mois.

— Je suppose que vous connaissez tous les services, tous les secteurs d'activité ? Voulez-vous me guider ?

Visiblement ravi, il l'invita à le suivre dans les différents ateliers et commenta chaque étape de la fabrication des biscuits. Camille posait des questions, et les explications du jeune homme, nettes et précises, laissaient entendre qu'il connaissait déjà bien son affaire. Lorsqu'il avait un doute, il réclamait des éclaircissements aux employés.

Ils s'attardèrent dans l'atelier de fabrication des Palets bretons. Bernard Grant, le responsable de production, était sur place, distribuant ses instructions aux ouvriers. En s'attachant au moindre détail, il expliqua à Camille le pétrissage de la pâte sablée.

— L'excellence de nos produits dépend avant tout de la qualité de nos matières premières. Nous utilisons de la farine de froment élaborée en France, des œufs frais livrés tous les jours, du sel de Guérande, du sucre de canne roux et du beurre de baratte, breton bien sûr.

Puis il décrivit le moulage des biscuits dans la machine rotative, et l'acheminement vers les autres étapes, et Camille le remercia :

— Cela va beaucoup m'aider !

— Revenez me voir si vous êtes perdue.

Tout au long de la visite, la jeune femme prit des notes, mémorisa la gamme des produits et leur fabrication. Puis elle s'intéressa aux divers procédés d'emballage et aux expéditions. Elle pensait déjà au contrat d'association avec la cidrerie qu'avait évoqué Yves Valand et chaque détail était important. Ensuite, en compagnie de Loïc, elle regagna son bureau, où elle se plongea dans le fichier des clients.

A midi et demi, elle vit Loïc sortir une boîte à sandwichs de sa besace.

— Vous avez apporté votre déjeuner ? demanda-t-il. Nous avons un réfectoire à notre disposition, mais il faut apporter son panier-repas.

— Je ne savais pas, alors je n'ai rien prévu.

— Venez au moins vous reposer un moment, vous pourrez toujours manger des biscuits ! Et nous avons un distributeur de boissons.

Dans le réfectoire, une douzaine de personnes, en majorité des femmes, étaient assises autour d'une grande table. L'arrivée de Camille provoqua un instant de silence, puis une femme de forte corpulence vêtue d'une blouse rose lui offrit une chaise. Loïc arriva peu après avec un assortiment de pâtisseries.

— Camille ne savait pas qu'il fallait apporter son déjeuner, expliqua-t-il.

— Ici, on se débrouille ! lança la jeune fille assise à la droite de Camille.

Elle lui tendit une pomme et une autre employée partagea sa barquette de carottes râpées avec elle. Un peu gênée, Camille les remercia et proposa d'offrir le café à tout le monde à la fin de la pause. Elle écouta les conversations, qui tournaient pour la plupart autour du travail, de la vie de famille, sourit aux plaisanteries. On lui posa des questions et elle expliqua qu'elle venait de vivre un divorce difficile et qu'elle éprouvait beaucoup de peine à en parler. Personne n'insista, mais elle nota des sourires compatissants. Elle envia l'aisance avec laquelle ses nouveaux collègues communiquaient, riaient, se taquinaient, évoquaient leur vie privée en toute confiance.

Bardée de diplômes, cultivant son image de femme de tête et de caractère, elle prenait conscience de son manque de simplicité et de sincérité. Et c'était comme un vide immense.

A Toulouse, Ingrid Thénar ne décolérait pas depuis qu'elle avait reçu les dossiers de Camille. Après quinze tentatives pour la joindre, toutes infructueuses, elle avait laissé un message sur sa boîte vocale, suivi d'un SMS, puis de deux. Elle appelait Camille à la raison… *Ta réaction est totalement disproportionnée, plus personne ne s'intéresse à cette affaire aujourd'hui.* Devant le mutisme de Camille, Ingrid s'était emportée, elle avait rédigé un SMS virulent, criant à la trahison en affirmant qu'il fallait être lâche pour se cacher ainsi. L'insulte blessa Camille, qui répondit qu'elle ne se cachait pas, qu'elle voulait seulement rester à l'écart quelque temps. Vaincue, Ingrid avait joué sa dernière carte et intimé à Camille l'ordre de rentrer en invoquant l'avenir du cabinet et leur amitié. *C'est pour m'éloigner d'amies comme toi que je suis partie*, avait riposté Camille, *et je déciderai seule du moment de mon retour.*

En attendant, le travail s'accumulait, certaines clientes quittaient le cabinet. Et ce matin-là, en étudiant deux des dossiers de Camille en compagnie de Stéphanie Maurin, Ingrid comprit que la situation devenait intenable.

— Mais où est-elle ? Elle se rend compte dans quelle merde elle nous met ? Elle est complètement folle !

Ses yeux lançaient des éclairs de rage et toute cette fureur ne pouvait échapper à Stéphanie.

— J'ai essayé d'appeler son compagnon, expliqua la jeune assistante, mais il n'a aucune nouvelle non plus. Il semblerait qu'elle les ait tout bonnement largués, ses enfants et lui, et il est furieux !

— Mais on ne disparaît pas comme ça, tout de même ! éructa Ingrid. Renseignez-vous auprès de sa famille, à Strasbourg. Trouvez-la ! Dès que vous saurez où elle se cache, je me fais fort d'aller la chercher, et manu militari s'il le faut !

De retour dans son bureau, Stéphanie pensa que ce ne devait pas être si compliqué que cela de retrouver sa patronne. D'abord ses proches, certes. Elle devait chercher le numéro de téléphone du cabinet juridique de son père à Strasbourg. Elle n'espérait pas grand-chose de cette démarche, elle savait que Camille avait peu de contacts avec sa famille. Ce serait beaucoup plus efficace d'enquêter sur le Net, les réseaux sociaux… C'était le leitmotiv de Camille, quand elle s'acharnait sur le mari d'une de ses clientes : toute information a de la valeur pour quelqu'un… sorties, clubs sportifs, achats en ligne. Stéphanie était sûre de réussir, elle avait été à bonne école !

Toutefois, elle n'avait pas dit à Ingrid qu'une autre personne était entrée en contact avec elle à plusieurs reprises. Elle aussi recherchait activement Camille.

Dans la deuxième quinzaine de juillet, une vague de canicule s'abattit sur la Bretagne. Les vacanciers étaient de plus en plus nombreux sur les plages. L'hôtel où logeait Camille était bondé et bruyant. Les vacanciers s'attardaient au bord de la piscine jusque tard dans la nuit. Camille était réveillée plusieurs fois par des allées et venues dans le couloir, le bruit de l'ascenseur, des voix, des rires.

Au bout de deux semaines aux Palets bretons, Camille avait pris ses marques. Elle commençait invariablement sa journée par vingt minutes d'entretien avec son patron et Loïc Boutin. Ils faisaient le point sur les dossiers en cours et Yves Valand se félicitait tous les jours de l'avoir recrutée. Elle étudiait les litiges d'un œil exercé, elle employait des termes percutants et rien ne lui échappait. Mais elle l'intriguait ! Rares étaient les recrues qui ne se renseignaient pas à propos des congés, des jours de RTT, de la durée des pauses, de la prise en charge de la mutuelle. Camille n'avait rien demandé de tout cela. Elle arrivait tôt, elle travaillait sans relâche, elle repartait plus tard que ses collègues. Il en conclut que le poids des épreuves qui l'avaient conduite à faire cette pause en Bretagne devait être bien lourd.

Camille prit goût à ses nombreuses tâches. Tout était nouveau pour elle, elle faisait des découvertes passionnantes, l'activité au sein de cette petite entreprise finit par la captiver. En dehors de ses heures de travail, elle passait du temps dans les ateliers, assistait au moulage, à la cuisson des biscuits. Elle développa un véritable engouement pour le pétrissage des pâtes. Le responsable de fabrication suivait à la lettre la recette élaborée par Yves Valand dans le secret de son laboratoire. Et celui-ci effectuait une vérification discrète de temps à autre. Camille était fascinée par les nuances gustatives qu'apportaient les différents dosages de beurre, de sucre ou de sel. Puis, de retour dans son bureau, elle se penchait sur les missions qui l'attendaient. Elle analysait les dossiers, préparait les réponses, les relances. Loïc l'assistait, puis il expédiait les requêtes, classait les documents. Ensemble, ils prirent le temps de réaménager le bureau de Camille. Des étagères couraient autour de la pièce. Ils archivèrent les dossiers, rangèrent les classeurs, changèrent les meubles de place.

Et ce jour-là, avec l'accord de Valand, Camille demanda à Loïc d'installer son bureau en face du sien.

— Nous serons un peu à l'étroit, mais tant pis ! Nous travaillons ensemble, autant partager l'espace.

Le jeune homme apprécia cette marque de confiance.

Le mois de juillet passa et Camille n'eut pas le temps de voir s'écouler les jours, tant son travail l'accaparait. Après sa dernière altercation avec Ingrid, elle n'avait plus allumé son ancien téléphone portable. Faisant fi de son passé, elle avait l'impression de vivre en décalage, dans un monde parallèle qui la protégeait. En revanche, le séjour à l'hôtel devenait lassant. Le soir, elle prenait la plupart de ses repas dans la salle à manger du restaurant. Le brouhaha, le chahut des enfants et les bavardages de Mme Chapet étaient de plus en plus pesants. Pour y échapper, il lui arrivait d'acheter un sandwich et de rester au calme dans sa chambre. Mais cela ne pouvait plus durer, une autre solution s'imposait !

Ce jour-là, elle évoqua son problème au cours de la pause-déjeuner et expliqua qu'elle cherchait un meublé. Quelques collègues lui recommandèrent des agences à Douarnenez et à Tréboul. Puis, dans l'après-midi, Bernard Grant, le responsable de la production, vint frapper à la porte de son bureau.

— J'ai peut-être la solution au problème que vous avez évoqué à midi, Camille. La tante de ma femme a une jolie petite maison qu'elle loue pendant la belle saison. Malheureusement, elle a perdu son mari en début d'année et avec sa modeste retraite elle a du mal à s'en sortir. Ça l'arrangerait bien de louer sa maison à temps plein. Si ça vous intéresse, je peux vous donner ses coordonnées.

— Oh oui, avec plaisir ! répondit Camille en prenant un crayon et un papier.

12

Ce jeudi soir, en quittant la biscuiterie, Camille se rendit chez la tante de Bernard Grant. Elle trouva une place à proximité de l'adresse qu'il lui avait indiquée. La rue des Flots était une voie calme, sans commerces, bordée de maisons cossues. Elle sonna à la porte du numéro 15 et perçut aussitôt des pas à l'intérieur. Odile Lay était une dame d'un certain âge à la silhouette menue et voûtée. Des cheveux blancs bien coiffés adoucissaient ses traits un peu épais. Camille se présenta, Mme Lay l'accueillit d'une poignée de main et l'invita à s'avancer dans le vestibule.

— Je vous attendais. Mon neveu m'a dit que vous seriez peut-être intéressée par ma maison ?

— Oui, mais c'est seulement pour quatre mois.

Mme Lay soupira.

— C'est toujours ça ! Voulez-vous la visiter ?

Camille accepta et la vieille dame prit un trousseau de clés dans le tiroir d'un petit meuble de rangement. Suivie de Camille, elle sortit, ferma sa porte et vérifia plusieurs fois la fermeture. Elles remontèrent la rue jusqu'au numéro 47. Odile Lay marchait très lentement, à petits pas serrés, et Camille fut tentée de lui offrir son bras.

— J'ai des problèmes de circulation, expliqua Mme Lay, et avec cette chaleur mes chevilles gonflent, c'est affreux !

Elle s'arrêta devant un portail de bois blanc, qui grinça légèrement lorsqu'elle l'ouvrit. Elles pénétrèrent dans un jardin clos. La demeure était plantée au bout d'une allée gravillonnée, bordée de rosiers multicolores. La façade principale était située à l'ouest et l'un des murs, doté d'une porte, donnait sur la rue des Flots.

Au fond du jardin, deux pommiers aux troncs couverts de mousse se dressaient au milieu de parterres mal entretenus. La maison était adjacente à une autre, légèrement plus basse. Le mur mitoyen croulait sous les clématites et les roses trémières, et des bouquets de fleurs nacrées se mouvaient doucement dans la brise.

— La maison est mitoyenne ? demanda Camille.

— Oui, avec le logement du gardien de la propriété voisine.

Trois marches accédaient à la terrasse entourée d'une balustrade et garnie d'un salon de jardin et d'une balancelle. Odile Lay prit une autre clé dans son trousseau et ouvrit la double porte vitrée qui donnait directement dans une belle pièce à vivre au sol carrelé. Lumineux et frais, ce séjour aux murs jaune pâle ouvrait sur une cuisine américaine équipée d'appareils ménagers encastrés et d'un comptoir. Un tapis aux motifs floraux ocre et rouge couvrait le centre de la pièce meublée d'un bahut de chêne à la patine noble, d'une table ronde entourée de quatre chaises. Au fond, l'espace entre les deux fenêtres était aménagé en un minuscule salon avec un canapé, un fauteuil et une cheminée entourée d'étagères où était niché un poste de télévision. A l'opposé, un escalier de bois clair menait à l'étage et le palier était agencé en bureau-bibliothèque. Le couloir ouvrait sur deux chambres et des sanitaires.

Camille examina les deux pièces avant de s'attarder dans la plus grande. Elle lui plut aussitôt, avec cette belle armoire bretonne qui occupait un pan de mur et ce vaste lit recouvert d'un simple jeté blanc gansé de satin bleu. Une moquette crème de belle facture s'étirait sur le sol jusque sur le parquet du couloir.

Camille s'approcha de la fenêtre et admira le panorama imprenable sur la mer et l'île Tristan. Juste sous la fenêtre, la vue plongeait dans le jardin voisin, un immense espace vert planté d'arbres et de massifs dévorés par les herbes folles. Au bout d'une allée de gravier blanc se dressait une superbe bâtisse au toit d'ardoise. La façade était entourée d'un large perron à auvent.

— Quelle magnifique propriété ! remarqua Camille. C'est surprenant, elle paraît abandonnée…

Et donc, la petite maison juste à côté est occupée par les gardiens ?

— Non, c'est le propriétaire qui l'habite… Je vous expliquerai, si vous louez la maison.

Camille n'insista pas et se dirigea vers la salle de bains. Sur le seuil, elle eut un brusque mouvement de recul. Au-dessus du carrelage, les murs étaient rouge vif. Mme Lay vit son trouble.

— Si vous prenez la maison, dit-elle, vous pourrez modifier la décoration comme bon vous semblera. L'important est que vous vous sentiez bien.

Elles redescendirent au rez-de-chaussée et Mme Lay reprit son trousseau de clés.

— Et si nous retournions chez moi pour discuter ? Je vous offrirai une tasse de thé.

— Avec plaisir, répondit Camille.

Elles revinrent sur leurs pas. La rue amorçait une légère montée et cette fois Camille offrit son bras à la vieille dame, qui s'y appuya avec un soulagement visible. Elles entrèrent dans la maison et Mme Lay invita Camille à poser son sac dans le salon lourdement meublé et encombré de bibelots en faïence de Quimper. Un parfum de lavande flottait dans l'air et pas une once de poussière ne ternissait les meubles. La vieille dame se rendit dans la cuisine où Camille la suivit. Elle mit en marche la bouilloire électrique, sortit une théière et une boîte de thé à la bergamote. Puis elle prit un plateau, des tasses, et ouvrit un paquet de sablés qu'elle disposa dans une assiette décorée. Ses mains tremblaient légèrement tandis qu'elle s'affairait.

— C'est mon neveu Bernard qui m'approvisionne, dit-elle en souriant.

Camille lui rendit son sourire et regarda autour d'elle. La cuisine était rutilante. Il y avait des rideaux fleuris aux fenêtres, des casseroles de cuivre accrochées au-dessus de l'évier. Des pots de confiture ornés d'étiquettes d'écolier étaient alignés sur une étagère. Quand Mme Lay eut tout préparé, Camille prit le plateau et elles s'installèrent dans le salon.

— Alors, la maison vous plaît ? demanda la vieille dame en servant le thé.

— Beaucoup, mais je vous ai dit que c'était seulement pour quatre mois, je ne voudrais pas vous faire perdre l'occasion de la louer à temps plein...

— Je serais ravie que vous la preniez, répondit Mme Lay en posant sa main sur le bras de Camille, ce serait comme une transition. J'ai perdu mon mari au début de l'année...

— Votre neveu me l'a dit, je suis désolée.

— A quatre-vingt-six ans, ce sont des choses qui arrivent. Et financièrement c'est un peu compliqué. Mon mari avait une bonne retraite, mais malheureusement je n'ai jamais travaillé et je n'ai plus que la pension de réversion. Malgré tout, je ne me plains pas, vous savez, j'ai eu une vie très heureuse.

Camille la regarda avec un soupçon d'attendrissement. Elle lui rappelait sa grand-mère. Comme elle, elle portait son âge comme on porte le bonheur.

— Mon mari aimait beaucoup la petite maison, il en prenait soin toute l'année et il était fier de la faire visiter aux touristes.

En pensant à la maison de ses grands-parents, Camille comprenait cette fierté.

— Je serais ravie d'en prendre soin à mon tour, dit-elle en buvant quelques gorgées de thé.

— Je comptais la louer cinq cent cinquante euros, ce n'est pas trop ? J'ai des charges à payer dans quelques jours...

— C'est parfait, la rassura Camille.

— Vous pourrez me régler chaque mois, à la date que vous voulez. Les ordures ménagères sont collectées le lundi et le jeudi. Et vous pouvez laisser le téléphone à mon nom. Vous me rembourserez l'abonnement mensuel, cela vous évitera les frais de changement d'utilisateur pour une période aussi courte.

— Epatant ! s'écria Camille, qui songea qu'elle allait pouvoir bénéficier d'une connexion à Internet et d'une nouvelle adresse électronique. Et que vouliez-vous m'expliquer à propos de mon voisin ?

Mme Lay emplit les tasses de thé et tendit l'assiette de biscuits à Camille.

— Il s'appelle Vincent Courton, il est professeur d'histoire à l'université de Quimper. C'est quelqu'un de très cultivé. Il y a quelques années, il donnait des conférences, il écrivait des livres, mais j'ai l'impression qu'il a mis toutes ces activités entre parenthèses.

— Pourquoi habite-t-il le pavillon du gardien ?

— C'est un drame épouvantable. Sa femme est morte d'une tumeur au cerveau il y a un peu plus de deux ans. Après les funérailles, il est venu s'installer dans la petite maison. Pendant des mois, il ne sortait plus en dehors de ses cours. J'ai essayé de veiller sur lui, je l'invite de temps à autre, nous échangeons des livres et il m'accompagne au théâtre ou à une exposition…

Elle se tut et Camille respecta son silence.

— C'est dur de perdre quelqu'un dont on a partagé toute la vie, reprit la vieille dame. Après cela, on avance comme on peut… Tout ce qu'il reste, ce sont des souvenirs, et on a besoin de souvenirs pour donner un sens au présent.

Camille comprit qu'elle ne parlait plus du voisin.

— C'est dans ces moments-là que je regrette de ne pas avoir d'enfants.

— Mais vous êtes proche de votre neveu et de votre nièce, n'est-ce pas ?

— C'est vrai, et ils ont trois adorables bambins ! Et vous, vous avez des enfants ?

Camille marqua une pause, elle ressentit une violente douleur au creux du ventre et le silence sembla s'éterniser.

— Non, dit-elle enfin, je n'ai pas d'enfants.

— Vous êtes si jeune ! Il vous faut juste rencontrer la bonne personne.

Camille avait trente-six ans et elle savait que les années qui la séparaient de la quarantaine fileraient en un éclair. Elle pensa à Denis, à ses enfants qu'elle avait laissés. Les avait-elle jamais considérés comme les siens ? Pas plus, sans doute, qu'ils ne l'avaient accueillie dans leur vie comme une seconde mère.

Elle acheva de boire son thé et se leva.

— Quand puis-je emménager ?

— Quand vous voudrez, madame Dulau.

— Appelez-moi Camille...

— D'accord... quand vous voulez, Camille. Je vais me procurer un exemplaire type de bail.

Elles fixèrent une date et Camille prit congé.

Le week-end suivant, Camille s'installa dans sa nouvelle maison. Elle avait signé son bail, réglé la caution de rigueur. A la grande surprise d'Odile Lay, elle avait insisté pour payer les quatre mois de loyer d'avance, plus un petit supplément en espèces pour les derniers jours de juillet.

Le samedi matin, elle introduisit la clé dans la serrure en se disant qu'elle était chez elle. Elle monta sa valise dans la chambre, en vida le contenu sur le lit. Ses vêtements, quelques livres, des CD. Sa décision de quitter Toulouse avait été si rapide qu'elle n'avait guère pris la peine de réfléchir aux préparatifs. Et rien ne laissait présager, alors, qu'elle s'absenterait plusieurs mois. Elle fit le tour des pièces, inventoria les placards et dressa une liste, du linge de maison aux produits d'entretien. Le placard encastré sous l'escalier contenait le chauffe-eau, le lave-linge, le sèche-linge, une table à repasser et du petit électroménager. Les appareils, passablement désuets, étaient réservés à une maison qu'on occupait une ou deux semaines tout au plus. Sur sa liste d'emplettes, Camille ajouta un sèche-cheveux, un fer à repasser et une cafetière électrique.

Que manquait-il encore ? Elle entreprit un second tour de la maison, papier et crayon en main.

Tu ne t'installes pas, pensa-t-elle, c'est juste une escale, le temps de te ressaisir.

Trois heures plus tard, Camille rangeait les sacs du supermarché dans le coffre de sa voiture. Elle était certaine qu'à peine rentrée chez elle, elle s'apercevrait qu'elle avait oublié quelque chose d'indispensable. Elle détestait faire les courses. De tout temps, elle avait considéré cela comme une tâche ennuyeuse et une perte de temps. Dans ce même état d'esprit, elle n'avait jamais montré d'aptitude pour le grand ménage de printemps. Pourtant, elle prit plaisir à nettoyer les vitres, aspirer toutes les pièces, secouer les tapis. Elle lava la vaisselle rangée dans les placards et disposa du linge propre dans la salle de bains et la cuisine. Puis elle se rendit dans des petits magasins de proximité et emplit son cabas de tomates, d'aubergines, d'ail, de fromage. Pour finir, elle fit une halte chez le poissonnier. De retour chez elle, elle prépara ce qui lui semblait être une ratatouille et para le poisson, qu'elle glissa dans le four. Elle dressa la table, dîna sur le comptoir de la cuisine.

Quelle journée ! pensa-t-elle en se servant un verre de muscadet.

Une bouteille que Mme Lay lui avait offerte en lui remettant les clés de la maison.

« Vous verrez, avait-elle dit, il est délicieux. Mon mari s'approvisionnait directement chez un petit producteur. »

Camille se servit un autre verre et évalua les tâches qu'elle avait accomplies depuis le matin. Une journée bien remplie de femme seule. Indépendante, elle l'avait toujours été. Mais aujourd'hui, elle était seule, pas de compagnon, pas d'enfants, pas d'employée de maison. Elle prit alors conscience de tout ce qui avait changé dans sa vie en quelques semaines.

Après le dîner, elle alluma la cafetière puis, tasse en main, sortit sur la terrasse. Elle se laissa aller au creux du fauteuil de jardin, goûta la quiétude du jour qui tombait. L'azur du ciel se muait en de subtiles nuances mauves et roses, et la lumière disparaissait doucement derrière les arbres du parc de la maison d'à côté.

Soudain, Camille entendit aboyer un chien. Elle posa sa tasse sur la table basse et s'approcha du mur mitoyen. Elle grimpa sur une jardinière, se hissa sur la partie la plus basse de la murette et regarda dans le jardin d'à côté. Un teckel fauve courait après une balle en sautant d'un massif à l'autre. Il rapportait la balle aux pieds d'un homme qui la lançait de nouveau. L'homme était torse nu, vêtu d'un simple jean défraîchi. Avec sa taille et sa carrure, il ressemblait plus à un bûcheron qu'à un professeur d'université. Après quelques lancers de balle, il se désintéressa du chien et s'appuya sur l'armature d'une balancelle recouverte de coussins fanés. Son regard se perdit au-delà du mur d'enceinte en direction de la mer. Brusquement, il saisit la chaîne de la balancelle et la poussa... de plus en plus fort... Du haut de la murette, Camille n'osait pas bouger, troublée par cette balancelle vide qui s'élevait de plus en plus haut dans le ciel. Elle finit par se retirer sur la pointe des pieds et rentra chez elle.

Après un détour par la salle de bains, elle se glissa dans son lit. Elle crut qu'il lui serait difficile de s'endormir, et pourtant, à peine eut-elle posé la tête sur l'oreiller qu'elle plongea dans un profond sommeil.

13

Le lundi, Camille arriva au bureau en avance et, comme à l'accoutumée, elle se dirigea vers la salle de réunion. Contre toute attente, le lieu était désert ce matin-là. Elle longea le couloir et en se rapprochant de l'atelier principal elle perçut le bourdonnement des conversations ponctué d'invectives et de ratés mécaniques. La plupart des employés étaient regroupés autour de la nouvelle empaqueteuse. Apparemment, elle posait encore problème et Yves Valand affichait une mine sombre.

— J'en ai marre de cette satanée machine, de ces réglages qui n'en finissent pas !… dit-il en apercevant Camille. C'est la deuxième fois qu'elle nous lâche en une semaine !

Les sachets fraîcheur individuels destinés aux petits sablés se présentaient en position oblique dans la machine. Le plastique se rétractait et toute la chaîne d'emballage était à l'arrêt.

Valand se débarrassa de sa blouse de travail et s'empara du dossier que lui tendait Maryse, sa secrétaire.

— Le technicien de maintenance ne pourra pas venir avant demain après-midi, ajouta-t-il, la semaine commence mal ! J'ai une personne en arrêt maladie, et deux en congé à la préparation des commandes… et cinq cents coffrets d'assortiments de biscuits qui doivent partir demain à la première heure ! J'ai dû appeler mon épouse à la rescousse.

— Et j'imagine que les pannes à répétition de l'empaqueteuse n'arrangent pas la situation, dit Camille.

— C'est la catastrophe ! Je ne peux pas envoyer nos nouveautés dans les boutiques tests…

La semaine précédente, il avait organisé une dégustation des nouveaux produits qu'il espérait commercialiser pour les fêtes de fin d'année : des sablés viennois, des fondants à la pistache et aux amandes et des chocolats praliné-myrtille. C'était le fruit de longues heures passées dans son laboratoire, à chercher le dosage parfait de chaque matière première afin de parvenir au résultat impeccable qu'il escomptait. En assistant à la création de nouvelles recettes, Camille avait découvert un monde qui avait éveillé sa curiosité. Des essais réussis, mais aussi manqués ! Trop de ceci ou pas assez… des remises en question permanentes et l'appréhension du résultat. Car, chaque année, Yves Valand envoyait un échantillon de ses dernières spécialités dans une vingtaine de boutiques qu'il considérait comme représentatives de sa clientèle. Cette année, une fois n'était pas coutume, il était assez fier de lui. Et voilà que cette satanée machine remettait tout son travail en cause !

— Tout va de travers, conclut-il, visiblement tendu.

A l'expression de son visage, à ses gestes saccadés, Camille le devinait inquiet, les nerfs à fleur de peau.

— Puis-je vous aider, d'une manière ou d'une autre ? demanda Camille.

L'arrivée tonitruante de Bernard Grant empêcha Yves de répondre :

— Mais on va où, là ? s'écria le responsable de production. J'ai des tonnes de marchandise en souffrance, moi ! Non seulement mon planning d'expédition se casse la gueule, mais à terme on n'est plus crédibles, j'espère que tu le sais ?

Camille vit Yves se rembrunir un peu plus. Il avait basé la stratégie qualitative de la maison et tous ses arguments de vente sur des stocks renouvelés tous les jours, des expéditions ultrarapides après chaque fabrication afin de garantir la fraîcheur maximale des produits.

— Vous permettez que j'appelle le concessionnaire qui vous a fourni cette machine ? demanda Camille.

— Euh… oui, bien sûr, répondit Valand en lui tendant le dossier.

Camille s'éloigna en inclinant la tête, son téléphone coincé entre son oreille et son épaule. Yves l'observa et de loin il entendit qu'elle élevait la voix, il vit ses gestes de colère. Quelques instants plus tard, elle était de retour et lui rendait le dossier.

— Le technicien de maintenance sera là dans une heure.

— Comment avez-vous fait ? s'étonna Yves.

— Je l'ai menacé d'une mise en demeure avec constat d'huissier et d'une astreinte de deux mille euros par jour de travail perdu.

— Bravo, vous êtes géniale !

Camille lui adressa un léger sourire, sans s'apercevoir que tous les visages étaient tournés vers eux. Le ton péremptoire qu'elle avait utilisé trahissait une autorité qu'on ne lui connaissait pas au sein de l'équipe.

— Si le dépanneur n'est pas là dans l'heure, appelez-moi, dit-elle. Je serai dans mon bureau. Loïc et moi, nous nous occupons du dossier Barot, aujourd'hui.

— Mais où l'as-tu trouvée, celle-là ? s'exclama Bernard Grant, éberlué.

Yves ne répondit pas mais il regarda Camille s'éloigner avec un léger sourire. C'était une collaboratrice précieuse. Il savait aussi qu'elle le quitterait dès qu'elle serait guérie de ce qui la consumait en ce moment.

Toute la matinée, Camille resta plongée dans l'affaire Barot, aidée de Loïc. Elle inculquait à son assistant temporaire des rudiments de procédure judiciaire et il assimilait ses directives avec un intérêt accru. Le conflit qui opposait la biscuiterie à l'imprimerie Barot était un excellent cas d'école. L'affaire remontait à plus d'un an. L'imprimeur devait livrer des sachets de cellophane de qualité et des étiquettes destinées à fermer des ballotins de crêpes Suzette aux marrons glacés. La maquette et le bon de commande prévoyaient des étiquettes sur fond blanc cassé entourées d'un filet or. A la réception du colis, non seulement la qualité des sachets ne correspondait pas à la demande, mais les étiquettes étaient grises, ternes et mal imprimées. Valand avait demandé qu'on renvoie le colis à l'expéditeur pour non-conformité. L'ordre était passé d'un service à l'autre et finalement le colis était parti sans aucune garantie d'expédition. Le fournisseur prétendait ne l'avoir jamais reçu. Non seulement il refusait de rembourser l'acompte de réservation, mais il exigeait le paiement de la facture. Avait suivi une cascade de courriers recommandés, de menaces. Valand n'avait pas le temps de s'en occuper, et sa secrétaire avait bien de la peine à se sortir d'un tel imbroglio.

Camille étudia tous les éléments du dossier et rédigea une réponse circonstanciée en mentionnant chaque étape de l'affaire avec une rigueur méthodique. Soudain, des cris d'enfants attirèrent son attention. Elle regarda par la fenêtre qui donnait sur un petit espace vert planté d'un pommier et de quelques rhododendrons juste à l'entrée du parking.

Deux petits garçons étaient suspendus aux branches les plus basses de l'arbre et se balançaient en riant. Camille les observa un instant. Elle éprouva un pincement au cœur et, lorsqu'elle se replongea dans les papiers épars devant elle, ses doigts tremblaient.

Un peu avant midi, Yves entra dans le bureau de Camille, accompagné d'une jeune femme.

— L'empaqueteuse marche ! s'écria-t-il. Vous avez filé une sacrée frousse au concessionnaire... Je vous présente ma femme, Emilie. Emilie, je te présente Camille...

Camille se leva et tendit la main.

— Enchantée.

Avec son teint diaphane, des traits fins, de longs cheveux blonds et des yeux noisette, Emilie Valand était ravissante. Lorsqu'elle s'approcha, Camille perçut les senteurs sucrées d'un parfum discret. C'était l'image qu'elle donnait, une jeune femme discrète, avec des allures d'adolescente.

— Bonjour, murmura-t-elle, je suis ravie de faire votre connaissance, Yves m'a décrit toute l'aide que vous lui apportez.

Elle avait une voix douce, et l'intensité de son regard droit planté dans celui de Camille finit par mettre cette dernière mal à l'aise.

— Je fais seulement mon travail, répondit-elle. Les deux garçons suspendus aux branches du pommier sont vos enfants ?

— Oui, ils ne font pas trop de bruit, au moins ?

Et sans attendre la réponse, elle se tourna vers son mari.

— Je retourne à l'atelier, mon chéri, je voudrais avancer le plus vite possible, vous êtes tellement en retard ! Et je ne peux pas rester cet après-midi... Je dois conduire Gaël chez le dentiste.

Ils sortirent et Camille invita Loïc à se plonger avec elle dans les conclusions de l'épineux dossier Barot. A l'heure du déjeuner, la famille Valand au complet rejoignit le réfectoire. Les enfants, Pierre, huit ans, et Gaël, six ans, déballèrent le pique-nique préparé par leur mère. Ils nouèrent des conversations passionnées avec les employés où il était question de jeux vidéo, de séries télé. Camille comprit que ce n'était pas la première fois qu'ils venaient à l'usine pendant que leurs parents travaillaient. Malgré les efforts d'Emilie Valand pour rétablir un semblant d'ordre, ils ne tenaient pas en place. Avant la fin de la pause, ils sautèrent au cou de leur père et demandèrent la permission de retourner jouer dehors. Tout au long du repas, Camille était restée silencieuse, se contentant d'observer son chef et sa petite famille. Elle se surprit à envier ce bonheur tranquille, et de nouveau elle éprouva un sentiment de tristesse... Ne plus penser à tout cela, c'était il y a si longtemps.

Elle fit signe à Loïc et se leva pour rejoindre son bureau.

En milieu d'après-midi, Emilie Valand fit le tour de l'usine et salua tout le monde avant de rentrer chez elle. Elle eut le même sourire un peu timide vis-à-vis de Camille, mais, enhardis et sereins, les garçons l'embrassèrent. Surprise, Camille leur rendit un léger baiser en leur demandant s'ils reviendraient bientôt. Un peu plus tard, par la fenêtre du bureau, elle vit son chef raccompagner sa petite famille sur le parking. Il vérifia si la ceinture de sécurité des enfants était bien fixée, il embrassa sa femme et les regarda partir avec un signe de la main. C'était touchant, ce couple attentionné, cette famille unie… Camille détourna la tête et décrocha le téléphone. Elle avait préparé une liste de clients dont les factures restaient en souffrance.

A 19 h 30, elle quitta l'entreprise et rentra directement chez elle. Epuisée, elle abandonna l'idée d'une halte chez le boulanger. Tant pis, elle mangerait sans pain ce soir. En ouvrant la porte de sa maison, elle trouva un papier glissé sous le paillasson.

Bonsoir, Camille, je serais enchantée si vous acceptiez de venir prendre l'apéritif samedi soir pour fêter votre installation. J'ai invité votre voisin et il se joindra à nous. Disons 19 heures ?

A samedi, votre propriétaire et amie,

Odile L.

Camille envoya un message à sa propriétaire lui disant qu'elle était ravie d'accepter son invitation. Depuis le soir où elle avait vu son voisin lancer dans les airs une balancelle vide, elle avait guetté les aboiements du teckel, les lancers de balles et les coups de sifflet de son maître.

Un soir, ils étaient arrivés en même temps devant leurs portes d'entrée respectives. Camille avait murmuré un discret « Bonsoir » avec un signe de la main. Il avait répondu d'une inclinaison de tête avant de rentrer précipitamment chez lui.

14

Les trois premiers jours de la semaine filèrent à une vitesse folle. Camille arrivait toujours très tôt au bureau et il n'y avait plus que les ateliers en activité lorsqu'elle partait. Son travail l'intéressait vraiment et la confiance que lui témoignait Yves Valand était rassurante. Elle était parvenue à s'intégrer au sein de l'équipe et elle apprenait la patience, l'écoute. Mais les pauses au réfectoire l'ennuyaient toujours un peu. Elle devinait que la collaboration entre ses collègues était fructueuse parce qu'ils se connaissaient et pour la plupart s'appréciaient. Cependant, elle était toujours réticente à parler d'elle.

Le jeudi matin, elle se lança dans l'étude de la fabrication du cidre. Elle devait évaluer tous les paramètres avant de fixer les premiers jalons du contrat de regroupement cher à Valand. Emportée dans le feu de l'action, elle renonça à la pause-déjeuner et mangea une salade sur le coin de son bureau. Toutefois, elle s'accorda une vingtaine de minutes avant le retour de Loïc pour savourer un café. Et elle en profita pour rallumer son ancien portable. Comme elle s'y attendait, elle trouva une accumulation de SMS et une messagerie téléphonique saturée. De plus en plus virulente, Ingrid s'affolait devant le nombre de clientes perdues. *Je n'aurais jamais cru ça de toi, tu es quand même une sacrée salope ! Je te promets que tu vas me le payer quand tu reviendras. Et comme si ton absence ne suffisait pas, je suis harcelée par le cabinet de ton père ! Tu attends quoi pour leur donner des nouvelles ?*

Les messages, les SMS de Denis se succédaient, presque quotidiennement. Ils étaient rentrés du Var, et les enfants étaient partis chez leur mère. Ils ne lui avaient pas écrit de message, finalement, et Camille s'était économisé le difficile dilemme de leur répondre ou pas. *Je croyais que ta décision de t'éloigner pendant plusieurs mois était une blague,* écrivait Denis, *mais apparemment ce n'est pas le cas ! La femme de ménage a démissionné, je n'ai pas les coordonnées du jardinier, et je refuse de m'occuper de l'extérieur. L'eau du bassin est devenue putride, et le chien de Sabine disparaît dans le gazon !* Tiens, il y avait un chien, maintenant… *Dis-moi ce que je suis censé faire,* martelait-il, *c'est ta maison, après tout.* A la fin de chaque message ou SMS, il lui enjoignait de le rappeler de toute urgence. Camille devinait que l'attente de Denis s'était muée en irritation, puis en colère. Elle écouta l'ultime message vocal : « Je te préviens, j'ai parlé à ton frère, il est dans une rage folle après toi ! »

En effet s'ensuivaient plusieurs appels de Jean-Luc ; Camille les effaça sans les écouter. Elle nota au passage l'absence totale de messages menaçants, c'était la première fois depuis son départ. En revanche, plusieurs appels en numéro masqué se succédaient, de plus en plus rapprochés. A l'autre bout du fil, la personne raccrochait après quelques sonneries. Camille se demanda si elle devait répondre à Denis et Ingrid. Plus tard peut-être, pour l'heure elle éteignit le téléphone, le glissa au fond de son sac et reprit son travail.

Le week-end arriva, et Camille était fermement décidée à achever l'aménagement de sa maison. Au fur et à mesure de son installation, elle avait dressé la liste de mille petites choses à faire. Elle acheta un coffre où elle rangea ses bijoux et la valisette contenant ses papiers personnels.

Elle colla des bandes de papier rose pâle sur les murs rouge vif de la salle de bains et intercala des posters représentant des paysages marins et champêtres. Elle ajouta des miroirs et, grâce aux jeux de glace, la pièce se mit à rayonner, paisible et chaleureuse. Elle posa un morceau de moquette beige dans le séjour et monta le joli tapis sur le palier. Puis elle acheta des coussins multicolores qu'elle dissémina un peu partout dans la maison et compléta l'éclairage des pièces principales par des lampes en faïence de Quimper surmontées d'abat-jour pastel. Les jours passaient et elle se sentait bien dans cette maison. Elle prenait plaisir à cuisiner ses repas, elle dormait mieux. Parfois, en se réveillant, elle tâtonnait à la recherche du bouton de la lampe de chevet. Quand la lumière se répandait sur les murs clairs, elle était toujours un peu surprise.

Ce samedi en fin d'après-midi, elle était épuisée mais satisfaite. Elle fit le tour de sa maison, pièce après pièce, attentive à cet environnement qui était le sien désormais. Pas mal, se dit-elle. Un courant d'air frais envahit la demeure qui baignait dans une atmosphère de douce sérénité. Lovée au creux du canapé, les jambes allongées sur le pouf, elle savoura une tasse de thé en admirant la lumière mordorée de l'après-midi, le mouvement des rideaux agités par le vent. Puis une sorte de frénésie la saisit de nouveau, et elle sortit faire quelques courses avant de se préparer à rendre visite à sa propriétaire.

Le soir venu, elle choisit une robe vert émeraude au décolleté sage mais qui couvrait à peine ses genoux. Puis elle lissa ses cheveux et retoucha son maquillage. La perspective de cet apéritif piquait sa curiosité. Elle avait hâte de faire la connaissance de son voisin. La dernière fois qu'elle s'était hissée par-dessus la murette pour l'observer, il l'avait surprise. Elle lui avait adressé un petit signe de la main auquel il avait répondu, et, confuse d'avoir été ainsi démasquée, elle s'était bien vite retirée de son poste d'observation.

Quand elle arriva chez Odile, il était déjà là. Camille nota l'excellente coupe de sa veste sport gris anthracite, le foulard carmin noué dans le col entrouvert de sa chemise blanche. Odile fit les présentations et Camille sourit lorsqu'elle la définit comme « une adorable jeune femme, secrétaire aux Palets bretons ». Pour Odile, toutes les personnes employées dans un bureau étaient, par définition, des secrétaires. Camille lui offrit une boîte de chocolats qu'elle avait choisie pour elle, et une barquette de feuilletés au crabe qu'elle avait achetés chez un traiteur.

— Oh merci, que vous êtes gentille ! s'exclama Odile. Asseyez-vous, je vous en prie...

Ils prirent place de part et d'autre d'une jolie table en marqueterie recouverte de napperons de dentelle. Un plateau était dressé avec des verres et une carafe. Camille et son voisin s'observaient avec des sourires discrets, tandis qu'Odile allait et venait à pas décidés entre la cuisine et le salon. Elle avait troqué son éternel tailleur-pantalon gris pour une jupe marron qui lui arrivait aux chevilles et un corsage crème orné d'un jabot de volants. Elle posa sur la table un plat de toasts et de fines tranches de cake au jambon et au saumon.

— Je vais vous faire déguster mon vin de mirabelle !

Camille faillit s'écrier qu'elle rêvait de goûter ce vin depuis sa plus tendre enfance, elle se ravisa à temps et se tourna vers Vincent Courton.

— Odile m'a dit que vous étiez professeur d'histoire à l'université de Quimper ?

— C'est exact, j'enseigne l'histoire, l'archéologie et la gestion des patrimoines culturels.

— Vaste programme ! observa Camille en trempant les lèvres dans son verre.

Le vin de mirabelle était délicieux. Certes, on devinait la fabrication maison à sa consistance un peu trop sirupeuse, mais le moelleux des fruits, rehaussé par une petite pointe d'alcool, était divin. Elle se demanda si celui de sa grand-mère avait une telle saveur.

— Et Vincent écrit aussi des livres ! releva Odile.

Elle leur tendit des petites assiettes de faïence et les invita à les garnir de toasts et de feuilletés.

— J'ai surtout écrit des essais sur différentes personnalités historiques et culturelles de la région, expliqua Vincent Courton en regardant Camille.

Il avait une voix grave, légèrement rocailleuse, des cheveux noirs et de beaux yeux gris foncé.

— J'imagine que cela requiert des recherches très fouillées.

— Oui, mais c'est passionnant de remonter le cours de l'histoire, de dénouer les fils d'intrigues vieilles de plusieurs siècles. Il y a quelques années, j'ai entrepris de rédiger la biographie de Michel Le Nobletz, un prêtre missionnaire qui est né à

Plouguerneau au seizième siècle. Après de nombreux voyages il s'est installé à Douarnenez, et on lui doit l'évangélisation des îles et du littoral.

— N'est-ce pas lui qui a inventé un procédé de cartes peintes ? demanda Camille en picorant des petits morceaux de cake.

— Si... confirma Vincent Courton, visiblement surpris qu'elle connaisse ce détail. Il a réalisé les premières cartes marines. Aujourd'hui, certaines de ces cartes ainsi que ses tableaux allégoriques sont classés aux Monuments historiques.

— Et vous allez publier sa biographie ?

— Elle est loin d'être terminée, j'ai dû interrompre mes recherches pendant quelque temps...

Il tourna la tête vers la fenêtre et regarda le jardin d'Odile. Camille devina qu'il accomplissait de gros efforts pour ne rien laisser paraître de la tristesse qui l'avait brusquement saisi.

— Et vous avez un chien, dit-elle pour créer une diversion, je l'entends aboyer parfois.

— En principe, c'est ce que les chiens font le mieux, non ?

Il avait retrouvé un air détendu et sourit en regardant Camille. Elle piqua un fard en se rappelant le moment où il l'avait surprise en train de l'épier pardessus leur mur mitoyen. Odile proposa une resucée de vin de mirabelle et ils acceptèrent. Puis les plats d'amuse-bouche passèrent de main en main. Ils parlèrent de l'été exceptionnellement clément, du festival du cinéma en août et de la traditionnelle fête des bruyères. Puis un silence s'installa et Odile crut bon de le combler aussitôt :

— J'ai une idée, Vincent, Camille pourrait nous accompagner samedi à Quimper ? Nous allons au musée des Beaux-Arts, voir une exposition sur le thème « Une saison tchèque à Quimper ».

Camille remarqua aussitôt le trouble de Vincent Courton, qui n'avait pas vu venir la proposition d'Odile, et tout dans son regard, dans ses gestes, trahissait son embarras.

— Vous avez l'habitude d'organiser vos sorties ensemble, je ne voudrais pas vous déranger !

Pris au piège, Vincent ne put que murmurer :

— Vous serez la bienvenue, à condition que vous aimiez Gauguin. La Galerie nationale de Prague a prêté certaines de ses œuvres pour cette exposition.

— Je suis beaucoup plus férue de littérature et de musique que de peinture, mais je viendrai avec plaisir.

— Reprenez donc des petits toasts, proposa Odile, visiblement satisfaite, et dites-nous, Camille, êtes-vous bien installée maintenant ?

— Oui, la maison est parfaite ! Je devrais m'occuper du jardin à présent, mais je ne sais pas trop comment m'y prendre…

— Mon mari avait planté des roses trémières et des rosiers grimpants le long de la clôture. Vous pouvez ajouter des plantes à massifs entre les arbustes. Et tout au fond, il avait commencé à aménager un jardin de curé.

— Ça consiste en quoi ? s'étonna Camille.

— Ce sont de petits espaces délimités par des pierres, des murets, ou bordés de buis, et dans chaque carré on plante quelque chose de différent, des légumes, des herbes aromatiques comme du persil ou de la ciboulette. Bien sûr, on peut aussi y faire pousser des fleurs ! Surtout, faites-en ce que vous voulez, Camille, vous êtes chez vous !

Camille la remercia. Toutefois, elle se demanda si cela valait bien la peine d'entreprendre de planter des légumes... elle serait partie avant qu'ils arrivent à maturité. Des fleurs et des plantes aromatiques à la rigueur. Ils renouèrent avec leurs bavardages, quelques potins, et le temps s'écoula dans une ambiance calme et feutrée.

L'horloge bretonne sonnait neuf coups lorsque Vincent Courton se leva.

— Je vais rentrer, Odile, merci pour cet apéritif, vous vous êtes donné un mal fou, et c'était parfait ! A samedi, je passerai vous prendre. Et merci à vous aussi pour ces délicieux feuilletés, ajouta-t-il en se tournant vers Camille.

Elle se leva à son tour.

— Je vais me sauver moi aussi, mais pas avant de vous avoir aidée à tout remettre en ordre...

— Certainement pas ! se récria Odile. J'ai tout mon temps et je serais plus rassurée si vous rentriez chez vous en compagnie de Vincent.

Camille éclata de rire.

— Vous êtes adorable, mais nous sommes à Douarnenez et il est à peine 21 heures !

— Il n'empêche...

Devant son insistance, ils prirent congé de la vieille dame et descendirent la rue en silence. Il faisait étonnamment doux et le ciel était d'une limpidité exquise. Camille aurait aimé échanger encore quelques mots avec Vincent Courton, mais elle respecta son mutisme. Regrettait-il l'invitation d'Odile ?

— J'ai l'impression qu'Odile vous a un peu forcé la main, pour l'exposition. Je peux trouver un prétexte pour me décommander.

— Non, pas du tout... Pardonnez mon silence, je ne suis pas très bavard.

En marchant près de lui, Camille remarqua qu'il n'était pas très grand, mais il avait un beau profil : le menton énergique, un nez aquilin et un front légèrement dégarni qui dévoilait de profondes rides. Il n'était guère plus âgé qu'elle, cependant. En vérité, tout son charme résidait dans son regard sombre, d'une nuance subtile entre gris et noir.

Ils s'arrêtèrent devant les portes jumelles, et Vincent tendit la main à Camille.

— Au fait, il s'appelle Surcouf... mon chien ! S'il aboie, appelez-le par son nom, il se calmera.

— Je saurai m'en souvenir...

— A samedi, et rendez-vous chez Odile. J'ai été ravi de vous rencontrer, Camille.

L'entendre l'appeler par son prénom lui procura une certaine émotion, elle se troubla, sourit et se sentit ridicule.

— Moi aussi, dit-elle, bonsoir… A samedi.

Il inclina la tête et rentra chez lui.

Plus tard, Camille monta se coucher. Machinalement, elle regarda dans le jardin d'en face. Les fenêtres étaient éclairées chez son voisin. Elle avait apprécié sa compagnie et sa conversation, leurs échanges cordiaux autour du vin de mirabelle qui lui avait évoqué son enfance. Et cet homme à la personnalité fascinante… Si elle organisait un apéritif à son tour, accepterait-il de venir ? Elle faillit éclater de rire dans le silence de sa chambre en se découvrant des réactions puériles, une vraie midinette !

En fermant les volets de sa chambre, elle vit une voiture passer lentement devant chez elle. Elle aurait juré l'avoir déjà remarquée un peu plus tôt. Le conducteur cherchait-il une place de parking ? C'était bizarre. Les places ne manquaient pas, à cette heure-là.

Elle se coucha et éteignit la lumière. Juste avant de s'endormir, elle prit conscience qu'elle se sentait extraordinairement sereine ce soir.

Le lendemain matin, en ouvrant la porte au chien, Vincent Courton décida d'aérer la villa. Il s'astreignait à le faire toutes les semaines, et quand il était en vacances il n'avait aucune excuse pour y surseoir. Il saisit le trousseau de clés sur la desserte de l'entrée et en sortant aperçut sa voisine à la fenêtre du premier étage de sa maison. Il lui adressa un signe de la main, qu'elle lui retourna. Puis il siffla Surcouf et longea l'allée qui menait à la maison principale. Il se retourna, un peu malgré lui, mais Camille avait disparu. Qui était-elle, exactement ? Au premier coup d'œil il l'avait trouvée intéressante. Elle n'était pas de ces femmes dont la beauté attire irrésistiblement le regard des hommes. Il y avait dans ses traits quelque chose d'un peu trop dur, un peu trop abrupt. Il lui manquait une infime touche de douceur, de féminité, pour la rendre tout à fait jolie. Mais elle avait une voix bien timbrée dont chaque mot était pesé, voire retenu. Ce qui l'avait intrigué. C'était quelqu'un d'érudit, et il était clair qu'elle avait reçu une éducation bien au-dessus de la moyenne. Qui connaissait Michel Le Nobletz ? Par ailleurs, son niveau de vie n'était pas celui d'une employée de bureau. Odile lui avait confié que la jeune femme avait insisté pour payer quatre mois de loyer d'avance, elle portait des vêtements de prix et les boutiques où elle avait acheté les chocolats et les amuse-bouche étaient parmi les plus réputées de la ville. Elle n'avait pas offert de fleurs à Odile, comme le font la plupart des invités. Et cela l'avait surpris. Ressentait-elle, comme lui, une aversion à la vue du moindre bouquet ?

Au moment d'ouvrir le battant de la porte, comme chaque fois, il s'immobilisa sur le seuil. Plus de deux ans s'étaient écoulés depuis la mort de Sophie, et il éprouvait toujours cette envie de hurler... Le long de la façade, elle avait aménagé des massifs qui dessinaient des mosaïques, à l'image du jardin de curé qu'évoquait Odile la veille. Des rosiers grimpants couraient sur les murs, chargés de corolles qui s'épanouissaient en un camaïeu de tons pastel. Au pied des rosiers, Sophie avait planté diverses espèces de fleurs dont il ignorait le nom, où se mêlaient la sarriette, le thym et le romarin. L'idée de faire se côtoyer des fleurs et des plantes aromatiques descendait des anciens jardins grecs et romains, du moins au dire de Sophie.

Vincent résista à l'envie de faire demi-tour et se décida à entrer. Elle l'avait tant aimée, cette maison ! Il se rappelait sa joie, son rire enfantin, lorsqu'ils l'avaient visitée. « Nous pourrons vivre ici pour le restant de nos jours, s'était-elle écriée en riant aux éclats. Nous aurons des enfants, des chiens, des chats et une tortue ! J'ai toujours rêvé d'avoir une tortue. » Elle avait fait des projets pour eux, et partout où il posait son regard elle était là. Cela ferait trois ans la semaine prochaine qu'on avait décelé la tumeur... Une date souvenir, encore une... D'innombrables souvenirs l'assaillaient. Après les funérailles, il avait quitté la maison où Sophie et lui avaient vécu de si merveilleuses années. Ses vêtements occupaient toujours les penderies, il n'avait même pas trouvé la volonté de jeter sa brosse à dents, ni son shampooing. Il ouvrait le flacon, parfois, et humait ces senteurs de pomme verte qu'il retrouvait dans sa chevelure quand il y plongeait le visage en lui faisant l'amour. Vivre ici sans elle s'était révélé impossible.

Il irait sur sa tombe tout à l'heure, il y allait tous les dimanches matin. Il apporterait un bouquet de roses. Des roses jaunes, ses préférées.

Le samedi après-midi, Vincent arriva chez Odile, où Camille attendait déjà. Odile s'installa sur le siège à côté du chauffeur et Camille prit place à l'arrière. Pendant le trajet jusqu'à Quimper, elle les écouta parler de gens qu'elle ne connaissait pas. En arrivant au musée des Beaux-Arts, Odile prit le bras de Vincent et Camille se laissa distancer.

L'exposition était passionnante. De nombreux artistes tchèques avaient séjourné en Bretagne au dix-neuvième siècle. La Galeric nationale de Prague avait retrouvé dans ses collections des œuvres magnifiques, inspirées par le pays breton.

Camille retrouva Odile et Vincent à la fin de l'exposition et avant de quitter Quimper elle leur offrit un thé à la terrasse d'un bar près de la cathédrale. Odile avait beaucoup marché et ne cessait de se plaindre de douleurs dans les jambes.

Pendant le trajet de retour, l'essentiel de la conversation tourna autour des remèdes à l'arthrose, de la difficulté de vieillir... De temps à autre, Camille croisait le regard de Vincent dans le rétroviseur. Ils se sourirent à plusieurs reprises.

A Douarnenez, Camille descendit la première et remercia Vincent, avant d'embrasser Odile.

— Prenez soin de vous, je vous appellerai demain.

15

Cinq semaines après le départ de Camille, Ingrid Thénar ne contenait plus sa rage. Elle n'avait plus aucune nouvelle de son associée depuis le dernier message où, selon elle, elle avait dévoilé son vrai visage. Indifférence, égoïsme, un manque total de compassion, du Camille tout craché. Depuis, Ingrid avait multiplié les tentatives pour la ramener à la raison. Elle savait qu'elle devenait pathétique, à supplier ainsi. Elle croulait sous un déluge de dossiers à étudier, de travail en retard à absorber. Elle comprit qu'elle ne pouvait plus pallier l'absence de son associée et dut se résoudre à embaucher un jeune avocat.

Depuis son box, Stéphanie Maurin observait Ingrid en pleine discussion avec la nouvelle recrue, fraîchement émoulue de l'université, et de toute évidence, cela ne se passait pas bien. Une heure plus tôt, c'était elle qui avait essuyé les foudres de sa patronne. Elle lui reprochait son retard et surtout son incapacité à retrouver Camille. Pourtant, Stéphanie avait diligenté le meilleur enquêteur du cabinet, celui que Camille mettait toujours à contribution pour ses affaires les plus complexes. Il n'avait rien trouvé et il lui avait fait savoir qu'il abandonnait les recherches. « Mes démarches n'ont rien donné, avait-il dit, je suis désolé, mais j'ai d'autres affaires urgentes. »

Stéphanie avait remis en cause les véritables raisons de l'empressement du détective à jeter l'éponge concernant cette enquête. L'idée lui traversa l'esprit qu'il avait bel et bien retrouvé Camille mais qu'elle avait réussi à le mettre de son côté. La jeune fille avait pesté, mais très vite une nouvelle idée lui était venue. Peu importait où Camille se cachait, elle ne laisserait pas tomber. Elle avait une revanche à prendre sur cette garce qui lui avait empoisonné la vie pendant deux ans.

A Douarnenez, la deuxième semaine d'août débuta par une vague de chaleur peu commune pour la région. Le mardi, Camille et Yves Valand visitèrent la cidrerie Monez. C'était une belle entreprise située près de la pointe du Raz. A leur arrivée, ils se garèrent sur le parking visiteurs et, en marchant vers l'usine, Camille respira profondément l'air marin. Le ciel était dégagé et la température avoisinait les vingt-huit degrés. Les vagues se brisaient contre les rochers et s'évanouissaient doucement sur le sable.

Le gérant de la cidrerie, Michel Monez, les guida en expliquant les différentes espèces de pommes utilisées selon leur teneur en sucre ou en acidité, l'importance de leur récolte « au sol ». D'imposantes meules en granit broyaient les fruits dans des auges où ils macéraient avant d'être pressés.

— Ensuite, nous attendons l'étape de la fermentation, développa Monez. C'est une lente alchimie due aux levures naturellement contenues dans les fruits.

Camille ne disait rien, mais elle avait sorti un carnet de son sac et elle prenait des notes. Puis le chef d'entreprise entreprit de décrire les différentes catégories de cidre, doux, demi-sec ou brut.

— Notre plus belle innovation est un cidre rosé, élaboré à partir de pommes à chair rouge.

Camille prêta une attention soutenue à la fin de la visite, la mise en bouteilles, le conditionnement. Elle interrogea le gérant à propos des différents types de bouteilles, de cartons, de leur poids. Valand écoutait et crut bon de ne pas intervenir. Ils prirent congé après deux heures de discussion dans le bureau de Monez, et à peine monté en voiture Yves s'empressa de remercier Camille :

— Bravo, vous avez brillamment défendu nos intérêts ! s'écria-t-il, admiratif.

Lorsqu'ils avaient évoqué les premiers points de leur association, elle avait décelé des écueils qu'il n'avait pas remarqués. Monez envisageait de livrer le cidre à la biscuiterie avec la liste des commandes communes. « Si nous vous suivons bien, avait relevé Camille, c'est nous qui allons gérer toutes les expéditions, la manutention, les retours, les éventuels litiges… ça mérite une étude approfondie de notre part. »

Le gérant avait tenté de se justifier, d'expliquer l'aspect pratique de ce regroupement, Camille n'avait rien cédé, et ils avaient prévu de se revoir d'ici à une quinzaine de jours.

Sur le chemin du retour, Yves et Camille soulevèrent encore quelques points obscurs de cette future association.

— Je me demande ce que je ferai après votre départ ! lança Yves sur un ton où perçait une certaine inquiétude.

— Je suis encore là, et Loïc apprend très vite. Il sera performant quand je partirai.

Quand partirait-elle ? Elle savait qu'elle ne resterait pas éternellement ici, mais elle refusait de penser à son départ. A sa grande surprise, elle appréciait le rythme de son travail, les journées qui se succédaient ne se ressemblaient jamais. La vie des PME était une véritable découverte. La veille, elle avait assisté à la fabrication des madeleines et mesuré l'importance de la qualité du beurre de baratte qu'on introduit en fin de préparation dans la pâte encore liquide. Quand Bernard Grant s'était emporté contre le fournisseur de beurre, qui avait livré une qualité non conforme au cahier des charges, Camille avait toutes les cartes en main pour lancer une réclamation.

Et il en allait ainsi chaque jour ! Elle découvrait toujours une nouvelle raison d'apprécier son travail. Il lui arrivait d'envisager la possibilité de rester quelques semaines de plus… Cet anonymat avait un certain attrait et au gré des jours sa vie prenait un sens nouveau.

Il y avait une éternité qu'elle ne s'était pas sentie aussi libre, aussi sereine, et à cet instant précis l'intensité de ce qu'elle éprouvait l'effraya. Comment pouvait-elle se sentir libre après la mort de Delmas, sa fuite en avant ? Au moins avait-elle été claire vis-à-vis de Denis et surtout d'Ingrid. Dans ses derniers SMS, son associée lui assénait des insultes qu'elle n'avait pas acceptées. Elle avait vertement répliqué :

Tes reproches sont profondément blessants et injustes, Ingrid ! Et je ne les supporte plus. Puisqu'il faut mettre les choses au point… Laisse-moi te rappeler que depuis six ans j'ai pris deux fois moins de congés que toi. J'ai toujours été la première arrivée au cabinet le matin, et encore au boulot à 20 heures le soir, parfois beaucoup plus tard. Et toi ? Toi, tu te conformais aux horaires de tes enfants, aux vacances de tes enfants ! Combien de fois ai-je pris une de tes affaires au pied levé parce que tu avais un empêchement ? Alors que ce soit dit une bonne fois pour toutes : je ne rentrerai pas avant la fin octobre. C'est assez clair ? Et si cela ne te convient pas, trouve quelqu'un pour me remplacer et fous-moi la paix !

Camille n'avait pas encore pris connaissance de la réponse de son associée, car elle appréhendait de rallumer son portable… les messages de son frère qu'elle n'écoutait pas, les appels anonymes et les menaces, brusquement revenus.

Yves observait discrètement Camille. A quoi, à qui pensait-elle ? A son retour chez elle ? Elle était là depuis plus d'un mois maintenant, efficace, ponctuelle, une perfectionniste dans l'âme ; il avait l'impression qu'il ne pourrait plus se passer d'elle. Pourtant, il savait si peu de choses à son sujet, sinon qu'elle fascinait tout le monde par sa personnalité entière, son énergie, sa détermination. Soudain, il se rendit compte qu'elle lui parlait.

— Avez-vous besoin de moi ? répéta Camille, consciente qu'il n'avait pas écouté.

— Non, pas cet après-midi, je vais courir me réfugier dans mon laboratoire, je suis en phase de création et c'est terrible ! Je veux à tout prix mettre au point des financiers à la gelée d'orange et aux éclats de noisette grillée…

— J'ai hâte de goûter ça ! Et à propos de confiture, votre femme m'a offert deux pots de gelée de myrtilles maison, je n'étais pas dans mon bureau quand elle est passée, mais si elle avait attendu deux petites minutes j'aurais pu la remercier…

— Je crois qu'elle n'a pas cherché à vous attendre… vous l'impressionnez beaucoup.

— Réellement ? Pourtant, il n'y a aucune raison à cela !

— Mais si, Camille, vous êtes très intimidante, vous savez.

Ils éclatèrent d'un même rire plein d'entrain et Yves se gara sur le parking des Palets bretons.

A 20 heures, Camille rentra chez elle. Elle abandonna son sac et ses chaussures au rez-de-chaussée, grimpa au premier étage. Elle enfila une robe légère et se rafraîchit le visage. Puis elle ouvrit grands les volets. Les derniers rayons du soleil et un air doux envahirent la chambre. « Une belle soirée en Bretagne vaut tous les couchers de soleil en Provence », disait sa grand-mère. Camille s'arcbouta sur la balustrade de la fenêtre et contempla le carré de plantes et de fleurs qu'elle avait aménagé le week-end précédent. Elle ne devait pas oublier de les arroser avant de se coucher. Soudain, elle aperçut une voiture arrêtée de l'autre côté de la rue. Il y avait quelqu'un derrière le volant... quelqu'un qui l'observait. Le souffle court, elle descendit l'escalier quatre à quatre et se précipita dans la rue. La voiture s'éloigna et tourna en direction du centre-ville. Camille secoua la tête. Etait-elle en train de devenir paranoïaque ? Tout à coup, elle vit le chien de son voisin assis sur le trottoir ; la truffe en l'air, il reniflait les multiples odeurs de la rue. Elle l'appela et s'approcha à pas prudents. Nullement effrayé, le teckel se laissa caresser, Camille le prit dans ses bras et sonna chez son voisin. Vincent Courton ouvrit la porte et, surpris, regarda Camille et le chien.

— Pas possible ! Il s'est encore enfui ?

— Apparemment oui, il avait presque remonté la rue.

Vincent s'écarta et laissa Camille entrer. Elle redécouvrit alors son sourire, ou plutôt un demi-sourire qui soulevait à peine le coin de ses lèvres, et ces petites mèches grises striant sa chevelure noire et brillante. Vincent caressa la tête du chien et lui gratta les oreilles avant de lâcher, sur un ton badin :

— Dehors, sale bête !

Il ouvrit la porte qui donnait sur le jardin et Surcouf ne demanda pas son reste. Puis Vincent revint vers Camille et ils se regardèrent, gênés. Depuis leur sortie à Quimper, ils se surveillaient l'un l'autre par-dessus le mur séparant leurs jardins. Ils se saluaient, parfois.

— J'aime beaucoup Surcouf, reprit-il plus sérieusement, c'était le chien de ma femme. Elle est décédée, vous le savez peut-être ?

— Oui, Odile m'en a touché deux mots.

— C'était un chiot de quelques semaines à peine quand Sophie l'a trouvé, abandonné sur le parking de l'université. Ma femme venait souvent me chercher pour aller dîner, mais ce soir-là, après avoir recueilli le chien, elle a annulé notre sortie et elle a passé la soirée à s'occuper de ce petit monstre.

Une ombre voila son regard. Camille aurait aimé tout savoir de ce chagrin contenu. Après plusieurs tours de jardin, Surcouf revint dans la maison et se pressa contre la jambe de Camille, en attente d'une caresse.

Vincent s'excusa de ne pouvoir l'inviter à prendre un verre.

— Je n'ai absolument rien à vous offrir, excepté de l'eau fraîche, si cela vous tente.

— Ce n'est pas grave, le rassura Camille, j'ai prévu de dîner léger et de me reposer. Je me lève tôt demain matin. Mais...

Elle hésita, planta son regard dans le sien, se demanda quelle pourrait être sa réaction si elle l'invitait. Jugerait-il sa démarche inconvenante ?

— ... j'ai l'intention de convier Odile à dîner samedi soir. Est-ce que vous aimeriez vous joindre à nous ?

Il marqua aussi un petit temps d'hésitation avant de répondre :

— Oui, avec plaisir.

Ils échangèrent leurs numéros de portable en cas d'empêchement de dernière minute et Camille prit congé. Elle rentra chez elle et, chemin faisant, commença à imaginer un menu, la liste des courses à faire... Et la maison ? Serait-elle suffisamment accueillante ? Elle en oublia la voiture qu'elle avait remarquée devant son domicile.

16

Vincent écoutait l'eau gargouiller dans les tuyaux de l'évier. Il était censé laver les fruits avant de les couper et de lancer la centrifugeuse. Il jeta un coup d'œil par la fenêtre et pensa à Camille. Pourquoi avait-il accepté ce dîner comme si c'était la chose la plus naturelle du monde ? Alors que l'idée même de dîner chez sa voisine lui paraissait tellement étrange ! Cette femme l'intriguait de plus en plus. Son allure bon chic bon genre, son érudition, sa réserve aussi… elle avait compris qu'Odile avait imposé sa présence à l'exposition, aussi était-elle restée en retrait, et les avait-elle laissés bavarder tous les deux. Mais il avait croisé son regard dans le rétroviseur, échangé quelques sourires furtifs avec elle. Depuis, ils se saluaient d'un signe de tête, d'un geste de la main. Et elle avait recueilli Surcouf qui s'était échappé !

Il s'était levé tôt, comme tous les samedis matin. La chaleur déjà oppressante l'avait incité à ouvrir les fenêtres. Il avait pris appui sur le rebord, le regard perdu au loin, il s'était laissé pénétrer par le souffle frais venu de la mer. Et brusquement il avait entendu les premières notes de « Come è lunga l'attesa » qui venaient de la maison d'à côté. La Callas chantait *Tosca.* Il avait pâli avec un brusque mouvement de recul, avant de s'effondrer sur le chambranle de la fenêtre. C'était l'air préféré de Sophie, qui vouait un véritable culte à la cantatrice. Depuis son décès, il n'avait jamais trouvé le courage de glisser un CD dans la chaîne. Mais, ce matin, il avait écouté… La musique vibrante, la voix de La Callas, pure, qui s'élevait pour l'éternité dans son univers de cristal.

Le dimanche matin précédent, en se rendant sur la tombe de Sophie, il avait aperçu sa voisine trois allées plus loin. Elle avait posé des fleurs dans un vase, puis elle avait attendu quelques instants et il avait vu ce sourire sur ses lèvres. Il avait hésité à s'approcher d'elle pour la saluer. Mais il savait d'expérience ce qu'une visite au cimetière pouvait avoir d'intime. Elle avait esquissé un rapide signe de croix et s'était éloignée. Sa présence avait piqué la curiosité de Vincent, qui s'était approché et avait regardé les noms gravés sur le caveau familial. Ces deux personnes d'un certain âge dont le décès remontait à quelques années lui étaient inconnues. Il avait fini par revenir sur la tombe de Sophie, il avait arrangé le bouquet de roses jaunes et il était rentré chez lui affronter un long dimanche de solitude. Dans l'après-midi, il avait rassemblé son courage et s'était rendu dans la villa. Il avait tourné en rond en se répétant qu'il devait en retirer les effets de Sophie. Il y avait renoncé, c'était au-dessus de ses forces. Comme chaque fois, les souvenirs refluaient en une insoutenable chronologie.

Tout avait commencé par des maux de tête, des nausées, et des vertiges allant jusqu'au malaise. Une visite chez le médecin, qui les avait dirigés vers un spécialiste, qui, à son tour, avait ordonné des examens en clinique. La main de Sophie dans la sienne, la pression qui se resserrait en suivant les couloirs, les étages et le long corridor avant d'atteindre le service de médecine nucléaire. Sur les murs, les panneaux multipliaient les interdits, les alertes, comme s'ils pénétraient dans un site de recherche atomique. Les examens durèrent beaucoup plus longtemps que prévu, et le diagnostic tomba comme un verdict : un glioblastome, la plus agressive des tumeurs. « Vous pouvez prendre un autre avis », avait dit le spécialiste. Ils en avaient pris trois. Des oncologues, des neurochirurgiens. Tous s'accordaient sur un point : la tumeur était inopérable. Ce fut la radiothérapie, la peau brûlée, les boursouflures… Comment oublier ce matin où il avait vu les cheveux de Sophie flotter sur l'eau de la baignoire ? Il les avait récupérés et elle avait suivi son geste d'un regard vide. Puis ce fut l'hospitalisation ; son dernier cours à peine achevé, il se précipitait à son chevet. Jour après jour, il avait assisté à son déclin, il l'avait vue s'éteindre. Tout son univers s'était alors résumé à ce lit blanc, dans une chambre blanche qui sentait le désinfectant, au corps de Sophie branché à des tuyaux que lui seul voyait comme autant de liens qui les rattachaient à un infime espoir de survie. Jamais elle ne se plaignait. Il restait des heures auprès d'elle et elle insistait toujours pour qu'il rentre chez eux... « Surcouf aboie quand il est seul, répétait-elle, je ne voudrais pas qu'il dérange les voisins... » Vincent s'en foutait, des voisins ! Il s'en allait pourtant, mais à regret. L'hôpital possédait une chapelle. Il s'arrêtait parfois, fidèle à l'éducation catholique qu'il avait reçue enfant. Agenouillé, tête basse, mains jointes, n'était-ce pas la position lorsqu'on quémande un miracle ? La santé de Sophie n'avait cessé de se dégrader, et il avait découvert qu'on pouvait croire en Dieu tout en étant en colère contre lui.

Un jour, Sophie avait exprimé le désir de rentrer à la maison. « Elle s'est battue jusqu'au bout, avait expliqué le chirurgien, elle a le droit de vivre ces derniers jours comme elle le souhaite. Vous aurez une infirmière à domicile pour vous assister. »

Vincent avait protesté :

« Je préférerais qu'elle reste à l'hôpital pour attendre le temps que nous pouvons encore gagner grâce au traitement. Ce temps qui reste est si important, il est à nous...

— Non, monsieur Courton, il est à elle. Laissez-la décider, elle a le droit de partir sans souffrir. »

Un peu avant midi, le 3 juin, il avait vu disparaître le tracé lumineux de l'écran installé à côté du lit. Sophie était morte, la main serrée dans celle de Vincent. Il ne l'avait pas sauvée, il l'avait juste aidée à le quitter. Il était tombé à genoux, l'avait serrée contre lui, l'avait embrassée une dernière fois en cherchant désespérément le bruit de son cœur. Seul, le sien cognait dans sa poitrine, sur un rythme démesuré. Il battrait en solitaire, désormais.

Soudain, Vincent entendit aboyer Surcouf. Il regarda par la fenêtre de la cuisine et aperçut Camille par-dessus le muret mitoyen. Il avait remarqué que tous les matins elle lançait un petit morceau de pain beurré en criant : « Salut, le chien ! » Ce fut un brusque retour dans le présent et il pensa de nouveau au dîner.

Camille aborda la journée d'une humeur enjouée. Ce soir, elle organisait un dîner seule, et elle n'en avait pas l'habitude. A Toulouse, la plupart des invitations se déroulaient au restaurant et quand, exceptionnellement, un dîner avait lieu à la maison Denis se chargeait de tout. D'abord, Camille avait mûrement réfléchi à la composition du repas. Par chance, cette semaine-là, Emilie Valand était venue à la biscuiterie à deux reprises pour remplacer une employée absente. Camille n'avait pas hésité à solliciter ses conseils. Elles avaient même concocté un menu ensemble.

Ce matin, en sillonnant le marché, au frais sous les halles, Camille se mit à la recherche d'un artisan pêcheur recommandé par Emilie. « Il pratique la petite pêche, lui avait dit la jeune femme. Tous les poissons qu'il vend sur son banc sont issus de la pêche du jour. » Camille choisit un beau filet de lotte, et sur un autre stand elle acheta du thon frais pour le tartare. Elle trouva un maraîcher, acheta des patates douces, de beaux citrons verts et de la salade en quantité suffisante pour ses paniers-repas de la semaine. Son cabas commençait à être bien lourd. Elle devait penser au fromage et au pain. Pourvu qu'elle n'oublie rien ! Un peu plus tard, elle prit sa voiture pour aller chez le traiteur, puis au supermarché, où elle choisit un bon champagne. Pour achever la matinée, elle s'accorda une petite heure, quitta la ville et, empruntant de petites routes de campagne, cueillit des bruyères roses et quelques branches de fougères.

De retour chez elle, elle aéra la maison, déjeuna d'un yaourt et d'une pomme avant de s'atteler aux préparatifs du dîner. Elle commença par passer son menu en revue. La marinade aux citrons verts pour le tartare de thon, les patates douces… Pour le far aux pruneaux, elle n'avait pas besoin d'aide. Enfant, elle avait préparé ce dessert des dizaines de fois avec sa grand-mère pendant ses vacances en Bretagne. Cela faisait bien longtemps, et pourtant chaque geste lui revenait avec une précision étonnante. Fouetter les œufs, le lait, le sucre, et un plat pour le bain-marie. La lotte, à présent… Elle rassembla tous les ingrédients, huile d'olive, échalotes, tomates, ah ! la muscade, le fumet de poisson et le vin. Sans oublier le piment et le poivre noir. Elle sortit le papier où elle avait noté toutes les étapes de la recette. Camille n'aurait jamais pensé qu'un banal plat de poisson pût engendrer autant de préoccupation. Pour la première fois depuis le début de cette journée particulière, elle s'inquiéta. Et si, en dépit des conseils d'Emilie, elle n'y arrivait pas ?

A 16 heures tout était prêt, et le reste de l'après-midi lui parut interminable. Elle était surexcitée. La satisfaction d'avoir organisé ce dîner, certes, mais plus encore la perspective de revoir Vincent Courton. Pourquoi était-elle si fébrile ? Elle se rappelait ses premiers rendez-vous avec Denis. Il ne lui avait jamais inspiré une telle impatience. Mais tout était si convenu dans leur relation. Elle prit tout son temps pour se préparer : une robe en toile légère à fines bretelles, des chaussures à talons. Elle releva ses cheveux avec une pince nacrée et devant le miroir elle s'appliqua un peu de blush et un trait d'ombre à paupières.

A 19 h 30, ses invités arrivèrent et Camille comprit que son voisin était allé chercher Odile avant de venir. La vieille dame disparaissait derrière un énorme bouquet de fleurs. Vincent nota l'embarras de Camille. Depuis la mort de Sophie, il n'avait jamais pu offrir de fleurs à qui que ce soit. Il se rappelait le jour où il avait changé de trottoir en voyant un couple marcher vers lui en riant aux éclats, des roses plein les bras de la jeune femme.

En réalité, Camille ne savait que faire du bouquet, elle avait utilisé l'unique vase de la maison pour sa composition de bruyères. Elle dénicha un pichet, l'emplit d'eau et y glissa les fleurs en assurant à Odile qu'elle achèterait un second vase dès le lendemain. Vincent lui offrit un paquet enrubanné et en l'ouvrant Camille découvrit un recueil de légendes et de contes bretons. Elle le remercia avec un enthousiasme touchant qui lui parut sincère. Après les amabilités d'usage, elle conduisit ses invités sur la terrasse. Sur la table basse, des flûtes entouraient une bouteille de champagne dans un seau empli de glace. Camille apporta une panière garnie de pain de seigle, des ramequins de tartare de thon et des bouchées de crabe en gelée.

— Voulez-vous déboucher la bouteille ? demanda-t-elle à Vincent. Je meurs d'envie de jeter un coup d'œil à ce livre !

En lisant les noms de Du Guesclin, Chateaubriand, la marquise de Sévigné ou Gilles de Rais, Camille les associa aussitôt à des sites de la région. Elle connaissait l'histoire de la forêt de Brocéliande, celle de la petite Juvette…

— Oh ! « Les deux tailleurs et les korrigans[1] » ! s'exclama-t-elle en riant.

1. Nains dans les légendes bretonnes.

Et elle leur raconta l'histoire sans même tourner une page du livre.

Vincent devina que les contes et les légendes qu'on racontait aux enfants de Bretagne n'avaient pas de secret pour elle. Si elle avait des attaches familiales dans cette région, pourquoi n'en parlait-elle pas ? Que dirait-elle s'il avouait l'avoir aperçue au cimetière le dimanche précédent ? Après tout, il n'y avait pas de mal à cela. Mais à cet instant il croisa son regard, il y vit de la tristesse et un soupçon de chagrin. Il préféra se taire. Mais il en arrivait à se poser beaucoup de questions sur cette mystérieuse jeune femme.

Odile félicita Camille pour les amuse-bouche.

— J'ai seulement préparé le tartare de thon, les bouchées viennent de chez le traiteur.

— Et je vois que vous l'avez fait, votre jardin de curé, remarqua Odile.

— J'ai trouvé des outils dans l'abri et j'ai demandé des conseils à la jardinerie, où on m'a vendu un terreau spécial et des plants. J'ai mélangé le persil, la sauge et la coriandre avec des pieds de bégonias et des œillets de poète. Il me restait de la terre et des fleurs, je les ai utilisées pour garnir des pots que j'ai mis sur l'encorbellement des fenêtres.

— Attention aux coups de vent ! répliqua Odile en sirotant son champagne.

Un peu plus tard, Camille les invita à rejoindre le séjour où la table était dressée. Elle glissa un CD dans la chaîne hi-fi, et tout au long du dîner, dès que le silence s'introduisait dans la conversation, la musique de Chopin égrena des notes légères qui s'envolaient dans l'espace. La lotte à l'américaine était parfaite, l'écrasé de patates douces un peu trop… écrasé, mais Odile ne tarit pas d'éloges en dégustant le far aux pruneaux. Et elle s'extasia longtemps sur l'agencement de la maison.

— Vous l'avez magnifiquement aménagée et décorée, Camille ! On la dirait faite pour vous.

23 heures sonnaient lorsque Odile et Vincent prirent congé. Camille les accompagna jusque dans la rue. Odile l'embrassa et Vincent s'approcha d'elle ; avec ses talons de six centimètres, elle était aussi grande que lui. Il posa un baiser sur ses joues.

— J'ai passé une très bonne soirée, Camille, merci. Votre dîner était très réussi.

Après leur départ, Camille rangea les restes et la vaisselle, puis elle se refit un café et, sa tasse à la main, retourna s'asseoir sur la terrasse. La baie de Douarnenez s'ouvrait sur une nuit magnifique encore marquée par la chaleur diurne, et les premières opalescences de la pleine lune dansaient au-dessus des vagues.

Camille chantonnait en préparant son petit déjeuner. Elle vérifia le contenu du réfrigérateur et composa la salade de sa pause-déjeuner, de la roquette, des lamelles de jambon et quelques croûtons. Elle sortit un yaourt et une bouteille d'eau… un lundi matin comme les autres. Non, pas tout à fait. Tout était différent ce matin. Le temps était moins lourd, le ciel plus bleu et la mer plus belle que jamais. Ou bien était-elle d'humeur propice à se réjouir du temps ? Elle avala ses toasts, la gelée de myrtilles d'Emilie Valand était une pure merveille. Elle but son café, saisit le sac isotherme et ses clés de voiture.

En sortant dans le jardin, elle grimpa sur la marche accolée au muret pour jeter une bouchée de pain à Surcouf. Vincent arrosait les fleurs devant sa maison. Torse nu, les cheveux emmêlés et la barbe naissante, le jean retroussé sur les tennis, il guidait le tuyau d'arrosage dans les massifs. Dieu qu'il était beau... Soudain, Surcouf jaillit de nulle part et se précipita vers le muret. Camille lui lança sa bouchée de pain beurré. Vincent se tourna, agita la main en direction de Camille.

— Bonjour ! Il va encore faire chaud aujourd'hui.

Camille acquiesça et marcha allègrement vers sa voiture. Encore une occasion de trouver cette journée magnifique.

Au bureau, rien ne lui sembla impossible ce jour-là. Elle travailla d'arrache-pied jusqu'à 21 heures. Elle avait multiplié les propositions, les relances, et le gérant de la cidrerie Monez était revenu à un partage des tâches et des bénéfices plus équitable. A peine Camille eut-elle le temps d'informer Yves de son succès. Il s'activait, courait et pestait contre les retards des fournisseurs, et l'impatience des clients.

Les derniers rayons du soleil sombraient dans la baie lorsque Camille rentra chez elle. Elle releva le courrier dans la boîte aux lettres et le posa sur le comptoir de la cuisine. Et comme elle le faisait chaque soir, elle prit le temps de se changer, d'enfiler une paire de sandales et de se rafraîchir le visage. Elle redescendit dans la cuisine, ouvrit le réfrigérateur, vit le fond de la bouteille de champagne... Après tout ! Elle le versa dans un simple verre à eau ; les bulles s'étaient évaporées, c'était juste un petit souvenir du dîner. Il restait aussi un peu de lotte, qu'elle réchauffa dans le four à micro-ondes. Elle sortit une assiette, un couvert, se hissa sur le tabouret devant le comptoir et passa le courrier en revue. Perdues au milieu des prospectus, elle découvrit la facture d'électricité et une enveloppe blanche, sans cachet postal qui mentionnait, en bas à droite : *Maître Camille Maillard.* Camille vacilla sur son siège. Personne n'était censé savoir où elle était, et à Douarnenez on ne connaissait pas le nom sous lequel elle exerçait sa profession d'avocate. Les jambes tremblantes, elle se précipita vers la porte donnant sur la rue, se retint au chambranle et scruta l'obscurité. Il n'y avait pas le moindre véhicule en stationnement devant chez elle. Elle revint dans la cuisine, ouvrit l'enveloppe. Elle en retira une feuille de papier, manuscrite elle aussi, et s'arrêta un instant, en proie à un brusque sentiment de panique. C'était une lettre à en-tête : *Jacques Lebrun – Détective privé*. L'enquêteur toulousain que Camille avait diligenté de si nombreuses fois au cours de ses affaires.

Bonjour, maître Maillard,

J'imagine votre étonnement en découvrant mon message dans votre boîte aux lettres. J'ai été mandaté pour vous retrouver, et ce fut relativement facile. Je vous ai observée depuis quelques jours… Votre travail, votre vie dans cette maison ont engendré bon nombre de questions que, finalement, je ne vous poserai pas. J'ai informé mon client que je n'avais pas été capable de vous localiser et que j'abandonnais les recherches. Mais si je vous ai trouvée, d'autres le feront aussi. D'où ce message ! Soyez prudente, vous n'avez pas laissé que des amis derrière vous.

Mes hommages, maître, et tenez-vous sur vos gardes.

Camille but le reste du champagne d'un trait. Ç'avait sans doute été une erreur de sa part d'imaginer qu'on ne la retrouverait pas. Tiraillée entre peur et colère, elle s'installa sur le canapé, sortit son ancien téléphone et, après avoir rechargé la batterie, écouta les messages. Ingrid n'avait pas rappelé. Fallait-il en déduire que cette enquête du détective venait du cabinet ? Elle imaginait très bien Stéphanie Maurin se lancer à sa recherche avec une efficacité redoutable. Après tout, elle était allée à bonne école puisque c'était son assistante ! Ingrid attendait-elle de l'avoir localisée pour se manifester ? Suivaient de nombreux messages de Denis. Il s'affolait à l'approche de la rentrée, il perdait patience. Quelques appels anonymes encore. Soudain, Camille sursauta et faillit lâcher le téléphone… Son père ! Un message bref, violent : « Je t'ordonne de me rappeler immédiatement ! » Que signifiait cet appel ? Tout à coup, elle eut la certitude qu'il se passait quelque chose dans sa famille. L'appel de son père corroborait tous les messages de son frère qu'elle n'avait pas écoutés.

Elle ne voulait pas savoir… Mais elle était sûre que son père n'abandonnerait pas, il ne supportait pas qu'on lui résiste et il n'entreprenait rien sans arrière-pensée.

Une heure s'écoula, puis une autre. Camille restait tassée sur le canapé, immobile, comme terrassée. Il lui avait suffi d'entendre la voix de son père pour qu'une vive terreur la saisisse, jusqu'à provoquer un sentiment d'oppression. Elle étouffait. Et cette paix qu'elle goûtait depuis des semaines fut comme balayée par un flux de souvenirs. Longtemps, elle avait essayé de paraître détachée, maîtresse de ses émotions. Et pourtant, habituée depuis sa prime enfance à obéir, à plier sous l'autorité paternelle, avait-elle jamais maîtrisé quoi que ce soit ? Elle avait mis longtemps à comprendre qu'elle n'était qu'une marionnette entre les mains de son père, qui l'utilisait pour contrôler sa mère.

Les murs de la maison parurent se resserrer autour d'elle, des images se pressaient. Elle se revoyait montrant fièrement son bulletin scolaire à son père. Ses notes la plaçaient à la seconde place de sa classe. « Et alors ? avait-il crié en lui rendant son bulletin d'un geste brusque. Tu ferais mieux de chercher à comprendre ce que le premier a fait de mieux que toi, au lieu de jubiler ! » Etait-ce une forme de révolte inconsciente ? Elle n'avait jamais été première de sa classe. Mais au fond de son cœur d'enfant, puis d'adolescente, elle n'avait pas cessé de quémander une approbation, un soutien qui n'étaient jamais venus.

Camille rassembla son courage et réécouta le message. Pourquoi tremblait-elle ainsi ? Elle savait depuis longtemps qu'on n'échappe pas au désamour d'un père. Certes, elle l'avait respecté, elle lui avait obéi. La haine était venue plus tard. A présent elle le haïssait pour toutes les longues années perdues dans de vaines tentatives de se faire aimer de lui, et plus encore pour les événements qui avaient motivé son départ de Strasbourg. Après son divorce elle avait tout quitté en décidant de ne plus jamais revoir aucun membre de sa famille. C'était plus une misérable fuite en avant qu'un nouveau départ... une tentative désespérée pour trouver une raison de survivre quand on a tout perdu. Combien de fois avait-elle dit à ses clientes : « Il y a des femmes qui passent à côté de leur destin parce qu'elles ont peur, et d'autres qui le saisissent à bras-le-corps parce qu'elles ont peur aussi : quitte à avoir peur, battez-vous ! » Et combien de fois s'était-elle retenue d'ajouter : « Bienvenue sur mon radeau ! » Après son départ personne ne lui avait vraiment manqué, pas même sa mère, qui vivait, terrorisée, dans une routine orchestrée par son mari.

Camille quitta le canapé et monta dans sa chambre. Elle ouvrit la fenêtre, un courant d'air frais traversa la pièce en soulevant les rideaux. Dehors, Surcouf jappait. Son maître jouait certainement avec lui. Camille renonça à s'approcher. Le bel enthousiasme qui l'animait ces derniers jours venait de s'envoler.

17

Ce matin-là, la traditionnelle réunion de travail fut reportée au lendemain. A 7 h 30 précises, Yves Valand et Camille quittaient les Palets bretons pour se rendre à la cidrerie Monez. Bernard Grant, le responsable de production, était du voyage, Camille s'installa à l'arrière de la voiture de Valand, qui prit le volant et, contrairement à son habitude, garda le silence. Camille vérifiait des détails dans le dossier d'association, mais de temps à autre elle observait son patron dans le rétroviseur. Il était pensif, inquiet. Cela se devinait à l'expression de son visage et au tapotement de ses doigts sur le volant. Il consultait régulièrement sa montre ou l'écran de son téléphone portable posé sur le tableau de bord. Sa conduite était saccadée et à trois ou quatre reprises Bernard Grant dut lui rappeler les limitations de vitesse.

Au cours de la réunion il intervint peu, et ses réponses évasives ne cessèrent de surprendre

Camille. Heureusement, son collègue apporta un éclairage expérimenté sur tous les points techniques et Camille s'appropria les aspects juridiques, négociant pied à pied le moindre détail. A la fin de l'entretien, Monez les invita à déguster leur fameux cidre rosé et ils trinquèrent à la réussite de leur association. Cette fois encore, Yves ne dit rien et se contenta d'entrechoquer son verre aux autres avec un vague signe de tête.

Sur le chemin du retour, Camille consulta ses notes, referma le dossier avec un sourire de satisfaction et s'adressa à Valand :

— Tout est prêt, on peut y aller. Qu'en pensez-vous ? demanda-t-elle.

— Accordons-nous encore un peu de temps pour réfléchir. L'important est d'être prêt en octobre.

Camille se contenta de froncer les sourcils. Elle croisa alors le regard de Grant dans le miroir du pare-soleil. Il paraissait aussi surpris qu'elle, mais elle ne dit rien. Néanmoins, le comportement de son patron ne cessait de l'inquiéter. Il n'était vraiment pas dans son état normal.

Toutefois, le lendemain matin, lorsqu'il vint saluer Camille et le jeune Loïc, il paraissait détendu, au point que Camille se demanda s'il n'affrontait pas des soucis d'ordre personnel.

— Venez, dit-il, à la place de la réunion de travail nous allons déguster mes dernières créations !

La salle de réunion s'était transformée en buffet avec des nappes en papier, des plateaux chargés de jus de fruits, de café. Valand présenta les produits qui seraient mis en avant à l'occasion des fêtes de fin d'année. Un assortiment de chocolats, de tuiles aux oranges confites nappées de chocolat aux noisettes du Piémont, de financiers aux figues.

— J'ai prévu plusieurs variantes pour les financiers : beurre salé et éclats de framboise ou fleur d'oranger et angélique confite.

La dégustation dura une heure, les avis fusaient et les commentaires allaient bon train. Camille observa Valand. Il lui adressa un petit sourire qui semblait dire : « Ça va. »

C'était la coutume. Avant les premières réunions officielles de rentrée, Vincent et une dizaine de ses collègues parmi les plus proches se retrouvaient dans une auberge à la périphérie de Quimper. Au cours du déjeuner, ils évoquaient leurs congés, la prochaine rentrée et la énième réforme universitaire. Il y avait de nouvelles têtes aujourd'hui, des femmes surtout. Elles l'entouraient, papillonnaient, et aux égards qu'elles lui manifestaient il comprit que sa réputation de jeune veuf et de beau parti l'avait précédé. Il avala une gorgée de cocktail, trop fort à son goût. Au cours de la soirée chez Camille, il avait découvert qu'une simple coupe de bon champagne pouvait se révéler le plus léger et le plus délicieux des apéritifs. Il avait beaucoup pensé à elle, depuis.

Une aura de mystère l'entourait et il était perplexe. Avait-elle été mariée, l'était-elle encore ? Il regrettait d'en savoir si peu sur elle. Etait-ce seulement de la curiosité ou une autre forme d'intérêt ? Pourquoi ne pas reconnaître qu'elle le troublait ? Quelque chose lui disait qu'elle n'était pas si différente de lui, qu'elle avait une histoire, un passé à accepter, un chemin à parcourir. Il se rappelait ce que lui avait dit Odile lorsqu'il l'avait raccompagnée chez elle après la soirée chez Camille : « C'est si triste d'être seul à votre âge, Vincent... Ne croyez-vous pas qu'il est temps de passer à autre chose ? C'est sans doute ce que votre femme aurait voulu. »

C'était vrai. Comment aurait-il pu oublier ce que Sophie lui avait dit le soir où elle avait avoué pour la première fois combien elle avait peur ? « Je suis tellement désolée de te laisser... mais ça va aller, mon chéri, tu dois continuer d'avancer. Promets-moi que tu ne te replieras pas sur toi-même... »

La scène était gravée dans son esprit à jamais. Il s'était effondré et à sa grande honte, c'était elle qui l'avait consolé. Elle qui n'était plus que déchirures et souffrances. Il lui avait demandé pardon. « Ne t'excuse pas, je sais que tu souffres autant que moi, mais tu es la personne la plus forte que je connaisse. Il y a tant de choses, tant de bonheurs qui t'attendent encore dans cette vie... Tu devras tourner la page de notre amour. »

Le temps était-il venu de tourner cette page ? En était-il seulement capable ? Camille l'attirait, c'était indéniable. Il ressassait le bref instant où sa bouche s'était posée sur la joue de la jeune femme, tout près de ses lèvres. Et il se surprenait à penser à elle, l'imaginant plus près encore de lui. Que devait-il faire ? Leur aventure, si aventure il y avait, ne pouvait être qu'éphémère puisque sa présence à Douarnenez était provisoire. C'était même la seule chose d'elle qu'il savait avec certitude. Après le déjeuner, il l'appellerait pour l'inviter à dîner. Pour l'heure, il devait affronter l'essaim d'abeilles esseulées qui bourdonnait dans son sillage.

Vincent s'aspergea le visage de lotion après-rasage. Il enfila une chemise, passa rapidement un peigne dans ses cheveux. Puis il se pencha vers son reflet dans le miroir et prit le temps de s'examiner. Quelques cheveux blancs apparaissaient sur ses tempes, et les rides étaient plus nombreuses au coin de ses yeux. L'année prochaine, il aurait quarante ans. Il se souvenait de ce que clamait Lucien, son ami d'université, un fieffé coureur de jupons : « Chaque aventure me réinvente ! » Vincent trouvait cela fou et tellement dérisoire. Lui, il avait rencontré Sophie, l'avait épousée, et il avait vécu son veuvage comme une longue abstinence. Chaque aventure… Sans que rien l'ait laissé présager, Camille venait d'entrer dans sa vie et il ne définirait certainement pas cet événement comme une aventure.

Avait-il été maladroit ? Il n'avait pas tenu une femme dans ses bras depuis des années. Il avait redouté que cette longue période d'abstinence fasse de lui un piètre amant. Tout avait semblé tellement simple, cependant. Comme prévu, il avait donné rendez-vous à Camille dans un restaurant à Poullan-sur-Mer. Il était arrivé le premier et, lorsqu'elle s'était approchée de la table, il lui avait trouvé une allure folle dans sa jolie robe vieux rose, trop simple pour ne pas avoir coûté une fortune. Sa chevelure auburn tombait en vagues souples sur ses épaules, son maquillage était discret et son parfum aux notes de fleurs sauvages un rien envoûtant. Ils avaient parlé d'histoire, de littérature. Au début, ils avaient hésité entre le *tu* et le *vous*, puis le tutoiement était venu naturellement. Elle préférait l'histoire tourmentée du vingtième siècle, avec son cortège de guerres sanglantes, lui l'épopée napoléonienne, non moins sanglante. Elle aimait les drames de Corneille, la poésie d'Hugo et le réalisme de Camus, et lui les auteurs de la Pléiade et les romantiques du dix-neuvième siècle. Leurs goûts se rejoignaient dans la musique, ils étaient tous les deux fervents passionnés d'opéra italien, et ils aimaient Chopin et Brahms. Il avait parlé de la maladie de Sophie et expliqué pourquoi il ne pouvait plus vivre dans la grande maison, tantôt un havre, tantôt une geôle. « Je crois que je sais », avait-elle dit d'une voix grave et triste. Et il était sûr qu'elle savait.

Vincent pensait que ses confidences amèneraient la jeune femme à évoquer sa propre histoire. Mais elle avait soigneusement éludé les sous-entendus, comme si elle n'avait pas eu de vie avant son arrivée à Douarnenez. A peine fit-elle allusion à un divorce difficile. Il avait compris qu'elle accomplissait beaucoup d'efforts pour dissimuler une certaine vulnérabilité derrière une allure sage, et un soupçon de froideur. Mais il n'était pas dupe et il en arrivait à se demander quelles souffrances elle avait endurées, quel secret elle gardait en elle. Elle s'était intéressée à ses cours, s'était montrée curieuse de savoir où en étaient ses recherches pour la biographie de Michel Le Nobletz. Puis elle avait longuement évoqué son travail à la biscuiterie Valand. Il apprit ainsi qu'elle était chargée des dossiers juridiques. A maintes reprises, elle avait exprimé des remarques pertinentes qui montraient des connaissances très sûres en matière de loi et de réglementation. A la fin du repas, ils étaient rentrés ensemble et chacun s'était garé devant sa porte. Puis Camille l'avait invité à boire un café. Sur le seuil, leurs regards s'étaient arrêtés pendant un bref instant, ses yeux s'étaient figés, incapables de se détacher de ceux de la jeune femme. Il ne se souvenait plus de ce qui les avait rapprochés. A 4 heures du matin, il avait fait un bond dans le lit de Camille en pensant à Surcouf, toujours enfermé dans la véranda. On l'entendait aboyer d'ici !

Camille avait accepté qu'ils se revoient et ils s'étaient retrouvés trois fois depuis cette première nuit. Ils avaient cédé à un même élan de tendresse, puis leurs étreintes s'étaient affirmées, pour devenir plus passionnées. Il aimait le parfum de ses cheveux qui sentaient les fruits, et du bout des doigts il esquissait des arabesques sur son corps ; il avait oublié le plaisir de sentir le grain d'une peau sous ses mains. En dépit de cette intimité, il n'avait rien appris d'elle... Souvent il la regardait avec insistance, avec une envie de la connaître, mais il craignait de poser des questions qui pourraient tout compromettre. Elle gardait tellement de mystère ! Il était surpris, décontenancé en découvrant qu'au fond elle ne lui était pas indifférente. Mais il savait qu'elle partirait bientôt. Odile lui avait dit qu'elle avait loué la maison jusqu'à la fin octobre, mais au cours de leur dernier petit déjeuner Camille avait parlé de fin novembre.

Camille avait retardé son départ d'un mois, à la satisfaction d'Yves Valand.

« Je tiens à finaliser votre association avec la cidrerie avant de repartir.

— Merci, Camille, vous êtes géniale ! »

Et lorsque Odile avait appris que Camille reportait son départ, elle avait laissé exploser sa joie : « Restez autant que vous voulez, vous êtes ici chez vous mon petit ! »

Toutefois, Camille savait bien qu'elle n'était pas chez elle. Chez elle, c'était à Toulouse, c'était la demeure qu'elle avait choisie, aménagée, adaptée pour la venue de Denis et des enfants. Elle ne comprenait rien au cataclysme qui avait chamboulé sa vie en quelques semaines. Elle ne pouvait pas ignorer que tout était mesuré, transitoire ici, son travail, sa maison, et ses amours. Que lui était-il arrivé ? Elle, une passionnée ? Certes, elle avait vite pris conscience de son attirance pour Vincent, sans se douter que cette attirance deviendrait du désir. Ce premier dîner en tête à tête… Le restaurant tenait plus d'une auberge de campagne que d'un site gastronomique. De la fenêtre de leur table, on apercevait l'église, les maisons anciennes, et la mer au loin. Ils avaient bu une bouteille de cheverny, mais était-ce suffisant pour expliquer ce qui s'était passé ensuite ? Lorsqu'elle avait invité Vincent à prendre un café, il avait marqué une pause avant d'entrer chez elle, comme s'il avait peur. Un homme, une femme, une première fois… Un premier baiser, des gestes pudiques, maladroits. Et le reste se noyait dans un rêve en apesanteur. Comment Camille avait-elle pu ne pas penser à Denis en cet instant ? Elle se souvenait de l'épaisse chevelure de Vincent, de son odeur, du bruit d'une fermeture éclair frondeuse, du vent dans les arbres, d'un klaxon au loin… et surtout du silence ! Ce soir-là, ils avaient fait l'amour dans un silence absolu. Et pourtant ils s'étaient offert tant de plaisir dans le secret de leurs émotions. Il s'était endormi, la bouche légèrement entrouverte, un bras arrondi au-dessus de sa tête, et l'autre noué au sien. Lorsque les aboiements de

Surcouf l'avaient réveillé, il avait demandé en se levant :

« Tu aimerais qu'on se revoie ?

— Oui, je crois », s'était-elle entendue répondre.

Et le soir, elle avait trouvé une petite enveloppe blanche dans sa boîte aux lettres. Quelques mots de Vincent, un poème de Ronsard, « Quand vous serez bien vieille... ». Et ces vers qu'elle avait lus parfois, elle eut l'impression de les lire pour la première fois.

Depuis, ils avaient appris à écouter leur impatience, à faire l'amour comme si le temps leur appartenait. Alors qu'il était si court, si fugace. Que se passerait-il quand elle rentrerait à Toulouse ? Comment pourrait-elle renouer avec le travail du cabinet, ses habitudes ? Elle devait pourtant se rendre à l'évidence, un jour, à plus ou moins longue échéance, elle quitterait la biscuiterie, elle ferait ses bagages et remettrait les clés à Odile. Et elle devrait dire adieu à Vincent. Quelque chose qui lui semblait impossible, mais inévitable pourtant. Ils n'avaient pas d'avenir commun.

Le sifflement de la cafetière la tira de ses réflexions. Elle emplit sa tasse, y glissa un morceau de sucre et ajouta un peu de lait froid. Elle sortit sur la terrasse et dégusta le café en regardant ses massifs et son jardin de curé. L'herbe avait poussé et il y avait encore des tomates cerises à cueillir. Ce soir, se dit-elle, je le ferai ce soir... ou demain. Puis, abasourdie, elle se rendit compte qu'aujourd'hui elle était capable de remettre ses décisions.

Quelques minutes plus tard, elle roulait en direction de la biscuiterie. Dans la confusion de ses sentiments demeurait une certitude : jamais elle ne pourrait reprendre la vie commune avec Denis et ses enfants. L'idée de le tromper ne lui avait jamais traversé l'esprit. C'était pourtant ce qu'elle avait fait et elle ne regrettait pas son aventure avec Vincent. Ils s'accordaient si bien, elle ne s'était jamais abandonnée ainsi. Ses rapports avec Denis étaient agréables mais loin d'être passionnés. Elle avait toujours un peu hâte que s'achève cette dépense d'énergie superflue, à s'agiter dans des draps fussent-ils de satin. Il n'y avait jamais eu d'élan dévastateur entre eux, ni le moindre romantisme. Tout était tellement monotone, attendu. Lorsqu'elle se gara sur le parking de l'entreprise, elle décida qu'il était temps de rompre. Mais elle ne pouvait pas le faire par SMS ! Et moins encore à un moment où les enfants étaient à la maison. A midi, elle prit sa voiture, trouva un endroit calme aux abords du jardin public et appela Denis.

— Enfin ! s'écria-t-il. Ce n'est pas trop tôt… Quand rentres-tu ?

La gorge de Camille se serra. Elle s'était déjà trouvée dans cette situation et elle en gardait un souvenir atroce. Elle essaya de ne pas dramatiser, mais comment faire autrement pour annoncer une rupture ? Quand Denis comprit la raison de son appel, la conversation tourna à l'orage. Il réclama des explications, qu'avait-il fait pour mériter ce traitement ? Elle lui assura qu'il n'y était pour rien. Il essaya de la faire changer d'avis et s'emporta :

— Tu ne vas pas me dire que c'est seulement parce que ce type s'est suicidé, quand même ?

— C'est pourtant ce qui a motivé mon départ...

— Alors tu désertes ta maison et ton travail pour quoi ? Obtenir une espèce d'absolution ? Tout cela pour une affaire qui n'a rien à voir avec nous et dont tout le monde se fout... C'est ahurissant !

Il évoqua les enfants...

— Tu te rends compte de ce que tu nous fais ? Comment vont-ils prendre cette nouvelle séparation ?

Il était largué pour la deuxième fois et il avait l'impression que le toit lui tombait sur la tête. Il était sûr que Sabine et Benoît ne comprendraient pas. Il anticipait leur peine, leurs questions.

— Jamais je ne t'aurais crue capable de ça ! Un abandon, n'ayons pas peur du mot ! dit-il, furieux.

De guerre lasse, Camille affirma qu'elle ne reviendrait pas sur sa décision, et finit par avouer qu'il y avait quelqu'un d'autre dans sa vie.

A l'autre bout du fil, l'aveu laissa Denis sans voix. Il bafouilla, chercha ses mots, il se trouvait minable, mesurait enfin la situation. Elle les plaquait, lui et les enfants... Il cherchait déjà la meilleure façon de leur annoncer les bouleversements à venir. Et devant l'ampleur de la tâche, il éprouva un violent ressentiment à l'égard de Camille. Quand il avait chargé les bagages dans sa voiture le matin de son départ à Fréjus, il ne pouvait pas imaginer que c'était la dernière fois qu'ils se voyaient. Il se rappelait leur dernier petit déjeuner, où elle avait pesté contre le retard de la femme de ménage, la dernière fois qu'ils avaient fait l'amour. C'était vrai que ce soir-là elle lui avait paru distante et froide.

Il était inconcevable qu'ils se séparent ainsi. Pourtant, il était conscient d'avoir déjà perdu la partie. Il la connaissait, elle ne retournerait pas en arrière. Elle était bien trop déterminée, impitoyable. Et cette fois encore, elle ne le déçut pas :

— Rien ne presse pour la maison, dit-elle. Prends tout le temps nécessaire pour te retourner, jusqu'à la fin de l'année par exemple.

Denis n'avait jamais détesté personne avant cet instant, mais en raccrochant le téléphone il sut qu'il en était désormais capable.

Tout l'après-midi Camille se remémora sa conversation avec Denis. Elle l'avait trompé et l'idée de reprendre la vie avec lui comme si rien ne s'était passé était inimaginable. Elle avait fait ce qu'il fallait. Alors, d'où lui venait ce sentiment de malaise, ce vide au fond d'elle ?

En rentrant chez elle le soir même, elle aperçut une voiture parquée dans sa rue, juste en face de sa maison, et elle devina qu'un autre détective privé avait pris le relais de Jacques Lebrun. Un instant, elle fut tentée de s'avancer vers l'homme tapi derrière son volant, mais elle n'en fit rien. Elle avait décidé de prendre du recul, de s'éloigner de Toulouse, mais elle n'était pas une fugitive pour autant.

Néanmoins, elle se demanda combien de temps s'écoulerait avant qu'elle voie Ingrid surgir devant sa porte.

18

La première semaine de septembre, la météo plaça la Bretagne en alerte orange et annonça la première tempête de l'automne. Depuis quelques jours déjà, le temps changeait et la belle saison s'effaçait doucement. Les jours étaient plus courts, le soleil un peu moins chaud. Partout la nature évoluait dans une infime variation de lumière, une fraîcheur matinale persistante, tandis que les premières feuilles se détachaient des arbres. Et parmi les signes d'un automne précoce, la mer passait imperceptiblement d'un bleu limpide à une masse plus dense aux reflets indigo.

Ce mercredi en fin d'après-midi le vent se leva, le ciel s'assombrit, des nuages noirs masquèrent les timides rayons du soleil. Au fil des heures le vent forcit ; les bourrasques fouettaient la côte en soulevant des nuages de sable, elles s'engouffraient dans les rues de la ville, prématurément plongées dans la pénombre.

A l'instar du personnel des Palets bretons, Camille rentra chez elle un peu plus tôt. Elle rangea le salon d'extérieur, le parasol et tous les pots de fleurs dans l'abri de jardin. Elle finissait de fermer les portes lorsque la pluie commença de tomber en grosses gouttes chaudes, et en quelques minutes le vent redoubla de force.

De son côté, Vincent barricada les deux maisons et, après lui avoir demandé s'il pouvait amener Surcouf avec lui, il rejoignit Camille, qui n'en menait pas large. Le chien fit le tour du rez-de-chaussée avant d'aller se blottir dans le recoin entre la cheminée et le bahut. Les oreilles tombantes, le museau coincé entre les pattes, il ne bougea plus.

— Il a toujours été terrorisé par l'orage, expliqua Vincent.

Les premiers éclairs jaillirent en début de soirée, puis les rafales de vent secouèrent la ville et des trombes d'eau et de grêle s'abattirent sur les toitures, déferlant dans les rues. A 20 heures, le courant électrique se coupa brusquement.

Camille avait envisagé d'éventuelles coupures et fait provision de bougies, qu'elle alluma un peu partout dans le séjour. Par chance, la plaque de cuisson de la cuisine fonctionnait au gaz. Elle fit cuire des pâtes qu'elle garnit de dés de saumon fumé et de crème fraîche, puis elle fit chauffer de l'eau pour le thé. Elle prépara une portion de pâtes pour Surcouf, qui l'ignora et demeura obstinément recroquevillé dans son coin, les pattes repliées sur sa tête.

Camille et Vincent dînèrent puis s'installèrent sur le canapé et écoutèrent la tempête se déchaîner sur la baie de Douarnenez. A la lueur tremblotante des bougies, des ombres chinoises dansaient sur les murs et le plafond. Camille se souvint qu'avec son grand-père elle aimait inventer des animaux en nouant ses mains et ses doigts.

Les heures passèrent et le vent souffla toute la nuit sans faiblir. C'était un roulement sourd accompagné du bruit des branches arrachées des arbres, des tuiles qui s'écrasaient sur le sol. Les sirènes des pompiers retentissaient à intervalles réguliers. A deux ou trois reprises, Vincent entrouvrit la fenêtre pour tenter de mesurer les dégâts. Au loin, la pluie cinglait le rivage, d'énormes vagues pilonnaient la plage, les lames explosaient et s'abattaient sur les rochers dans un fracas assourdissant.

A l'aube, le vent se calma enfin.

— On pourrait peut-être tenter une sortie, suggéra Vincent, j'ose à peine imaginer les dégâts.

Camille sortit côté jardin et s'enfonça dans la boue jusqu'aux chevilles. Elle fit pourtant un rapide tour d'inspection. La maison n'avait pas subi de dommages, mais les massifs étaient dévastés, les plantes aromatiques et les fleurs hachées par la grêle. Furieuse, elle pensa à toutes les heures qu'elle avait passées à aménager son jardin de curé. Pour une fois qu'elle s'adonnait à la culture botanique !

— Merde, merde ! s'écria Vincent dans son dos.

Vue de loin, la villa ne semblait pas avoir souffert de la tempête, mais il n'en était pas de même de la petite maison. Les tuiles avaient disparu d'une partie du toit ; au premier étage, un volet était tombé et l'ouragan avait cassé les carreaux de la fenêtre. Vincent sortit côté rue pour rejoindre sa demeure, suivi de Camille.

Le soleil était revenu et la température grimpa rapidement de plusieurs degrés. Mais la tempête avait détruit l'abri de bus en face de chez Camille, des branches d'arbres, des poubelles jonchaient la chaussée. Des pans de cheminées gisaient par terre au milieu de centaines de tuiles brisées. En haut de la rue, l'église avait souffert, la girouette du clocher s'était envolée et bon nombre de vitraux étaient détruits.

Chez Vincent, l'eau s'était engouffrée par le toit et avait envahi le rez-de-chaussée, inondant la cuisine et une partie du séjour. Le bureau avait été épargné, à son grand soulagement. Il ouvrit grand les portes et les fenêtres et une brise légère pénétra dans toute la maison.

— Je vais appeler les pompiers, dit-il à Camille, pour voir s'ils peuvent mettre une bâche sur le toit en attendant que mon assureur me donne la marche à suivre pour les réparations.

Camille rassembla des seaux et des serpillières et, armée d'un balai, elle poussa dehors le plus gros de l'eau, puis elle s'attela à éponger le reste.

— Oh, merci, dit Vincent, c'est vraiment gentil. Les pompiers sont débordés, ils vont faire le plus vite possible. Il vaut mieux que je protège les meubles dans les pièces à risque. D'autant plus qu'on annonce encore de la pluie en soirée…

Camille l'aida à déplacer ou surélever les meubles les plus exposés et lorsqu'ils eurent fait tout ce qui pouvait être accompli avant l'arrivée des pompiers, Vincent l'invita à prendre un petit déjeuner au bar, en bas de la rue.

— Avec plaisir ! Je crois que je ferais n'importe quoi pour ma dose de caféine…

— Allons-y, dit-il, moi aussi je rêve d'un bon café. A condition qu'on puisse nous servir. Sans électricité, ce n'est pas gagné.

Camille s'aperçut qu'elle avait laissé son téléphone mobile chez elle.

— Je vais d'abord passer chez moi pour prévenir le bureau que j'arriverai en début d'après-midi.

En sortant dans la rue, ils virent le véhicule des pompiers s'avancer dans leur direction.

— Tu as de la chance, dit Camille, ils ont été plus rapides que prévu, je te laisse, je vais voir comment va Odile, elle a peut-être besoin d'aide.

— On se voit ce soir ? demanda Vincent en l'embrassant.

Elle acquiesça d'un signe de tête. Elle s'apprêtait à rentrer chez elle lorsqu'elle remarqua un taxi qui s'arrêtait devant sa porte. Un homme en descendit, se pencha à la portière et échangea quelques mots avec le chauffeur. Quand il se retourna, Camille poussa un cri étouffé. Vincent se précipita vers elle.

— Que se passe-t-il ?

— Ce n'est pas possible, murmura-t-elle, figée sur le trottoir.

— Camille, dis-moi, insista Vincent.

L'homme l'avait vue, aussi, et il fit un premier pas dans sa direction. Camille ne bougeait toujours pas. Une douleur sourde la saisit et elle se mit à douter de la réalité de l'instant… La région était dévastée par la tempête, on ignorait encore l'ampleur des dégâts, mais il était là, à quelques mètres d'elle. Il était un peu moins mince que dans son souvenir et peut-être ne se tenait-il plus aussi droit, mais il était toujours aussi strict, imposant, dans son costume gris à fines rayures qu'égayaient une chemise blanche et une cravate rouge.

— C'est mon père, dit-elle enfin, d'une voix à peine audible.

Vincent regarda l'homme et Camille tour à tour.

— Ça pose un problème ? Tu veux que je reste avec toi ?

— Non, merci, je crois que ça ira, on se verra plus tard.

— D'accord, je vais inspecter la villa pendant que les pompiers sont là. Appelle-moi si tu as besoin de quoi que ce soit.

Camille le remercia, puis elle s'avança résolument vers son père. Elle prit alors conscience qu'ils ne s'étaient pas revus depuis six ans.

— Bonjour, papa…

Elle ne lui tendit pas la joue, elle n'eut pas le moindre geste affectueux à son égard, et il ne fit rien pour se rapprocher d'elle. Il se contenta d'un bref : « Bonjour, Camille, on peut se parler un moment ? »

Elle nota que le taxi restait devant la porte et en déduisit que la conversation serait brève. Elle le guida à l'intérieur de la maison. Il refusa le siège qu'elle lui offrit, posa son attaché-case sur le canapé et regarda minutieusement autour de lui de son regard perçant. Elle prit le temps de l'observer tandis qu'il poursuivait son inspection en silence. Son âge le rattrapait, il avait pris de l'embonpoint, ses bajoues cachaient presque son menton, sa chevelure blanche se clairsemait et accentuait ses rides. Il paraissait plus vieux que ses soixante-quatre ans. Que faisait-il en Bretagne ? Comment était-il remonté jusqu'à elle ? Il avait manifestement quelque chose de grave à lui dire, mais elle n'était pas sûre de vouloir l'entendre.

— Je ne te propose pas de café, dit-elle enfin, nous n'avons plus d'électricité depuis la tempête.

— Alors c'est là que tu vis ? demanda-t-il avec un soupçon de mépris. Je sais que cet endroit te fascine depuis que tu es petite, mais de là à y vivre !

Lui, en revanche, n'aimait pas la Bretagne. Il y était venu un seul été et Camille ne l'oublierait jamais. Elle avait six ans et cette année-là, il avait décidé de lui apprendre à nager « à la dure, comme un garçon ». Ça signifiait la précipiter dans l'eau sans ménagement et attendre qu'elle s'en sorte. Les images défilaient encore devant ses yeux. Elle avait failli se noyer et son grand-père était intervenu. Il avait pris son gendre à partie en lui intimant de quitter sa maison s'il ne changeait pas d'attitude. A partir de ce jour, ce fut la guerre entre les deux hommes. Le père de Camille n'était pas revenu en Bretagne, et son épouse, qui n'aurait jamais osé partir sans lui, n'était plus revenue non plus. Elle voyait ses parents deux fois par an quand ils venaient chercher leur petite-fille pour les vacances et lorsqu'ils la raccompagnaient. Encore réservaient-ils une chambre d'hôtel pour ne pas cohabiter avec leur gendre.

— Et si j'ai bien compris, tu te caches ? reprit Hector Dulau. Et combien de temps comptes-tu rester ici et jouer cette comédie ?

Il accompagna sa remarque d'un regard pénétrant et froid, indiquant qu'il était prêt à entamer les hostilités.

— Non, je ne me cache pas, j'ai besoin de prendre un peu de recul quelque temps. D'ailleurs comment m'as-tu retrouvée ?

— J'ai appelé ton cabinet à Toulouse et j'ai insisté jusqu'à ce que ton assistante entreprenne les démarches que je lui demandais.

Stéphanie, bien sûr… Camille se doutait qu'elle serait à l'origine des recherches.

— Et si tu as fait ce déplacement depuis Strasbourg, j'imagine que ce n'est pas uniquement pour critiquer mon environnement ?

Le ton ironique qu'elle employa déplut à son père, qui se braqua ; elle aurait dû se rappeler que l'humour faisait partie des prérogatives paternelles.

— Bien obligé ! Ça fait des semaines que ton frère essaie de te joindre… Il a besoin de toi, tu dois absolument rentrer à Strasbourg avec moi !

— Excuse-moi ?

— Ton neveu s'est mis dans de sales draps ! Il a participé à un trafic de drogue au collège, ça s'est fini en règlement de comptes. Il a tabassé un de ses camarades…

L'aîné des enfants de Jean-Luc, Rodolphe. Quel âge avait-il, maintenant ? Quatorze, quinze ans ?

— Et c'est grave ? demanda Camille.

— L'autre morveux est salement amoché. Quatre jours d'hôpital, un mois d'absence en cours. Ses parents ont porté plainte.

Camille mesura l'étendue du désastre pour la carrière politique de son frère. Les parents sont civilement responsables de leurs enfants, pensa-t-elle en aparté, Jean-Luc devra indemniser la victime et sa famille. Quant aux éventuelles sanctions pénales à l'égard de Rodolphe… trafic de stupéfiants, coups et blessures.

— Pourquoi Jean-Luc tient-il à ce que je défende son fils ? Pourquoi ne demandes-tu pas à ton ex-gendre ?

— Serge est comme moi, il préfère la complexité des affaires financières. Démêler des procédures d'assistance sociale n'est pas son fort. Mais il paraît que tu excelles dans ce domaine ?

— Je ne suis pas la seule.

Hector Dulau ne répondit pas immédiatement. Il considéra sa fille un instant, et face à ce regard inquisiteur Camille retrouva un sentiment enfoui en elle depuis très longtemps, un certain malaise, l'envie de fuir.

— Bon alors, tu rentres avec moi, décréta-t-il, et j'espère qu'après cela tu vas te décider à regagner Toulouse et abandonner cette pseudo-retraite qui n'est qu'une mascarade.

Il n'avait pas bougé depuis son arrivée, campé au milieu du séjour, les bras croisés. Durant toute son adolescence, sa jeunesse, Camille l'avait craint mais aussi étudié, imité, dans l'espoir de s'attirer sa mansuétude.

— Je suis désolée, papa, mais j'ai mis ma carrière d'avocate entre parenthèses et je n'ai pas l'intention de revenir sur ma décision dans l'immédiat.

— Alors, c'est vrai ce que m'a dit ton associée ? Tu travailles dans une biscuiterie ? Remarque, si le travail est commun et sans envergure, ils ont trouvé la bonne personne.

Camille ne releva pas l'insulte. Son téléphone portable sonna. L'écran afficha le numéro des Palets bretons, on devait s'inquiéter de son absence. Pourtant, elle rejeta l'appel et se tourna vers son père.

— Je suis convaincue que tu as les moyens d'offrir le meilleur avocat de Strasbourg à ton petit-fils.

— Jean-Luc veut que ce soit toi qui défendes Rodolphe. Il faut que le maximum des informations que l'on confie habituellement à un avocat reste au sein de la famille.

— Bien sûr… où avais-je la tête ? Mon politicien de frère a tellement peur du scandale ! Eh bien cette fois, il va devoir assumer !

Camille vit le visage de son père s'empourprer, tendu d'une rage qu'il avait de plus en plus de peine à contenir, et elle sentit la moiteur au creux de sa nuque. C'était l'image même de l'homme qui lui avait mené la vie dure. Il l'avait envoyée chez les scouts, « pour qu'elle ne devienne pas une de ces femmelettes, incapables de faire quoi que ce soit toutes seules, et juste bonnes à pleurnicher », aimait-il à répéter en regardant son épouse qui, elle, pleurnichait souvent. Ce qui avait le don d'exaspérer son mari, qui choisissait ce prétexte pour partir en claquant la porte. Il disparaissait plusieurs jours d'affilée, et sa femme l'attendait. Elle pleurait, se révoltait parfois, mais face à son autorité, à ses colères, elle finissait toujours par se replier sur elle-même.

Et rien n'a changé, se dit Camille, il a toujours cette stature imposante et cette manière de toiser ses interlocuteurs avec dédain.

— Quelque part, je ne suis pas surpris, reprit-il. Toi, une tueuse ? Laisse-moi rire, mon éducation aurait pu faire de toi une tueuse, mais regarde ce que tu es devenue : une mauviette ! J'ai toujours su qu'au fond de toi tu étais incapable de réussir, tu n'es qu'une ratée qui fuit devant l'adversité, devant les difficultés.

Camille accusa le coup, mais ne répliqua pas.

— C'est ce qu'a toujours pensé ton ex-mari, d'ailleurs ! Le divorce n'était qu'un prétexte pour prendre la tangente et fuir tes responsabilités. En réalité tu n'as jamais été capable de t'investir dans notre cabinet : traiter des affaires de plusieurs millions, rayonner dans toute l'Europe… la barre était trop élevée pour toi ! Tu préfères défendre les pintades qui défilent dans ton bureau en poussant leur mari au suicide. Et finalement échouer ici, à assurer un boulot de secrétaire dans cette région de ploucs ! Quelle réussite ! Et quelle honte pour un père d'avouer qu'il éprouve infiniment plus de fierté à l'égard de son ex-gendre que de sa propre fille !

Camille sursauta sous le coup de l'émotion. Une vague de colère et de révolte l'envahit. Elle fit trois pas en direction de son père.

— Ça suffit, maintenant ! s'écria-t-elle. Tu n'as jamais rien su de ce qui a provoqué mon départ de Strasbourg... Comme toujours lorsqu'il s'agit de moi, tu instruis uniquement à charge.

— Mais...

— Tais-toi, papa, reprit-elle en soutenant son regard, il est temps de rétablir les faits et d'éclaircir la situation une bonne fois pour toutes.

Etonnée de sa propre audace, Camille comprit que le fossé qui les séparait depuis toujours s'était encore creusé. Mais ça ne l'effrayait plus. Le temps de l'omerta était révolu. Son téléphone portable résonna. Le bureau, encore. C'était le cinquième ou sixième appel depuis l'arrivée de son père. Une fois encore, elle choisit de ne pas répondre.

— Assieds-toi, dit-elle à son père, ça risque de prendre un certain temps.

Abasourdi, les sourcils froncés et les lèvres serrées, Hector Dulau prit place dans un fauteuil et garda le silence. Il suivit chaque geste de sa fille, qui sortit un plateau, deux verres, une bouteille de vin blanc qu'elle déboucha.

— Enfin tu vas parler ! lança-t-il, passablement agacé. Si tu crois que j'ai fait toute cette route pour trinquer avec toi !

Camille emplit les deux verres et en tendit un à son père.

— Tu vas en avoir besoin, et moi aussi.

19

L'explication fut longue, douloureuse, mais Camille savoura un instant qu'elle n'avait jamais pensé connaître un jour, voir son père médusé, presque muet, puis abattu. Ensuite, elle but une gorgée de vin qui lui brûla les papilles. Le verre trembla dans ses mains, le liquide se répandit sur ses doigts. Médiocre, pensa-t-elle, et elle se promit de jeter le contenu de la bouteille sans tarder. A présent, elle reprenait son souffle et attendait la réaction de son père. Hector Dulau se leva lentement, fit quelques pas vers sa fille ; à cet instant, la sonnette de la porte d'entrée retentit. Camille pensa aussitôt à Vincent. Avait-il besoin d'elle ? Quelle heure était-il ? Elle ouvrit la porte et se trouva nez à nez avec Odile.

— Camille, avez-vous un problème avec votre téléphone ?

— La ligne qui est reliée à l'ordinateur est coupée, faute d'électricité, mais mon portable fonctionne, pourquoi ?

— Vous n'avez pas reçu les appels de la biscuiterie ?

— Si... je m'apprêtais à prévenir que je serais en retard, j'ai aidé Vincent à écoper l'eau dans sa maison.

— Comme il ne pouvait pas vous joindre, mon neveu m'a demandé de venir voir ce qui se passait chez vous. J'ai cru comprendre que la tempête avait fait de gros dégâts dans l'usine.

En mesurant son retard, les désagréments de son absence à un moment crucial où Yves Valand avait sans doute besoin d'elle, Camille fut consternée.

— Zut ! J'y vais tout de suite... Et chez vous, Odile, pas trop de dégâts ?

— Un peu dans le jardin, des massifs saccagés, quelques branches d'arbres arrachées, mais surtout de la boue partout... J'ai déjà commencé le nettoyage.

Pendant leur échange, Camille nota qu'Odile observait son père avec une certaine curiosité.

— Oh, je suis désolée, dit-elle, il faut que je vous présente mon père... Papa, voici Odile, c'est ma propriétaire.

Odile s'avança vers Hector Dulau avec un large sourire, elle lui tendit une main qu'il serra brièvement, tandis que Camille composait le numéro de Bernard Grant sur son portable. Le responsable de production répondit aussitôt.

— Bernard ? C'est Camille à l'appareil, votre tante vient de me dire que vous avez des soucis.

Il évoqua une inondation, d'importants dégâts, mais Camille perçut son hésitation à l'autre bout du fil.

— Un employé a été blessé, dit-il enfin.

— Je pars dans cinq minutes, pouvez-vous me passer Yves en attendant ?

Quelques secondes s'écoulèrent encore, avant que Bernard Grant ne réponde d'une voix tendue :

— Il est aux prises avec les gendarmes.

Camille devina que la situation était grave.

— Dites-lui que j'arrive et qu'il m'attende, il comprendra.

Camille raccrocha et sans plus tenir compte de la présence de son père se précipita au premier étage. Elle fit une toilette rapide, enfila un pantalon, un corsage, brossa ses cheveux avant de les nouer en queue-de-cheval. Elle redescendit l'escalier quatre à quatre, s'aperçut alors que son père était parti. Odile était toujours là et elle attendait, assise sagement sur le pouf devant la cheminée.

— Votre père a dit qu'il ne pouvait pas vous attendre, il risquait de manquer son train. Il m'a demandé de vous remettre ceci.

Elle tendit un papier à Camille où son père avait noté une seule phrase : *J'ai bien enregistré ce que tu m'as raconté.*

Camille se précipita à la fenêtre qui donnait sur la rue, le taxi avait disparu. Profondément peinée, elle ne pouvait croire que son père était parti sans lui dire au revoir. Puis la surprise se mua en un sentiment de colère. Elle jeta un regard circulaire dans le salon. Il ne restait de lui que des coussins affaissés dans le canapé et un verre de vin qu'il n'avait pas touché. Alors que quelques instants plus tôt il emplissait tout son espace de vie de sa présence. Lui avait-elle dit tout ce qu'elle voulait ? Dans certaines situations, les mots sont insuffisants pour exprimer de longues années de rancœur. Il ne lui avait pratiquement rien dit, il ne l'avait ni soutenue, ni accablée, pas même un mot pour dire qu'il comprenait. Comme si le passé de sa fille, aussi douloureux fût-il, ne le concernait pas. Une conversation inachevée… une de plus, et avec elle tant de questions qui resteraient sans réponses. Et si les questions, au fond, étaient plus importantes que les réponses, quand on n'attend plus rien ? Camille se sentait perdue. Elle n'avait pas vu son père depuis six ans, et ils n'avaient fait que s'affronter. Et une fois encore, elle n'avait pas su trouver le chemin pour se rapprocher de lui. Elle regarda autour d'elle à la recherche de ses clés de voiture. Elle avait l'impression de tourner stupidement en rond avec une irrésistible envie de pleurer. Mais elle ne verserait pas une larme, elle les avait toutes épuisées bien des années auparavant.

Soudain, elle prit conscience de la présence d'Odile, qui l'observait en silence avec un sourire attendri. Elle remarqua sa peau lisse et soignée, ses cheveux gris bien coiffés, comme si elle n'avait jamais passé la matinée à piétiner dans la boue, à ramasser des plantes déracinées par le déluge.

— Ça va, Camille ? demanda-t-elle d'une voix douce. Vous paraissez si triste...

Camille soupira.

— Les rapports avec les parents sont parfois tendus.

— Les conflits existent dans toutes les familles, mon petit, et les enfants en souffrent toujours. Il leur faut parfois beaucoup de force pour s'en tirer indemnes.

Comment pouvait-elle être aussi catégorique, elle qui n'avait pas d'enfant ?

— Si vous avez envie de parler, je suis là, ajouta la vieille dame en lui prenant la main, qu'elle serra dans les siennes. Vous savez, on choisit rarement ses parents.

Alors comment survivre, pensa Camille, quand ce sont vos parents qui ne vous choisissent pas ? Déconcertée, émue devant la gentillesse d'Odile, Camille éprouva un violent désir de redevenir une petite fille qui se réfugie dans les bras de sa grand-mère, de poser sa tête contre sa poitrine et de pleurer. Et surtout d'oublier qu'elle avait trente-six ans et qu'elle ne pleurait plus depuis longtemps, mais que les peines et les révoltes n'en étaient pas moins insoutenables. Elle remercia Odile et lui assura qu'elle allait bien. Elle trouva enfin ses clés de voiture et s'enfuit.

Camille prit la direction des Palets bretons en longeant la côte. C'était de nouveau la marée basse, une bande lointaine gris bleuté qui s'étirait à l'horizon sous un ciel incertain. Dans un camaïeu de blanc et de rose pommelé, le soleil hésitait, laissant filtrer une lumière indécise entre deux nuages.

Lorsque Camille se gara sur le parking de l'usine, elle vit Yves Valand monter dans un véhicule de gendarmerie qui démarra et fila immédiatement en direction du centre de Douarnenez. Les camions des pompiers étaient arrêtés à l'est du bâtiment et des hommes en uniforme actionnaient du matériel de pompage. Camille entra et gagna les entrepôts de production, où toute activité était suspendue. Les employés étaient rassemblés par petits groupes, des hommes, des femmes de générations diverses. Tous les visages étaient graves et les discussions semblaient animées. Bernard Grant s'agitait avec de larges gestes et lorsqu'il vit Camille il s'avança aussitôt vers elle.

— J'ai vu Yves partir avec les gendarmes, dit-elle, que se passe-t-il ?

Il lui exposa l'essentiel des faits en la guidant à travers l'usine. Un trou béait dans le toit du plus grand atelier de production. Les machines baignaient dans l'eau au milieu des bris de tuiles et des morceaux de verre. Une grande partie du stock de farine et de sucre était inondée, et à l'autre bout du bâtiment des piles d'emballages de carton et de plastique flottaient dans une mare de boue.

— On a trouvé ça en l'état en arrivant ce matin, expliqua Bernard Grant, on a appelé les pompiers, mais une heure plus tard ils n'étaient toujours pas là. On a commencé à écoper l'eau, mais il s'est remis à pleuvoir. Oh, pas très fort, mais suffisamment pour aggraver encore la situation.

— Et les pompiers ? demanda Camille en songeant qu'ils étaient arrivés chez Vincent relativement vite.

— On a vraiment joué de malchance, ils se sont retrouvés impliqués dans un accrochage sur la route. Le temps que l'information remonte, qu'on nous envoie un autre véhicule…

— Quand le sort s'en mêle, murmura Camille, qui prit conscience que bon nombre d'employés s'étaient regroupés autour d'eux et écoutaient leur conversation.

— C'est alors que Christophe Durieu, qui s'occupe de la maintenance, a voulu monter sur l'empaqueteuse toute neuve pour la bâcher…

— C'est Valand qui lui a demandé ! lança un employé particulièrement virulent.

Son intention d'en découdre avec le patron n'échappa pas à Camille.

— C'est pas vrai, il lui a rien demandé du tout, rétorqua un autre ouvrier, Durieu n'a informé personne de la connerie qu'il s'apprêtait à faire…

— Oh, fermez-la un peu ! hurla Bernard Grant. Peu importe, toujours est-il qu'il est monté en utilisant la machine à emballer comme un échafaudage. Il a dû glisser, et il est tombé.

— Depuis là-haut ? s'étonna Camille en désignant le haut de la machine.

— Oui, et il a perdu connaissance. Le personnel habilité à prodiguer les premiers soins est intervenu, mais sans pouvoir le ranimer.

— Et cette fois, les pompiers sont arrivés ! ironisa quelqu'un dans le dos de Camille.

La remarque provoqua un tollé, et Bernard Grant lança un nouvel appel au calme avant de poursuivre :

— Les secouristes ont appelé les gendarmes. Ils ont interrogé Yves et ils ont fini par l'embarquer. Sa femme est dans son bureau.

— Je vais aller la voir, dit Camille.

Auparavant, elle accompagna Grant et prit le temps de constater les dommages, tout en observant les pompiers qui posaient une bâche sur le toit.

— Vous croyez qu'on peut commencer à déblayer ? demanda Bernard Grant à Camille.

— Il est préférable d'attendre le passage de l'expert de la compagnie d'assurances. La démarche a été lancée ?

— Je ne sais pas si Yves a eu le temps de le faire.

— Je m'en occupe tout de suite. Le grand atelier est le seul endommagé ?

— Oui, et croyez-moi, j'aurais préféré que ce soit un autre. Nous étions en pleine production... Pensez-vous que je puisse demander au personnel de reprendre le travail dans les autres ateliers ?

Camille regarda les effectifs regroupés, le bruit des conversations lui parvenait et certains regards braqués dans la direction de Grant étaient visiblement hostiles. Sans en avoir le titre officiel, il avait toujours fait figure de directeur adjoint en l'absence de Valand.

— Je crois que tout le monde est sous le choc, à votre place je leur donnerais la journée en leur précisant qu'elle sera payée. Parmi eux, certains ont peut-être des problèmes à régler chez eux aussi.

— C'est une bonne idée, je vais leur dire qu'on reprendra le travail demain matin.

— D'ici là, nous aurons des nouvelles de l'état de santé de leur collègue. En attendant j'appelle la compagnie d'assurances et je raccompagnerai Emilie chez elle.

Camille fit un détour par le bureau de son patron. Emilie Valand attendait debout près de la fenêtre. Les cheveux défaits, les yeux rougis, elle faisait peine à voir. Elles s'embrassèrent.

— Je vais vous ramener chez vous, dit Camille, mais auparavant je dois contacter la compagnie d'assurances.

— Que va-t-il se passer, Camille ? Je suis tellement inquiète pour Yves. Les gendarmes l'ont emmené, je ne comprends pas…

— Il n'y a rien d'inquiétant pour l'instant, un tel accident déclenche une enquête de police, c'est normal. Savez-vous si Yves a pris un avocat ?

— Un avocat ? s'étonna Emilie, effarée. Mais pourquoi ? Il n'a rien fait, ce n'est pas de sa faute… Je le connais ! Jamais il n'aurait demandé à son employé de monter sur cette machine…

— Ne vous affolez pas, Emilie, mais ce serait mieux si quelqu'un était à ses côtés pour le conseiller. Je vais demander à Maryse s'il a fait la démarche. Vous m'attendez un moment ?

Emilie acquiesça d'un signe de tête.

— Prenez votre temps, les enfants sont chez ma mère.

Camille rejoignit son bureau. Elle décrochait le téléphone lorsque Loïc entra en coup de vent.

— Camille, c'est vraiment dégueulasse, ce qui se passe ! Je vous assure qu'Yves n'a pas demandé à Durieu d'escalader cette machine. J'étais là ! Je peux en témoigner.

Camille fut tentée de répondre que cela ne changeait pas grand-chose au regard de la législation du travail. Elle appela l'hôpital, n'apprit rien de nouveau. Christophe Durieu était toujours en réanimation.

— Sortez-moi le dossier des contrats d'assurance, demanda-t-elle à Loïc, je reviens, j'ai besoin de parler à Maryse.

Camille trouva Maryse dans son bureau avec deux employés en blouse de travail qui s'éclipsèrent dès qu'elle entra. La secrétaire confirma qu'Yves ne lui avait pas demandé de contacter un avocat.

— D'ailleurs, la société n'a pas d'avocat attitré, précisa-t-elle.

En regagnant son bureau Camille s'aperçut qu'elle avait reçu un SMS de Vincent. Les dégâts étaient plus importants qu'il ne l'avait imaginé, et les travaux de réfection prendraient deux ou trois semaines. Camille imaginait combien il devait appréhender de retourner s'installer dans la villa. *En attendant, tu peux venir chez moi !* répondit-elle. *As-tu remarqué que Surcouf avait déjà trouvé son petit coin pour dormir ?*

Camille batailla pendant une heure et demie, mais elle obtint la visite d'un expert en fin de journée. Elle sortit pour en informer Bernard Grant, qui préparait un nouveau planning de production en tenant compte des aléas du jour. Il paraissait soucieux.

— Ça ne va pas être facile, dit-il, je le sens mal… Nous avions déjà pris un énorme retard !

Il était 3 heures de l'après-midi lorsque Camille raccompagna Emilie Valand chez elle. Tout le temps que dura le trajet, Emilie parla inlassablement de son mari. Ils formaient un couple uni, ils avaient des enfants extraordinaires, et toujours des projets, des rêves…

— Je suis consciente d'avoir beaucoup de chance, mais là… J'ai si peur, Camille ! Dites-moi que tout va bien se passer.

Camille soupira et trouva quelques mots apaisants. Toutefois, elle aurait voulu être plus convaincante. Mais même à ses propres oreilles ses arguments sonnaient faux.

De retour aux Palets bretons, elle croisa Bernard Grant.

— Le vent se lève, on annonce encore de la pluie ce soir, je vais faire le tour des bâtiments pour m'assurer que tout est sécurisé.

— Des nouvelles d'Yves ?

Il secoua la tête en signe de dénégation et il ne put s'empêcher de noter l'inquiétude de Camille. Il n'osa pas l'interroger, persuadé qu'elle n'en savait pas plus que lui.

— Appelez-moi quand l'expert sera là, dit-il en s'éloignant.

Camille lui avait demandé d'être présent. En tant que responsable de production, il était beaucoup mieux à même qu'elle de répondre à des questions purement techniques. La porte de son bureau refermée, Camille se posa enfin. Elle sentit une vibration au fond de sa poche. C'était un nouveau message de Vincent : *Merci pour ta proposition d'hébergement, c'est tentant ! Donne-moi des nouvelles, Odile m'a dit que vous aviez de gros soucis à l'usine et que tu étais éprouvée après la visite de ton père.*

Un léger sourire éclaira le visage de Camille. Pourquoi se sentait-elle heureuse qu'il s'inquiète pour elle ? Elle jeta un dernier coup d'œil au dossier que Loïc et elle avaient préparé pour l'expert, puis elle appela l'hôpital. Les nouvelles n'étaient pas très bonnes. Christophe Durieu était toujours dans le coma et les médecins réservaient leur diagnostic. Camille chercha son dossier dans le fichier du personnel. Quarante-deux ans, marié, deux enfants de six et treize ans. Elle prit le temps de considérer la situation qui ne présageait rien de bon. Elle espérait qu'Yves reviendrait rapidement, elle devait lui parler de toute urgence. D'expérience, elle était sûre qu'il allait se retrouver dans de sales draps.

20

Vincent redoutait la prochaine averse. Certes, le toit de la maison était bâché, mais s'il pleuvait de nouveau cela ne suffirait pas à empêcher les infiltrations. L'expert de sa compagnie d'assurances s'était rapidement déplacé et lui avait expliqué toute la marche à suivre pour constituer son dossier d'indemnisation. Cependant, trouver un artisan prêt à réparer le toit dans des délais aussi courts tenait de la gageure. Ils étaient tous débordés par les dégâts de la récente tempête. Par chance, la petite chambre qu'il avait aménagée en bureau avait été épargnée. Il balaya du regard le dessus des meubles encombrés de dossiers, de livres ouverts, de blocs emplis de toutes ses notes soigneusement documentées. La rentrée universitaire approchait, mais il pouvait encore consacrer quelques jours à ses recherches pour la biographie de Michel Le Nobletz. Il avait passé beaucoup de temps à la bibliothèque, qui abritait une importante collection de documents. Il avait consulté les textes de l'évêché de Quimper et puisé de nombreux écrits dans les archives départementales du Finistère. Il avait dressé le parcours de Le Nobletz, depuis ses études à l'école presbytérienne, son départ pour l'université de Bordeaux, où il avait appris les arts et le maniement des armes avant d'entrer au collège jésuite d'Agen. Les archives diocésaines regorgeaient d'informations passionnantes à propos des études de Le Nobletz, de sa quête de spiritualité qui l'avait mené à Toulouse, où il avait entrepris un pèlerinage pour vénérer les reliques de saint Thomas d'Aquin. Après un nouveau séjour à Bordeaux, se destinant à la prêtrise, il avait regagné sa Bretagne natale.

Vincent mesurait les semaines, les mois de recherches, d'études minutieuses qui l'attendaient encore. Mais il était méthodique et patient, des qualités que Sophie admirait chez lui. Depuis son bureau, il jeta un coup d'œil par la fenêtre qui donnait sur l'océan. Le soleil dardait ses rayons sur le littoral, les embruns frappaient le rivage en une cascade d'écume. Le beau temps n'allait pas durer, déjà les nuages s'amoncelaient au-dessus de la mer. Ses pensées le ramenèrent à la prochaine rentrée universitaire, la troisième sans Sophie. Mais tout était différent, aujourd'hui. Il y avait Camille. Comment définir la place qu'elle occupait dans sa vie ? Elle l'attirait et il avait l'impression que c'était réciproque. Pourtant, dès qu'il tentait de se rapprocher, d'en apprendre un peu plus sur elle,

elle reprenait ses distances. Elle le fascinait et le déroutait. Il avait rassemblé quelques effets dans un sac de sport pour s'installer chez elle jusqu'à la réfection de sa maison. Malgré cela, il avait laissé le sac chez lui en prétextant ne pas avoir eu le temps de le préparer. La vérité était tout autre. Il se sentait prêt à tomber amoureux d'elle, et il ne pouvait plus vivre dans cette éternelle expectative.

Lorsque Camille était rentrée chez elle au bout d'une harassante journée de travail, ils s'étaient retrouvés autour d'un pique-nique improvisé. Il avait hésité, puis s'était hasardé à l'interroger... Il n'en pouvait plus d'être dans l'ignorance. Son père était-il parti ? Pourquoi avait-elle semblé si éprouvée par sa présence ? Il lui avait conseillé de se confier à lui, de lui faire confiance.

« Raconte-moi, avait-il presque supplié, je pourrai peut-être t'aider, parfois cela fait du bien de se libérer de ce qu'on a sur le cœur.

— Tu crois ? avait-elle répliqué sur un ton où perçait le doute. Les choses de la vie qui m'ont blessée, je les ai toujours remisées au plus profond de mon cœur. »

Elle avait pourtant évoqué les rapports conflictuels avec son père, son éducation rigoureuse dans un milieu où l'échec n'était pas une option. Vincent avait deviné que cela lui était pénible d'avouer que son père avait reporté toute son attention sur son frère, déçu de n'avoir qu'un seul fils.

« C'est compliqué de vivre au sein d'une famille vouée au pouvoir et à l'argent. Je voulais tellement en être digne. J'aspirais à un parcours sans fautes pour répondre aux exigences de mon père, et si je l'en crois je n'ai jamais cessé de les accumuler… »

Vincent revoyait encore son attitude crispée tandis qu'elle débarrassait la table, qu'elle rangeait la vaisselle sale dans la machine. Puis elle avait sorti des tasses et des capsules de café, avant de reprendre :

« J'ai passé ma vie à faire ce qu'il attendait de moi, sans révolte, sans vague, en espérant vainement des marques d'affection de sa part. Ma mère disait de laisser faire le temps, que tout s'arrangerait…

— Et tu te demandes toujours pourquoi il a agi comme ça ? avait-il répondu. Mais est-ce si important ? Parfois, il n'y a pas d'explication au comportement des personnes qui nous entourent. »

Lui-même avait souffert de parents qui l'avaient confié à des gouvernantes avant de le mettre en pension dès son entrée au collège. Extrêmement pieux, ils étaient engagés dans de multiples associations religieuses et caritatives qui les menaient aux quatre coins de la France et de l'Europe. Ils n'avaient jamais eu de temps à lui consacrer.

« Pourquoi se focaliser sur le passé ? »

A peine avait-il prononcé ces mots qu'il les avait regrettés. Qui était-il pour donner ce genre de leçon ? N'était-ce pas ce qu'il faisait depuis la mort de Sophie, vivre dans le passé ? Camille avait posé les tasses sur la table basse et les arômes du café s'étaient répandus dans la pièce. Elle lui avait tendu le sucrier.

« Ce n'est pas aussi simple, je crois. Je suis restée prisonnière du personnage que je croyais devoir jouer, un fils de substitution ! Jusqu'au moment où j'ai capitulé. »

S'il en avait appris un peu plus sur elle, il sentait bien qu'elle ne lui disait pas tout. Il devinait ses désillusions, cette rage en elle, des sentiments qu'il connaissait. Il sentait que quelque chose d'immatériel s'était glissé entre eux, comme un courant unissant deux destins habités d'épreuves. Il lui avait demandé où ils en étaient tous les deux, ce que leur réservaient les lendemains. Elle avait paru surprise.

« Je ne sais pas, avait-elle répondu, je ne suis pas faite pour les lendemains, je redoute tout ce que je ne maîtrise pas...

— Dis-moi qui tu es, Camille », avait-il insisté.

Elle avait éludé ses questions et il avait pris sur lui pour ne rien laisser paraître de la peine qu'il avait éprouvée. Et pourtant c'était une femme éperdument passionnée, tendre, aimante, qu'il avait accueillie dans ses bras.

Au matin, très tôt, ils avaient pris leur petit déjeuner ensemble. Elle portait un jean sombre, un chemisier blanc, et il l'avait trouvée jolie avec cette élégance naturelle, différente du chic tapageur et artificiel qu'affichaient certaines femmes. Il avait essayé de lui parler de nouveau.

« Je pense qu'il vaut mieux garder nos secrets, avait-elle déclaré avec un soupçon d'impatience, ne gâchons pas ce que nous vivons. »

Il était sur le point de lui demander ce qu'ils vivaient exactement, mais son téléphone avait sonné. Elle avait décroché et s'était tournée vers lui en s'excusant, elle devait partir. Il l'avait regardée prendre son sac et ses clés. Mais, juste avant de franchir la porte, elle avait fait demi-tour, avait noué ses bras autour de son cou et l'avait embrassé, un baiser fougueux, passionné, et ce geste d'intimité l'avait réjoui. Il était resté un moment interdit, en proie à des sentiments qui le perturbaient. Sa relation avec Camille l'enchantait et le terrorisait en même temps. Cela faisait si longtemps qu'il n'avait plus de vie intime. Camille était intelligente, agréable, blessée aussi. Et il n'en connaissait pas les raisons. Il ne savait rien de ses attentes, il n'avait qu'une certitude : il ne devait pas perdre de vue que la présence de la jeune femme était provisoire. Et lui, qu'espérait-il ? Etait-il seulement en droit d'espérer quoi que ce soit ? Elle n'avait rien dit qui laissât entendre qu'elle ne repartirait pas, l'échéance venue. Même si elle avait sous-entendu que l'accident survenu aux Palets bretons retarderait son départ.

Vincent prit une profonde inspiration, chaussa ses lunettes et se replongea dans ses études.

Camille arriva à l'usine dès 6 h 30. Elle fit le tour du bâtiment encore désert, constata qu'Yves n'était pas là. Après être rentré chez lui, il s'était sans doute attardé auprès de sa petite famille. Camille lança son ordinateur et consulta ses messages. Comme il le lui avait promis, l'expert de la compagnie d'assurances lui avait envoyé toutes les directives pour constituer la déclaration de sinistre. Le département serait certainement déclaré en état de catastrophe naturelle par la préfecture, ce qui faciliterait et accélérerait les dédommagements.

Il était à peine 7 heures lorsque Bernard Grant fit irruption dans le bureau de Camille. Il n'avait pas de nouvelles de Valand et il était inquiet.

— J'ai passé la moitié de la nuit à travailler depuis mon domicile. Je me suis même fait enguirlander par ma femme, mais j'ai pu établir un planning de production pour répondre aux commandes les plus urgentes. Et je vais mettre une équipe en place pour nettoyer le bâtiment des expéditions. C'est le moins endommagé, ça ne devrait pas poser de problèmes.

— Moi, je m'attelle au dossier des assurances... Parons au plus pressé en attendant l'arrivée d'Yves. Il devait avoir besoin d'un peu de repos et surtout de retrouver sa famille...

— Ça m'étonnerait ! S'il était chez lui, croyez-moi, il nous aurait contactés depuis longtemps.

Après son départ, Camille se fit couler un café. Il n'était pas encore 8 heures. Pouvait-elle appeler le domicile d'Yves ? Bernard Grant avait insufflé le doute dans son esprit. Elle patienta encore une demi-heure, décrocha résolument le téléphone et composa le numéro des Valand. Lorsque Emilie répondit, Camille entendit une succession de hoquets entrecoupés de reniflements.

— J'ai failli vous appeler dix fois, Camille, mais je ne voulais pas vous déranger... Yves n'est pas rentré.

Il l'avait appelée deux minutes en lui recommandant de ne pas s'inquiéter, il était en garde à vue pour vingt-quatre heures, il rentrerait après.

— Il ne mérite pas ça... Si seulement je savais quoi faire, je me sens tellement nulle.

Les sanglots d'Emilie résonnaient comme un appel au secours.

— Si vous avez un moyen de l'aider, Camille, je vous en supplie, faites-le.

Camille promit et raccrocha. Force était de reconnaître que la situation de son patron était préoccupante. Elle savait que sa responsabilité serait engagée, et les répercussions pouvaient être désastreuses, pour lui et pour l'usine. Elle reprit son travail, mais malgré ses efforts elle ne parvint pas à mettre un terme à la déclaration de sinistre.

Soudain, un bruit de pas précipités dans le couloir lui fit lever la tête et tendre l'oreille. Bernard Grant fit une nouvelle entrée fracassante dans son bureau. Les ouvriers étaient arrivés les uns après les autres et s'étaient regroupés dans le réfectoire. Grant les avait informés des nouveaux plannings et de la répartition de la production dans les petits ateliers. D'un commun accord, ils avaient refusé de reprendre le travail tant qu'ils n'auraient pas de nouvelles de leur collègue hospitalisé. Loïc n'était pas encore arrivé et Camille profita de son absence pour parler à Grant :

— Les employés utilisent leur droit de retrait, je ne suis pas sûre que les circonstances les y autorisent. Mais asseyez-vous, on a un autre problème. Yves n'est pas rentré chez lui.

Elle relata sa conversation avec Emilie et la garde à vue de Valand.

— Il lui faut un avocat, conclut-elle. Connaissez-vous quelqu'un que je puisse appeler ?

Grant avoua qu'il n'en avait aucune idée. Camille crut bon de lui expliquer que si l'état de santé de Christophe Durieu ne s'améliorait pas Yves allait au-devant de très gros ennuis. Bernard Grant fit alors la même remarque qu'Emilie un peu plus tôt :

— C'est pas possible ! Il ne mérite pas ça... Il a tout donné pour cette boîte. Je lui ai souvent fait remarquer qu'il passait trop de temps à chercher de nouveaux débouchés, à démarcher de nouveaux clients, créer des produits toujours plus originaux...

Camille devinait où il voulait en venir. Yves avait négligé d'autres impératifs de son rôle de chef d'entreprise, et laissé de côté la plupart des tâches administratives qu'il jugeait moins urgentes.

— C'est pour ça qu'il vous a embauchée, confirma Grant, et...

Loïc arriva sur ces entrefaites et Grant s'éclipsa, mais Camille le rattrapa dans le couloir.

— Attendez qu'on en sache un peu plus avant de parler de la garde à vue d'Yves aux employés.

— Vous avez raison, je vais plutôt faire tout mon possible pour les persuader de reprendre le travail.

En rejoignant son bureau, Camille pensa que ce n'était pas chose faite ! Elle donna des instructions à Loïc concernant plusieurs affaires en cours et se replongea dans son dossier. Elle rejeta deux appels téléphoniques sur son portable, dont l'un émanait de Vincent. Elle le rappellerait au cours de sa pause-déjeuner. Leurs rapports devenaient étranges, presque déroutants. Elle aimait sa compagnie, sa présence apaisante, elle aimait cette impression touchante qu'il tenait à elle. Elle lui avait parlé de ses conflits familiaux, ils avaient fait l'amour et, comme toujours, c'était émouvant et merveilleux de se retrouver dans ses bras. Mais que se passerait-il quand viendrait le moment où elle quitterait la Bretagne ? Cette situation rendait impossibles les aveux qu'elle aurait peut-être pu exprimer. Aussi s'était-elle résignée à un résumé superficiel de ses relations tumultueuses avec son père.

Elle passa un bon moment au téléphone avec l'agent d'assurances, qui lui confirma que Douarnenez était bien déclarée en état de catastrophe naturelle. Elle raccrocha, l'esprit un peu plus tranquille. De ce côté-là au moins, les choses se présentaient bien.

A 11 heures, deux mauvaises nouvelles arrivèrent simultanément : Christophe Durieu n'avait pas repris connaissance. Il était toujours dans le coma, son pronostic vital était engagé et les médecins réservaient leur diagnostic. Son épouse avait pris un avocat et déposé une plainte.

Et par voie de conséquence, la garde à vue de Valand était prolongée de vingt-quatre heures. Tout indiquait qu'il serait mis en examen à la fin de la procédure.

21

En un temps record, la nouvelle de l'état de santé de Christophe Durieu fit le tour de la biscuiterie. Les employés se regroupèrent dans la salle de réunion sous la houlette du délégué syndical Louis Maubec et du délégué du personnel. Ils invoquèrent leur droit de retrait et cessèrent le travail. Bernard Grant essaya de les raisonner, la discussion s'envenima et, à court d'arguments, Grant se rendit dans le bureau de Camille.

— La situation est tendue, expliqua-t-il, il suffirait d'un rien pour mettre le feu aux poudres.

— Laissez-moi une demi-heure, Bernard, j'étudie ce cas de figure précis et je vous rappelle.

Camille fit quelques recherches, imprima des documents, les annota de remarques personnelles et après certaines vérifications passa deux coups de fil avant de rejoindre la salle de réunion, son dossier sous le bras. Quand elle entra, Grant avait repris la discussion avec le délégué Maubec. Quelques visages hostiles leur faisaient face, mais la plupart des employés paraissaient dans l'expectative.

Camille prit place en bout de table et les employés se regroupèrent en demi-cercle devant elle. Elle croisa le regard intrigué de Maubec, qui devait se demander dans quel camp elle se situait. Elle étala ses papiers devant elle en le fixant droit dans les yeux comme s'il était son seul interlocuteur.

— Expliquez-moi pourquoi vous avez cessé le travail.

— Selon l'article L4131 du Code du travail, nous exerçons notre droit de retrait pour insécurité dans l'entreprise. Nous sommes en mesure de penser que le site présente un grave danger, et…

— Bien, le coupa Camille, je viens d'appeler l'Inspection du travail, qui va diligenter un agent cet après-midi même. Il constatera que les trois petits ateliers dans la partie est du bâtiment n'ont pas été touchés par la tempête. Le dernier contrôle de la commission de sécurité… (elle consulta ses notes) date du 15 février et il est toujours valable. Ce que nous allons faire certifier par constat d'huissier aujourd'hui. Et laissez-moi vous remettre en mémoire les conséquences d'un droit de retrait abusif, qui peut justifier une sanction disciplinaire allant jusqu'au licenciement…

— C'est de l'intimidation ! éructa Maubec.

— Non, monsieur, c'est la loi ! Et sans aller jusqu'à cette mesure d'une extrême gravité, à mon tour de vous citer l'arrêt de la cour d'appel de Nancy, confirmé par la cour de cassation de novembre 2012, stipulant qu'en cas de droit de retrait abusif le salarié s'expose à une retenue sur salaire pour absence au travail non justifiée.

Camille se tut, le silence s'imposa autour d'elle, et elle rencontra le regard admiratif de Bernard Grant. Puis une jeune femme se leva, repoussa sa chaise sous la table et s'adressa à Grant :

— Je retourne à mon poste…

Cinq autres employés se levèrent d'un même mouvement, et en quelques minutes la salle se vida. Seules trois personnes maintinrent leur position, dont Maubec.

— Nous ne resterons pas sur cette provocation ! s'écria-t-il. Nous allons constituer un groupe de réflexion !

Camille quitta la salle de réunion et Grant la suivit jusque dans son bureau, visiblement inquiet.

— Vous avez été brillante ! Mais c'est pas fini, c'est de mauvais augure, ce groupe de réflexion, non ?

— Ne vous tracassez pas, dans ce genre de réunion on parle plus qu'on ne réfléchit ! Laissez-les perdre leur temps… L'important est que la majorité d'entre eux aient repris le travail. Vous avez un quart d'heure ? Asseyez-vous, nous devons parler de la défense d'Yves.

Une demi-heure plus tard, Camille rentrait chez elle. Elle enfila une de ses tenues habillées qu'elle n'avait pas utilisées depuis des mois et pêcha son second portefeuille dans le fond de sa valise. Avant de partir, elle rectifia sa coiffure et son maquillage et en se regardant dans le miroir, elle prit le temps de se demander si la décision qu'elle avait prise était la bonne. La pulsion irrationnelle qui la poussait à agir lui parut une excellente réponse.

Elle quitta son domicile et se rendit à la gendarmerie, où elle demanda à parler à Yves Valand.

— Et vous êtes ? s'enquit le jeune planton.

— Son avocate.

— Il n'a pas demandé d'avocat, que je sache...

— C'est possible ! Mais est-ce pour cela qu'il n'a pas le droit d'en avoir un ? Dites-lui que Camille Dulau est là pour assurer sa défense... et vite, s'il vous plaît.

Moins de cinq minutes après, un officier se présenta. Il était nettement plus jeune que Camille et elle le toisa d'un regard froid en lui tendant sa carte professionnelle, qu'il examina avec le plus grand soin.

— Vous êtes avocate à Quimper ?

— Je suis inscrite au barreau de Strasbourg et à celui de Toulouse, c'est suffisant, non ? lança Camille avec un soupçon d'agacement dans la voix.

Sa confrontation avec le délégué syndical de la biscuiterie avait réveillé son instinct combatif. Elle était galvanisée et prête à en découdre.

— Mais M. Valand n'a pas demandé d'avocat.

— Lui avez-vous clairement posé la question ? Vous a-t-il clairement répondu qu'il ne voulait pas être assisté ?

Camille remarqua la légère hésitation de l'officier et profita de son avantage :

— Je vois… Conduisez-moi auprès de mon client.

Il la précéda jusque dans la salle d'interrogatoire. Valand était assis, replié sur lui-même, les mains jointes serrées entre les genoux. Une barbe de deux jours, les traits tirés, il était méconnaissable. Camille fut frappé par les sillons de fatigue qui creusaient ses traits, par son teint livide. Lorsqu'il la vit entrer, il se leva et s'apprêta à parler, elle fronça les sourcils pour lui conseiller de se taire et se retourna vers l'officier.

— Je suppose que vous avez informé le procureur de la République dès le début de la garde à vue, comme le stipule la loi ?

Elle nota la nouvelle hésitation du jeune officier.

— Je me réserve le droit de demander au procureur à quel moment il a été informé de cette mesure.

— Nous sommes débordés à cause de la tempête et nous manquons d'effectifs…

Camille le toisa d'un regard amusé, laissant entendre qu'elle venait de marquer des points.

— Maintenant, je veux parler en tête à tête avec mon client.

Le jeune officier se retira aussitôt, et Camille prit place à côté d'Yves.

— Comment allez-vous ?

— J'ai l'impression d'avoir perdu la notion du temps… Camille, je n'ai pas demandé à Durieu de monter sur cette maudite machine, je vous le jure, mais j'ai beau l'expliquer encore et encore, tout est contre moi.

Il s'affaissa sur son siège. Il avait enduré deux nuits sans sommeil, des interrogatoires qui n'en finissaient pas. Et au fil de ses échanges avec les gendarmes, il avait découvert que tous les arguments qu'il croyait favorables devenaient autant d'éléments à charge contre lui.

— Ne voyez rien de personnel dans ce traitement, vous êtes le chef d'entreprise et par là même le responsable de ce qui se passe à l'intérieur de vos murs. Vous avez été bien traité, on vous a donné à boire et à manger ?

— A boire, oui, mais je n'avais pas faim. J'ai comme une espèce de gêne au niveau de la poitrine, je ne pourrais rien avaler.

— Vous l'avez signalé au cours de l'interrogatoire ?

— Oui, à deux reprises.

Camille bondit de sa chaise.

— Je reviens tout de suite !

Son absence dura presque une heure. Quand elle revint, elle était accompagnée du jeune officier.

— Nous levons la garde à vue, monsieur Valand, dit-il, vous êtes libre. Pour l'instant ! Mais je vous informe que Mme Durieu a déposé une plainte à votre encontre. C'est donc du ressort du procureur, maintenant.

En quittant la gendarmerie, Camille proposa à Valand de le ramener chez lui.

— Comment avez-vous réussi à faire lever la garde à vue ? demanda-t-il en bouclant sa ceinture de sécurité.

— Ils ont multiplié les bourdes, ces petits jeunes ! Oublier de prévenir le procureur, ne pas appeler de médecin… On ne vous a pas clairement défini l'objet de votre garde à vue… En outre, j'ai avancé que vous habitez Douarnenez depuis des décennies et que vous n'avez pas l'intention de vous enfuir.

— Que va-t-il se passer, maintenant ?

— Des ennuis, Yves, ce n'est pas la peine de se voiler la face. J'ai vérifié le contrat de responsabilité civile de l'entreprise. Il n'est pas mauvais, mais je doute qu'il couvre la totalité des frais.

— Vous croyez ? Il me semble pourtant que j'avais souscrit une couverture assez large.

— Le problème est que nous ne savons pas comment va évoluer l'état de santé de Durieu. L'entreprise peut être condamnée à verser des dommages et intérêts très importants, et vous aussi à titre personnel. Par ailleurs, si l'avocat de Durieu est doué et un tantinet tordu, il peut même requérir une peine d'emprisonnement.

Camille jeta un bref coup d'œil vers Yves et le vit devenir plus pâle encore. Elle posa sa main sur son avant-bras.

— Ne vous affolez pas, dans la majorité des cas c'est une peine avec sursis... Yves, je peux assurer votre défense si vous voulez.

— Il n'en est pas question, Camille ! Vous avez tout fait pour garder l'anonymat depuis que vous êtes installée ici.

Camille ne répondit pas aussitôt. Elle avait quitté Toulouse assaillie par les doutes. C'était plus une fuite en avant qu'un nouveau départ. Elle avait encore en mémoire les reproches, les mesquineries de son père. Et pourtant, curieusement, elle avait libéré son esprit d'une partie de ses angoisses tout au long de cette épuisante journée. Les dés étaient jetés, elle avait repris pied dans sa vie antérieure, comme si elle sortait brusquement d'une ornière.

— Je crois que je suis prête à assumer mon retour sur scène !

— Vraiment ?

— Vraiment ! Vous allez rentrer chez vous. Faites un break jusqu'à lundi et passez un peu de temps avec votre famille. Quand vous reviendrez, faites marcher la boîte comme d'habitude, ne donnez aucune explication, ne parlez de l'affaire avec personne. D'ici là, Bernard Grant et moi, on gère, et on vous appelle en cas d'urgence, d'accord ?

Elle omit de lui parler des soucis avec le délégué Maubec et ils se séparèrent sur une poignée de main.

— Vous avez une femme merveilleuse, Yves, prenez soin d'elle et de vos enfants.

De retour au bureau, Camille constata que, excepté deux ou trois irréductibles, le personnel avait repris le travail. En traversant l'atelier principal, elle remarqua que tous les bris de tuiles, les rebuts, avaient été enlevés. Seule béait la brèche dans la toiture. Mais au moins celle-ci était bâchée. Elle mit Grant au courant de la libération de leur patron, et de ses craintes à propos des suites de la plainte. Il partagea ses inquiétudes, et il l'approuva quand elle lui dit qu'elle avait exigé qu'Yves reste chez lui la fin de la semaine.

— Vous avez bien fait, il vaut mieux attendre que les esprits se calment un peu. Ce soir, je passerai à l'hôpital prendre des nouvelles de Durieu.

Camille rejoignit son bureau. Elle éluda les questions pressantes de son jeune assistant mais ne manqua pas de le féliciter pour la rapidité avec laquelle il avait obtenu la visite d'un artisan couvreur.

— Nous aurons le devis vendredi au plus tard.

Camille lança l'ordinateur, se connecta à Internet et consulta plusieurs manuels de droit en ligne. Elle prit une multitude de notes émaillées de parenthèses, de points d'interrogation, surprise de renouer avec cette excitation qui l'animait toujours au début d'une nouvelle affaire. Soudain, elle pensa à Vincent. Il devait savoir… Il devait être la première personne à savoir.

Camille rentra chez elle aux alentours de 19 h 30, et sans attendre elle ralluma son ancien téléphone et son ordinateur portable. Il était temps d'affronter les conséquences de son retour au barreau. Elle inventoria le contenu du réfrigérateur et sortit cueillir un bouquet d'herbes aromatiques. En les nettoyant sous l'eau fraîche de l'évier, elle réfléchissait à ce qu'elle allait dire à Vincent ; elle ignorait la tournure que pourrait prendre la conversation.

C'était le premier jour de la rentrée universitaire. Vincent arriva en retard, avec une bouteille de cidre rosé et des gâteaux achetés chez le pâtissier.

— Je suis désolé, mais ces premiers jours s'achèvent toujours par des réunions sans fin ! dit-il en embrassant Camille. Tu vas bien ?

Camille mit la bouteille et les pâtisseries au frais.

— Tu veux bien qu'on aille marcher un peu sur la plage avant de dîner ? Je voudrais te parler.

Intrigué, Vincent acquiesça. Ils longèrent quelques rues, descendirent les marches creusées dans la falaise et s'avancèrent sur la plage en évoquant le temps et les touristes qui l'avaient désertée. A l'horizon, la mer reflétait le flamboiement du soleil en fusion. Camille n'avait toujours rien dit d'important, et Vincent lui prit le bras.

— Tu voulais me dire quelque chose ?

— Il faut que je te parle de ma vie avant de venir à Douarnenez.

Elle ralentit le pas. Par où commencer ? Par le commencement, se dit-elle.

— Vincent, je suis avocate.

— Non ? C'est vrai ? Je comprends pourquoi tes connaissances juridiques m'impressionnent !

— J'ai exercé six ans à Toulouse comme associée dans un cabinet plutôt bien coté. Je m'étais spécialisée dans les affaires de divorce, et…

Soudain elle revit les marches du palais de justice de Toulouse, Alain Delmas devant elle, le revolver à la main. Elle éprouva une violente sensation de vertige, à la limite de la nausée. Comme un signe, elle sentit la main de Vincent serrer la sienne. Elle savait l'effet apaisant que sa présence avait sur elle, la certitude d'être en sécurité près de lui.

— J'imagine que ton histoire ne s'arrête pas là, dit-il, tu peux tout me raconter. Je t'écoute.

— Justement non, ce n'est pas aussi facile… Rentrons, tu veux bien ?

Ils firent demi-tour vers le centre-ville sans échanger un mot. Le vent avait forci, le roulis des vagues, les cris des mouettes venaient seuls troubler le silence.

— Je vais préparer à manger, dit Camille lorsqu'ils furent chez elle. Une omelette, ça ira ? Je n'ai pas fait de courses depuis une éternité.

— Ce sera parfait, ne t'inquiète pas. Tu veux que je nous serve un verre ?

— Je veux bien.

Il déboucha la bouteille de cidre et pêcha deux verres dans le bahut du séjour. Camille cisela les herbes aromatiques qu'elle avait cueillies, les fit glisser dans un saladier où elle battit les œufs. Elle sortit le beurre du réfrigérateur et soudain s'arrêta net.

— Je crois pouvoir dire que j'étais une excellente avocate.

Vincent emplit les verres et en tendit un à Camille. Ils trinquèrent presque machinalement. Il se pencha vers elle et replaça une mèche de cheveux derrière son oreille. Il répéta plusieurs fois ce geste tendre avec une infinie douceur. Elle se détendit.

— J'ai provoqué le suicide d'un homme, dit-elle enfin.

Et elle raconta… sans rien omettre du rôle qu'elle avait peut-être joué dans ce dénouement aussi inattendu que terrifiant. Vincent l'écouta sans émettre le moindre commentaire. Ce qui ne laissa pas de la surprendre. Il était la première personne à ne pas lui dire qu'elle n'y était pour rien et elle lui en sut gré. Il se contenta de l'observer tandis qu'elle ajoutait de la crème et du fromage râpé dans les œufs battus tout en surveillant le beurre qui fondait. Elle fit glisser les œufs dans la poêle brûlante et le beurre crépita.

— C'est ce drame qui a motivé ton départ de Toulouse ?

— Je crois que j'ai perdu pied au point de rater une de mes plaidoiries, avoua-t-elle, ce qui ne m'était jamais arrivé ! J'ai décidé de prendre du recul et de m'accorder quelques jours de congé en Bretagne.

— Tu connaissais déjà la région, n'est-ce pas ?

— Oui, j'y ai passé toutes mes vacances d'enfant, mes grands-parents sont enterrés ici.

— Je sais, un jour je t'ai aperçue dans le cimetière.

— Pourquoi tu ne m'as rien dit ?

— Je n'ai pas voulu te mettre mal à l'aise. Si tu n'évoquais pas cette partie de ta vie, tu avais sans doute tes raisons. Mais comment as-tu échoué aux Palets bretons ?

Camille raconta l'incroyable concours de circonstances qui l'avait amenée à lire l'annonce de Valand alors qu'elle achetait des biscuits.

— Je crois que je n'ai même pas réfléchi. J'ai saisi l'occasion de prolonger cette cassure que j'avais provoquée en quittant Toulouse et mon poste au cabinet. Mais ici, personne ne sait qui je suis, ni ce que je faisais avant.

— C'était une sacrée reconversion ! Et ça t'a aidée, ce changement radical de vie ?

— Oui, sans aucun doute, mais ce n'est pas tant d'avoir dissimulé ma vie d'avant comme un secret qui a été salutaire, au fond de moi je n'en voulais peut-être plus, de cette vie. Et en arrivant ici, j'ai découvert combien c'était rassurant de se dire qu'on n'attend plus rien.

Devait-elle lui parler de Denis et des enfants ? Sur ces entrefaites, il lui proposa de passer à table avant que l'omelette refroidisse. Durant le dîner, ils comparèrent leurs vacances d'enfants, elle en Bretagne, lui au cœur d'un petit vignoble dans le

Quercy, et des éclats de rire émaillèrent leurs souvenirs. Le cidre se mariait bien avec les pâtisseries et Vincent regretta de n'avoir apporté qu'une seule bouteille.

En préparant le café, Camille reprit le fil de ses confidences. Elle exposa la situation d'Yves Valand à Vincent.

— J'ai décidé d'assurer officiellement sa défense. C'est un type bien, il ne mérite pas ce qu'il lui arrive.

— Le père de famille qui est dans le coma, non plus.

— Bien sûr, mais je t'assure que personne ne lui a demandé de monter sur cette satanée machine. Il a cru bien faire… Mais Valand n'y est pour rien… (Camille marqua une pause.) Pourquoi tu ne m'as pas dit que ce n'était pas ma faute, ce qui est arrivé à Toulouse ? Tu es bien le seul, tu sais…

— Evidemment que tu n'y es pour rien, mais est-ce pour cela que tu te sens moins coupable ? Je suppose que c'est un poids terrible à porter.

Camille se tut. Elle l'assumait depuis des mois, ce poids. Elle s'était posé tant de questions, alors. Avait-elle trouvé les réponses en venant ici ?

— C'est pour cela que je vais défendre mon patron, parce que ce poids est effectivement terrible à porter. Mais auparavant je voulais te raconter tout cela. J'espère que tu comprends ?

Le regard qu'il posa sur elle la bouleversa.

— Je comprends, dit-il, je suis avec toi, quoi qu'il advienne... Tu me crois, n'est-ce pas ?

Elle le croyait. Parce qu'il y avait dans son regard une compassion déchirante. Il lui tendit les bras, elle s'y abandonna quelques instants, répondit à ses baisers, à ses caresses. Elle aurait voulu écouter l'envie naissante qui animait son corps, mais elle s'écarta de lui, croisa ses yeux sombres où dansait la petite lueur de désir qu'elle aimait tant.

— Je vivais avec quelqu'un, à Toulouse.

Elle parla des enfants, de Denis.

— Tu étais heureuse avec lui ?

— J'ai si souvent entendu mon père dire que certains êtres sont faits pour le bonheur et d'autres pour le pouvoir et la réussite... Alors, heureuse, je ne sais pas, je n'ai jamais su ce que cela voulait dire. Mais j'avais de l'affection pour Denis, et entre son travail, le mien, ses enfants, nous menions une vie simple, bien ordonnée, dans laquelle je me sentais bien.

— Tu retourneras avec lui quand tu rentreras à Toulouse ?

— Jamais de la vie ! Pour qui me prends-tu ? J'ai rompu avec lui le lendemain de la première nuit que nous avons passée ensemble, toi et moi. Par ailleurs, je ne sais pas quand je rentrerai à Toulouse.

— Mais tu repartiras ?

— C'est difficile à envisager, pour l'instant. Le moment de décider viendra bien assez tôt.

Elle se tut et se blottit contre lui. Il comprit qu'elle ne dirait rien de plus. Il resserra son étreinte, l'embrassa. Il voyait un signe prometteur dans sa franchise, mais il ne voulait pas se laisser aller à trop espérer car il sentait bien qu'elle ne lui disait pas tout.

22

Camille aborda le week-end avec un immense soulagement. Aux Palets bretons, l'ambiance était tendue. L'agent de l'Inspection du travail avait confirmé que seul l'atelier endommagé par la tempête présentait un danger pour la sécurité des employés. Il n'y avait donc aucune raison pour arrêter le travail sur la totalité du site. Une poignée de salariés était toujours opposée à la reprise et leurs réunions en catimini ne cessaient d'inquiéter Bernard Grant. D'autant plus que l'état de santé de Christophe Durieu ne s'améliorait pas. Il était toujours dans le coma et sa femme avait interdit l'accès de sa chambre à ses collègues. De son côté, Yves Valand avait suivi les recommandations de Camille et passé le reste de la semaine au milieu des siens. Mais il était en relation permanente avec Camille et Grant.

Le samedi matin, Camille enfila un jogging et nettoya son jardin. Elle redressa les pieds des roses trémières et s'évertua à remettre en état son petit jardin de curé. Le vent du large lui procura quelques légers frissons. Les jours raccourcissaient, et la température baissait un peu plus chaque jour. L'été s'achevait doucement. Camille rassembla tous les déchets dans un grand sac-poubelle puis, satisfaite de ses efforts, elle contempla son jardin avant d'aller prendre une douche. Elle choisit une tenue décontractée mais un peu plus chaude et rendit visite à Odile. Elle la prévint qu'elle comptait garder la maison le temps nécessaire à la défense de Valand. En apprenant qu'en réalité elle était avocate, Odile ne put dissimuler son excitation.

— Je me doutais bien que vous étiez trop distinguée pour être secrétaire !

— Il y a des secrétaires qui ont beaucoup d'allure, répliqua Camille en pensant à Maryse, avec ses coiffures sophistiquées et ses tenues affriolantes.

Odile invita Camille à boire un café et elle lui posa quelques questions sur les dégâts de la tempête et l'accident survenu aux Palets bretons. Elle ne fit aucune allusion à sa relation avec Vincent, mais Camille comprit qu'elle était au courant. Elle estima qu'un petit dîner tous les trois permettrait de clarifier la situation, mais Odile déclina l'invitation.

— Je suis désolée, Camille, mais Bernard vient me chercher pour une soirée en famille.

En effet, Camille se rappela que Grant lui en avait touché deux mots.

— Ce sera pour une autre fois, Odile ! J'imagine que vous devez être ravie de voir vos neveux et vos nièces.

En quittant Odile, Camille rejoignit le centre de Douarnenez et fit le tour du marché. Au cours de cette longue semaine faite d'interminables journées de travail, elle n'avait pas eu le temps de s'occuper du ravitaillement, le réfrigérateur et les placards à provisions étaient vides. Elle acheta des légumes et des fruits, du pain, et s'attarda devant les étals de poisson frais. Elle choisit de belles tranches de cabillaud et des langoustines. En revenant sur ses pas, elle s'arrêta sur le port, acheta le journal et ne résista pas à l'envie de s'installer à la terrasse d'un bar. Elle commanda un café et observa la jetée, les bateaux au loin. Ce bar face à la mer, c'était sa première sortie dans Douarnenez, il y avait un peu plus de trois mois. Elle avait aussi acheté le journal et commandé un café, ce jour-là. Et comme trois mois auparavant, elle jeta un coup d'œil aux nouvelles du jour. Un petit article était consacré à l'accident de travail aux Palets bretons, mais le chroniqueur s'attachait surtout à décrire l'état de santé de Durieu et le désarroi de sa famille.

Camille but son café, posa de la monnaie dans la coupelle et remonta la rue principale à pied. Ses cabas étaient lourds et le vent jouait contre elle. L'équivalent d'un petit jogging, pensa-t-elle. Elle se fit la remarque que l'automne ne tarderait pas à s'installer. Les premières feuilles mortes pleuvaient dans les jardins, sur les pelouses.

En rentrant chez elle, elle releva le courrier et rangea ses emplettes. Elle sortit un yaourt du réfrigérateur et lava deux poires. Ce serait parfait pour une pause-déjeuner sur le pouce. Elle réserverait son appétit pour le repas du soir en compagnie de Vincent. Ils s'étaient contentés d'œufs et de pâtes au jambon toute la semaine, et elle avait bien l'intention de leur concocter un bon petit dîner.

Soudain, la sonnerie de son ancien téléphone portable retentit. Elle avait rejeté tous les appels jusqu'ici, mais lorsqu'elle reconnut le numéro de sa mère, elle décrocha.

— Camille ! Que s'est-il passé avec ton père ? demanda Maria Dulau sans préambule.

— Bonjour, maman, je vais bien, j'espère que toi aussi…

— Ne détourne pas la conversation, s'il te plaît ! Je t'ai demandé ce qui s'était passé lorsque tu as eu cette discussion avec ton père !

Camille songea à l'idée que son père se faisait d'une discussion : je parle, vous écoutez !

— Ça s'est passé comme d'habitude, maman, il a dit ce qu'il avait à dire.

— Il n'est plus le même depuis son retour, il a ordonné à ton frère de ne plus te contacter… Tu ne me feras pas croire que vous ne vous êtes pas disputés !

— Il m'a surtout parlé de ton petit-fils et du pétrin dans lequel il s'est fourré.

— Ton père était effondré quand il nous a expliqué que tu refusais de nous aider.

Camille avait beaucoup de peine à imaginer son père effondré.

— Quand j'ai quitté Strasbourg, je me suis promis de ne jamais y revenir, je ne changerai pas d'avis.

— Mais qu'est-ce qu'on t'a fait ?...

Camille préféra ne pas répondre à la question mais elle ne put s'empêcher de relever l'aplomb de sa mère.

— Je sais que tu as des relations compliquées avec ton père, reprit cette dernière, mais il a toujours souhaité ce qu'il y avait de mieux pour toi, il voulait que tu réussisses, que tu sois la meilleure !

— Papa n'a jamais eu d'autre but que ses propres ambitions et tu le sais. S'est-il jamais soucié de tes désirs ? Tu prends sa défense alors que tu sais que c'est un menteur et un hypocrite. Il ne t'a infligé que trahison et souffrance...

— C'est de ton père que tu parles ! Et ma vie ne te regarde pas... il est question de ton frère et de son fils. Rodolphe a été condamné à un placement dans un établissement d'éducation surveillée. Ton frère a fait appel, et ton père est certain qu'avec un bon avocat la sanction pourrait être ramenée à un stage de formation civique dans une structure sanitaire ou sociale. Tu dois absolument assurer sa défense !

— N'importe quel bon avocat peut prendre ce dossier en main, je ne peux pas croire que vous n'ayez pas les moyens de vous attacher les services du meilleur. Ce que vous auriez d'ailleurs dû faire dès la première instance...

— Mais nous sommes ta famille !

Camille s'efforçait de rester calme. Elle s'était promis de ne pas avoir recours à la colère pour se protéger, comme cela avait trop souvent été le cas par le passé. Mais ses réserves de patience s'amenuisaient.

— Justement, je n'ai aucune dette envers ma famille.

— Mais quelle espèce de monstre es-tu ? Je suis sûre que ton père ne te pardonnera jamais, et moi non plus !

Maria Dulau raccrocha sans ménagement, le déclic résonna violemment dans les tympans de Camille. Avec l'âge, sa mère avait de plus en plus tendance à se comporter comme son père... Pendant qu'elle tenait le téléphone, elle vérifia sa messagerie. Encore une dizaine d'appels anonymes, des SMS d'injures. Effectivement, son frère ne l'avait pas rappelée. Il avait suivi les consignes de leur père... Camille songea à la dernière pique de sa mère. Bien sûr que son père ne lui pardonnerait pas son refus de se plier à ses ordres ! Mais aujourd'hui, elle s'en moquait. Non seulement elle ne lui obéirait pas, mais elle avait cessé de se punir pour ne pas être le fils qu'il aurait voulu. Elle éteignit l'appareil et retourna dans la cuisine.

Tout à coup, elle fut saisie d'un vertige et se retint à la porte du réfrigérateur. Elle n'imaginait pas être autant affectée par une conversation avec sa mère. Pourquoi avait-elle l'impression qu'une menace pesait sur elle ? Elle grignota les deux poires mais remit le yaourt au frais. Puis elle sortit le livre de cuisine bretonne qu'Odile lui avait offert et chercha une recette de langoustines. Vincent lui avait dit qu'il raffolait de ces crustacés. Elle jeta un coup d'œil à l'horloge du séjour. Pourquoi ne pas reconnaître qu'elle avait hâte qu'ils se retrouvent ? Sa vie avec Denis lui semblait bien terne, aujourd'hui. Avec Vincent, ils trouvaient toujours tant de choses à se dire, et se rejoignaient sur la plupart des sujets. Elle était réceptive à de nouvelles émotions, le plaisir, l'impatience. Elle appréciait leur intimité, leur complicité. Etait-ce révélateur de sentiments plus profonds ? Tout avait changé depuis qu'elle lui avait parlé de sa vie à Toulouse. Elle avait évoqué ses frayeurs, ses faiblesses, tout en sachant qu'il n'en abuserait pas. Ils s'étaient indubitablement rapprochés et cela ne cessait de la ravir et de l'intriguer.

Ce soir-là, il lui avait demandé si elle était heureuse avec Denis. Personne ne lui avait jamais posé cette question. Elle avait pris la peine d'y réfléchir. Pendant toutes ces années, elle avait trouvé une forme d'accomplissement dans la réussite. Plaider, ce n'était ni une profession, ni une vocation. C'était vital, et elle mesurait combien cela lui avait manqué. Mais le bonheur…

Elle feuilleta le livre de cuisine un moment avant de trouver ce qu'elle cherchait : langoustines grillées accompagnées d'une mousseline aux herbes fraîches. Les plantes de son jardin de curé seraient parfaites !

En rassemblant les ingrédients, Camille se rappela ce que disait sa grand-mère : « Le bonheur est en nous, nous devons le trouver car personne ne le cherchera à notre place… »

Une fois n'était pas coutume, Vincent quitta l'université à l'heure. Il se hâta de rejoindre le parking et comme trop souvent il ne se rappelait plus où il avait garé sa voiture. Il suivit l'allée principale en regardant de part et d'autre… il ne se souvenait pas d'avoir marché aussi longtemps ce matin. Soudain, il se retourna en entendant son prénom. Lucie, une de ses collègues. Elle courait vers lui avec de grands signes et il se maudit intérieurement. S'il avait garé sa voiture plus près de l'établissement, il serait déjà parti. Lucie ne manquait pas une occasion de lui montrer qu'il l'intéressait, et il avait beaucoup de mal à lui faire comprendre que ce n'était pas réciproque !

— Tu n'oublieras pas ma soirée, samedi prochain ? Nous serons une dizaine, seulement des collègues.

Comment lui dire qu'il côtoyait ses collègues toute la semaine et que l'idée de passer une soirée en leur compagnie ne l'emballait pas ?

— Je ne suis pas sûr, Lucie, répondit-il, évasif. Je te dirai…

— Et un brunch, dimanche, en tête à tête, ça te dirait ?

Vincent refréna un soupir. Sans doute était-elle honnête dans sa quête d'un homme à tout prix. Mais aujourd'hui, il n'était plus cet homme perdu qu'il fallait soustraire à sa solitude et à ses renoncements.

— Je suis désolé, j'ai une montagne de travail en retard, et j'ai bien l'intention de m'y coller ce week-end.

Ouf ! Il reconnut l'arrière de sa berline dans une rangée de véhicules et déclencha l'ouverture à distance.

— Je te laisse… Bonne soirée, Lucie, lança-t-il en grimpant rapidement dans sa voiture.

En rentrant, il remarqua que la maison de Camille était plongée dans l'obscurité. Il l'appellerait un peu plus tard. Il posa son cartable sur le canapé et se dirigea vers la cuisine, où il avala un grand verre d'eau. Surcouf bondissait d'impatience en direction de la porte. Vincent prit la laisse et ils sortirent. Il passa de nouveau devant la maison de Camille, qui n'était toujours pas éclairée. Il palpa sa poche, sortit son portable et vérifia ses messages, au cas où elle lui aurait envoyé un SMS. Il avait constaté qu'elle appelait de plus en plus souvent pour l'avertir de l'heure à laquelle elle rentrerait.

Après ses confidences concernant sa vie à Toulouse, elle n'avait plus abordé le sujet. Mais il avait noté des différences subtiles dans son attitude à son égard. Elle était plus attentive, plus empressée, comme si elle s'était libérée d'un poids. Ils avaient passé un merveilleux week-end, la visite du musée de la Mer, une exposition de peinture contemporaine, des dîners en tête à tête. Elle lui avait parlé de son travail. Elle ne savait pas si ses collègues étaient au courant de sa véritable profession, mais elle se doutait bien que ce ne serait plus un secret quand elle prendrait officiellement la défense de son patron, et elle s'y préparait. Il éprouvait une vive admiration pour elle. Choisir un mode de vie si radicalement différent, un environnement, un travail à ce point à contre-courant de ses habitudes passées, révélait une volonté et un courage peu communs.

Arrivé en bord de mer, Vincent lâcha la bride de Surcouf, qui piqua un sprint jusque dans les vagues. Vincent le surveilla en faisant quelques pas sur la plage. La petite musique de son portable retentit… Camille avait écrit quelques mots : *J'arrive ! J'apporte le dîner.*

Vincent sourit en rangeant le téléphone dans sa poche. Puis il siffla son chien, lui remit sa laisse et, songeur, reprit le chemin de la maison. Il avait hâte de retrouver Camille et il était sûr que ce sentiment était partagé. Mais la même question revenait inlassablement. Que se passerait-il quand elle repartirait ? Elle lui avait avoué avoir rompu avec son compagnon dès le début de leur liaison. Etait-ce un signe ou se berçait-il d'illusions ? Il avait compris qu'elle n'avait guère eu de vie en dehors de sa réussite de femme solitaire. Elle ne s'était jamais autorisée à croire en l'amour. Serait-il capable de lui apporter une autre vision de la vie à deux ? De son côté, Camille avait creusé une brèche dans le mur qu'il avait dressé autour de lui pendant trois longues années. Mais cette attirance, cette passion survenues au moment où il n'attendait plus rien, était-ce de l'amour ? Ou un sentiment plus confus, né de la souffrance qu'ils devinaient dans les yeux l'un de l'autre. Il était en train de tomber amoureux de Camille et l'idée de partir avec elle, le moment venu, faisait son chemin.

Etait-il prêt à abandonner sa maison, les lieux de sa rencontre avec Sophie, de leur mariage, de leur long calvaire aussi ? Pouvait-il envisager de ne plus aller sur sa tombe tous les dimanches matin ? Tout à coup, il prit conscience qu'entre la tempête, la rentrée universitaire et ses soirées en compagnie de Camille, il n'était pas allé au cimetière depuis une quinzaine de jours.

23

En reprenant les rênes des Palets bretons, Yves Valand s'était rallié au plan proposé par Camille. Il était bien décidé à se battre pour sauver cette entreprise à laquelle il avait déjà tant donné. Tous les matins, il arrivait au travail les traits tirés, des poches sous les yeux, flottant dans ses vêtements. Il passait beaucoup de temps dans son laboratoire et au service des expéditions. Dans l'ensemble les équipes étaient motivées, et il savait qu'il le devait à Camille pour la gestion de la crise et à Bernard Grant, qui tenait bon la barre de la production. Néanmoins, il faisait en sorte d'échanger quelques mots avec chaque employé qui le souhaitait. C'était de simples entretiens fortuits, au gré de ses allées et venues dans l'usine.

En attendant que s'achèvent les travaux de réfection dans l'atelier principal, les commandes étaient assurées au mieux des capacités des trois ateliers annexes. Les commerciaux perdaient un temps précieux à expliquer aux clients les raisons de leur retard.

La pierre d'achoppement restait la santé de Christophe Durieu. Il avait repris connaissance mais les lésions cérébrales provoquaient des pertes de mémoire qui affolaient son entourage. Il avait subi une opération de la hanche qui engendrerait une très longue période de rééducation, et les médecins ne pouvaient pas garantir qu'il retrouverait l'usage de sa jambe.

Huit jours plus tard, Yves Valand reçut la convocation du procureur. Camille lui expliqua longuement ce qui se passerait au cours de cet entretien, l'attitude à adopter, et elle lui décrivit les arguments qu'elle utiliserait en fonction du contenu de l'accusation.

— Surtout, dites-en le moins possible, conclut-elle, et laissez-moi parler.

Ce même jour, à l'heure du déjeuner, une violente altercation opposa Bernard Grant et le délégué syndical Maubec. Depuis quelques jours, Maubec s'épuisait à tenter de convaincre qui voulait l'entendre, et surtout qui ne voulait rien entendre, qu'ils avaient le droit de se mettre en grève et que « l'autre pimbêche » – chacun comprenait qu'il évoquait Camille – n'y connaissait rien. Aujourd'hui, il s'appuyait sur le handicap de Durieu et sur ce qu'il nommait « les dérobades de Valand » pour pousser ses collègues à débrayer une heure tous les jours, jusqu'à ce que le patron accepte de s'expliquer au cours d'une réunion avec l'ensemble du personnel. Quelques personnes approuvèrent l'idée d'une réunion collective. Bernard Grant la réfuta en avançant que ce regrettable accident était désormais l'affaire de la justice.

— Regrettable accident, mon c… ! hurla Maubec.

Le bruit de leur dispute dépassa les limites du réfectoire et gagna les bureaux. Camille sortit au moment où Valand se dirigeait vers la salle de pause.

— Attendez, Yves ! Ne tombez pas dans le piège…

— Mais je dois leur parler, c'est à moi d'arrêter cette embrouille.

— Avant cela, écoutez-moi.

Elle lui donna quelques conseils de bon sens, avant de conclure :

— Et surtout restez calme, d'accord ? Je vous accompagne.

Lorsqu'ils entrèrent dans le réfectoire, le silence se fit instantanément. Même Maubec resta un instant sans voix, ce qui permit à Valand de prendre l'avantage. Il distribua quelques poignées de main aux employés qu'il n'avait pas encore croisés.

— J'ai parlé individuellement avec la plupart d'entre vous, dit-il, mais je tiens à répéter à quel point je suis désolé, et triste aussi, de ce qui est arrivé à Christophe. Personne n'a le droit de douter de mon estime pour ce garçon et c'est bien la dernière chose que j'aurais souhaitée pour lui. Croyez bien que j'aurais empêché ça si je l'avais pu. Mais Bernard a raison, la justice s'est emparée du dossier et quelle que soit sa décision je ne me déroberai pas. Et je remercie toutes celles et tous ceux qui ont repris le travail dans des conditions aussi difficiles. Je ne l'oublierai pas... Merci.

Son ton était posé. Il évitait de croiser le regard de Maubec, qui semblait l'ignorer aussi, jusqu'à ce que ce dernier lance :

— C'est scandaleux, il faut arrêter de nous prendre pour des cons !

Il attendit de probables renchérissements autour de lui, mais personne ne dit mot. Camille observait Valand. Aux petites veines qui palpitaient à ses tempes, elle comprit que cela lui coûtait de ne pas répondre à la provocation. Il suivit ses consignes, pourtant. Sans se départir de son calme, il appuya ses mains bien à plat sur la table et fixa le délégué Maubec droit dans les yeux.

— Ce que tu fais, c'est vraiment moche, Louis ! Tu te sers de ce qui est arrivé au pauvre Durieu pour assouvir ta petite vengeance personnelle...

Soudain, Maubec se rua sur lui. Bernard Grant, soucieux d'éviter le pire, lui barra le chemin. Et pour favoriser le retour au calme Camille entraîna Valand à l'extérieur du réfectoire. Il retourna aussitôt dans son laboratoire, et elle dans son bureau.

Elle résista à la tentation de lui demander ce qu'il avait voulu dire en accusant Maubec d'assouvir une vengeance. Mais elle se promit de revenir sur le sujet un peu plus tard.

La rencontre avec le procureur, tant redoutée par Valand, eut lieu la semaine suivante. Comme Camille le prévoyait, l'entretien fut bref. Après avoir examiné les faits, le procureur jugea de l'opportunité des poursuites. Un juge instruirait la plainte pour atteinte à l'intégrité physique d'un salarié, blessures involontaires et mise en danger de la vie d'autrui, aggravée par un manquement avéré à l'application des règles de sécurité.

Aux Palets bretons, des rumeurs commencèrent à se répandre. On disait que Camille était avocate, on s'interrogeait aussi sur le poste clairement sous-qualifié qu'elle occupait dans l'usine. On murmurait aussi qu'elle allait défendre le patron.

A Toulouse, Denis Bacquey ne savait plus comment faire face à la situation. Un de ses collègues était en arrêt maladie, et la hiérarchie lui avait demandé d'assurer une part importante de ses consultations. S'occuper du ravitaillement après le travail, être à l'heure pour récupérer les enfants à l'école, c'était mission impossible. Il y avait quelques semaines encore, il aurait pris le taureau par les cornes et affronté les difficultés l'une après l'autre. Cependant, avec le poids des désillusions, il éprouvait une certaine indolence. Et il se demandait s'il n'était pas en train de s'y complaire, de s'apitoyer sur son sort. Il lui semblait que sa vie partait à vau-l'eau et il appréhendait ce sentiment comme un échec qui le laissait pantois.

La rentrée scolaire s'était mal passée. Sabine n'aimait pas sa nouvelle classe et elle n'avait de cesse d'évoquer l'établissement privé situé à quelques centaines de mètres du domicile de sa mère. Benoît ne parlait pas beaucoup de son école, mais il trouvait dur de vivre dans la maison de Camille : « Sans elle, ce n'est pas pareil, papa... » Ensemble, Sabine et Benoît vantaient la vie chez leur mère, les sorties en famille. Face au malaise des enfants, son ex-femme avait menacé de prendre rendez-vous avec le juge aux affaires familiales pour réclamer leur garde pleine et entière. « Puisque tu n'es pas capable d'assurer, avait-elle dit sur un ton jubilatoire, tu te contenteras d'un week-end sur deux et de la moitié des vacances, comme tous les autres mecs dans ton genre ! »

Ce matin-là, Denis consacrait sa pause à consulter les offres des agences immobilières. Camille lui avait laissé jusqu'à la fin de l'année, et il n'avait pas encore pris le temps de chercher sérieusement un nouveau logement. Cependant, le désarroi des enfants le poussait à trouver une autre demeure et si possible à proximité d'un excellent établissement scolaire. Il serra les mâchoires. Il ne pouvait pas s'empêcher de penser que tout cela était la faute de Camille. Après avoir joué sur tous les registres, les appels à la raison, les tentatives d'apitoiement – qu'avait-il fait pour mériter cela ? –, il avait cessé de prier, de supplier… Et une rage sourde l'avait gagné. Un moment il avait espéré que le père de Camille saurait la contraindre à rentrer à Toulouse. Apparemment, même lui avait échoué. La garce ! Elle les avait largués, les enfants et lui, sans aucun remords. Comment avait-elle pu ? C'était simple pourtant, elle vivait une aventure avec un autre… S'il savait à qui il avait affaire, ce pauvre type ! Denis se rappelait l'époque où il croyait être amoureux d'elle. Il n'éprouvait plus que de la haine, à présent.

Il savait bien ce qu'il aurait dû faire. Se rendre sur place, lui balancer à la figure ce qu'il pensait d'elle, qu'elle avait bien mérité ce qui lui était arrivé, que les femmes comme elle, ça portait un nom vieux comme le monde. Mais il connaissait Camille et il se connaissait, il ne pouvait que sortir perdant d'un tel affrontement. Mais si par malheur il perdait la garde partagée de Sabine et Benoît, elle le lui paierait !

Le souffle court, un léger tremblement dans les mains, il s'empara du téléphone et composa le numéro de Camille. Son appel bascula aussitôt sur la messagerie, ce qui acheva de le mettre hors de lui. Il saisit quelques phrases assassines sur le clavier, puis les relut et ne regretta pas un mot. Il composa une seconde fois le numéro de Camille et expédia le message d'un clic.

Surprenant, se dit-il, comme on devient cruel quand on cesse d'aimer.

24

Lorsque Yves Valand posa la convocation chez le juge d'instruction sur le coin du bureau de Camille, il semblait anéanti. Ils avaient un mois pour se préparer, et simultanément une procédure avait été lancée auprès du conseil des prud'hommes.

— Ce n'est pas possible, Camille, comment a-t-on pu en arriver là pour une simple tempête ?

Personne n'avait de nouvelles de Christophe Durieu et Valand souffrait de ne pas pouvoir lui rendre visite.

— Certes, son épouse nous l'interdit, souligna Camille, mais avec la procédure en cours, croyez-moi, c'est mieux ainsi.

— Vous vous rendez compte, s'il restait paralysé par…

Il avait eu « par ma faute » au bord des lèvres.

— … je ne peux pas m'empêcher de me sentir responsable.

— Je sais, Yves, nul n'est mieux placé que moi pour comprendre ce que vous ressentez, mais ce sont la tempête et un malheureux concours de circonstances qui sont responsables de cette situation.

C'était ce qu'elle avait éprouvé après le suicide d'Alain Delmas, l'impression qu'on la punissait tout en lui répétant qu'elle n'avait rien fait.

Elle prit son agenda, bloqua deux plages horaires avec Yves.

— Nous allons peaufiner votre défense, mais surtout reprenez-vous ! Vous ne servirez personne si vous craquez.

Après son départ, elle sortit de son attaché-case le dossier « Valand/Durieu » qui la suivait partout. La tempête et un concours de circonstances, c'était bien avec ces éléments qu'elle comptait conduire sa plaidoirie. En réfléchissant, elle se demanda s'il y avait d'autres faits susceptibles de servir la défense de son patron. Une idée lui traversa l'esprit et elle se rendit dans le bureau de Maryse.

— Je voudrais consulter le dossier d'embauche de Christophe Durieu.

Tandis que Maryse fouillait dans un classeur de rangement, Camille admira son tailleur deux pièces ocre et vert d'une excellente coupe, ses cheveux blond cendré relevés en un chignon compliqué. Elle était jolie et savait mettre ses atouts en valeur.

— C'est gentil, Maryse, lança Camille lorsque la jeune femme lui tendit une chemise cartonnée, et tous mes compliments ! Cette coiffure vous va à ravir, vous êtes jolie comme tout !

— Merci ! Euh… j'arrivais juste lorsque Christophe a été embauché, mais je me souviens que cela avait créé un conflit entre l'ancien patron et Yves… Je crois me rappeler que c'était lié à son précédent travail. Voulez-vous que je me renseigne ?

— Oui, bien sûr, et tenez-moi au courant.

En début d'après-midi, Maryse rejoignit Camille dans son bureau.

— J'ai trouvé ce qui m'intriguait, ce matin.

Obéissant à un réflexe professionnel, Camille prit un crayon et un papier.

— Christophe Durieu travaillait dans une société de transports avant d'arriver aux Palets bretons. Un jour, il a provoqué un accident, sans gravité certes, mais il a pris la fuite et son chef l'a licencié pour faute grave. Yves a insisté pour l'embaucher contre l'avis de notre ancien patron, on peut dire qu'il lui a donné une seconde chance.

Après le départ de Maryse, Camille relut ses notes. Elle restait dubitative. Les faits relatés montraient les qualités humaines de Valand, mais elle mesurait combien ce serait maladroit de porter atteinte à la réputation de la victime.

Soudain, la porte s'ouvrit à toute volée et Louis Maubec fit une entrée fracassante dans le bureau de Camille.

— De quel droit posez-vous des questions sur l'embauche de Durieu ? Un conseil, ne vous mêlez pas de ça, ni de la défense de Valand !

— Et c'est vous qui allez m'en empêcher ?

— Vous voulez parier ? J'ai fait des recherches, moi aussi, et je sais que vous êtes avocate et pourquoi vous avez quitté votre cabinet à Toulouse. Je suis capable de raconter cette histoire à tout le monde, dans l'usine, à la presse…

— Et moi je suis prête à vous accuser d'ingérence dans une affaire de droit et de tentative d'intimidation.

Maubec s'avança, l'air menaçant, le visage écarlate.

— Vous ne me prenez pas au sérieux ? hurla-t-il. Si vous ne laissez pas tomber, tout le monde saura que vous avez quitté Toulouse après avoir poussé un mec au suicide !

A la grande surprise de Maubec, Camille éclata de rire.

— Avouez que les faits auraient plutôt tendance à prouver que je suis une bonne avocate, non ?

Elle quitta son bureau, marcha vers la porte, qu'elle ouvrit largement.

— Croyez-moi, je suis une excellente avocate ! Maintenant, sortez !

Maubec fit un pas dans le couloir et lança :

— Vous ne savez pas à qui vous avez affaire !

A la fin de la semaine, Bernard Grant relança les machines dans l'atelier principal enfin réhabilité. Les commerciaux lancèrent une campagne de promotion auprès de leurs clients et en quelques jours le service des expéditions tournait à nouveau à plein régime. Yves Valand établit un plan de fabrication capable de rattraper une bonne partie du retard tout en incluant les produits de la nouvelle gamme. La plupart des employés acceptèrent de faire quelques heures supplémentaires, au grand dam du délégué Maubec, qui prétextait des réunions extérieures pour se soustraire à l'effervescence générale.

La biscuiterie retrouvait une activité presque normale et tandis qu'il surveillait la préparation des tuiles aux oranges confites nappées de chocolat praliné, Camille constata avec joie qu'Yves se détendait. Tous les soirs ils se retrouvaient en compagnie de Bernard Grant et terminaient la journée par une petite réunion de travail.

En quittant l'usine, ce mardi soir, Camille eut la désagréable surprise de trouver deux pneus de sa voiture lacérés à coups de cutter. Grant, qui la suivait de près, appela un de ses amis, garagiste, et resta avec elle jusqu'à la fin du dépannage.

— On dirait que quelqu'un vous en veut, fit remarquer le mécanicien.

— Oui… je crois que j'ai une petite idée.

— Vous pensez à Maubec ? demanda Grant.

— Pas vous ? Mais dites-moi, Bernard, l'autre jour, quand Yves s'est accroché avec lui, il a évoqué une vengeance. Savez-vous de quoi il parlait ?

— Je suis bien placé pour le savoir. En suivant le processus de la promotion interne, Maubec aurait dû occuper mon poste. Mais Yves a préféré me recruter dans une autre entreprise.

— Je vois. Il considère ça comme une injustice et il en veut à Yves…

— Et à moi… Je crois que c'est le genre de type qui en veut à la terre entière pour tout et n'importe quoi. C'est un perturbateur qui n'apporte rien de constructif.

— Mais au-delà de sa rancune personnelle, il remplit son rôle de syndicaliste, il est là pour discuter, contrer, s'opposer…

— Peut-être, mais dans la vie il faut parfois être *pour* quelque chose et pas seulement *contre* tout.

Le dépannage terminé, Camille rentra chez elle avec deux heures de retard. Inquiet, Vincent guettait son arrivée. Il vint aussitôt à sa rencontre et l'accueillit d'un baiser, tandis que Surcouf les entourait de sauts et de joyeux aboiements. Vincent avait allumé deux bougies sur la table où se dressaient les couverts.

— C'est pour compenser la frugalité du menu ! Mes connaissances culinaires sont très limitées…

Il avait fait cuire des spaghettis, assaisonné une salade verte et ouvert un bocal de pâté. Pour

Camille, qui n'avait rien avalé depuis le petit déjeuner, c'était un repas gastronomique !

— C'est parfait ! Je meurs de faim.

— Alors tu as eu des soucis ? demanda Vincent en débouchant une bouteille de vin blanc.

Camille raconta le vandalisme de sa voiture.

— J'espère que tu vas porter plainte ?

— Je ne suis pas sûre que ça en vaille la peine. Je suis certaine que ça vient des deux ou trois illuminés redresseurs de torts de l'usine qui s'opposent systématiquement à Yves et n'apprécient pas que je le défende.

— Raison de plus pour ne pas laisser passer ça, c'est grave, tout de même… à la limite de l'agression.

Il saisit la main de Camille par-dessus la table.

— Je t'en prie, Camille, sois prudente. Je tiens à toi, tu sais.

Devant la surprise de la jeune femme, le visage de Vincent se fit plus grave.

— Je pense sincèrement ce que je dis. Je tiens à toi, beaucoup plus que tu ne l'imagines… et sans doute beaucoup plus que je ne l'imaginais moi-même.

Camille sentait qu'elle aurait dû trouver quelque chose d'approprié à dire, mais aucun mot ne lui venait. Il lâcha sa main.

— Tu ne dis rien ?

— Je reconnais que le temps que nous passons ensemble compte beaucoup pour moi aussi…

Mais elle avait du mal à définir ses sentiments au-delà de cette simple évidence. Il n'insista pas.

— Un jour, tu me diras ce que tu éprouves... quand tu le sauras toi-même ! ajouta-t-il avec un sourire.

Toutefois, pour calmer son inquiétude, Camille promit d'aller à la gendarmerie le lendemain.

Ce soir-là, Camille ne trouva pas le sommeil. Elle ne doutait pas un instant que le délégué Maubec mettrait ses menaces à exécution. Toute sa vie d'avant allait refaire surface et elle devait se préparer à affronter les questions, les sous-entendus, les railleries. Etait-elle prête ? La distance, le temps écoulé pouvaient-ils donner une autre dimension à sa responsabilité, même indirecte, dans le suicide de Delmas ? Elle se tournait, se retournait dans le lit. Vincent dormait, et elle n'osait pas allumer la lumière. Elle songeait à leur conversation au cours du dîner, il lui avait dit qu'il tenait à elle, et elle n'avait pas su lui répondre. Et pourtant ! Elle avait conscience de la place qu'il occupait dans sa vie, aujourd'hui. Il s'inquiétait pour elle, et ce soir il avait trouvé les mots pour la réconforter. Il faisait désormais partie intégrante d'un quotidien où son travail n'était plus une drogue, où sa maison n'était plus un dortoir. Tout avait changé... Son cœur, son esprit s'étaient ouverts, et chaque infime détail y trouvait sa place. Et Vincent était là.

Soudain, elle éprouva le besoin de se sentir attachée physiquement à lui et elle saisit sa main dans l'obscurité. Il bougea légèrement et murmura :

— Je suis là, Camille, tu peux dormir.

Deux jours plus tard, en rentrant de la cidrerie Monez, Camille vit Maryse se précipiter vers elle, complètement affolée. Une fois n'était pas coutume, la jeune femme était échevelée et son maquillage laissait à désirer.

— Je suis désolée, en votre absence on ne savait pas quoi faire !

Une catastrophe à la fois, pensa Camille en se demandant ce qui était encore arrivé. Elle venait de batailler pendant deux heures avec le P-DG de la cidrerie sans parvenir à le faire changer d'avis. Désarçonné par les poursuites engagées à l'encontre de Valand, il avait décidé d'abandonner le projet de leur association. Par mesure de prudence, Valand avait refusé de signer le moindre protocole d'accord avant que les termes du contrat ne soient bien arrêtés. Et à présent, Camille n'avait plus aucun recours.

— Que se passe-t-il ? demanda-t-elle.

— Je ne savais pas quoi faire… ne sut que répéter Maryse en entraînant Camille jusque dans le petit hall d'accueil.

Des coupures de presse jalonnaient les murs de la pièce. Camille vit une photo d'elle, figée sur les marches du palais de justice de Toulouse, ses vêtements ensanglantés… avec un gros titre encadré au stylo rouge : *La sœur de Delmas raconte : mon frère était un homme bon, honnête et généreux, il ne méritait pas de mourir à 40 ans.* Suivait un article à charge, où l'épouse et son avocate apparaissaient comme des monstres sanguinaires.

— Il y en a d'autres sur les murs du réfectoire, précisa Maryse, j'attendais que vous arriviez pour décider… on les enlève ?

— Foutez-moi tout ça à la poubelle ! s'écria Bernard Grant dans leur dos.

— Non, attendez ! Laissez, c'est peut-être aussi bien comme ça.

Camille invita Grant à la suivre dans son bureau, puis sans être gênée par la présence de Loïc elle fit un résumé rapide mais concis des événements qui l'avaient éloignée de Toulouse.

— Yves était au courant lorsqu'il m'a engagée, conclut-elle.

Grant échangea un bref coup d'œil avec le jeune Loïc avant de se tourner vers la jeune femme.

— Ecoutez, Camille, d'abord ce n'était pas votre faute, tout ça, ensuite ça n'a rien à voir avec votre travail ici. Mais il n'empêche, on doit savoir qui s'est permis de placarder ces articles partout…

— Ça ne peut venir que de Maubec, il était au courant et il m'avait promis de dévoiler tout ça au grand jour si je persistais à défendre Yves.

— Celui-là, je vais me le faire !

— Ah non, Bernard ! Vous n'allez rien faire du tout ! s'écria Camille. Yves a suffisamment d'ennuis comme ça. D'ailleurs, je dois vous dire que nous venons de perdre le projet d'association avec la cidrerie… Laissez-moi gérer Maubec.

A midi, Camille se rendit dans le réfectoire, comme à l'accoutumée. Elle posa son plateau-repas et sa tablette à sa place habituelle. Puis elle promena son regard sur les coupures de presse épinglées tout autour du local.

— Si vous avez des questions, je répondrai à chacun d'entre vous en privé. Je vous invite à prendre rendez-vous, et en dehors des heures de travail, bien entendu. Faites passer l'information !

Elle s'assit, alluma sa tablette et attaqua sa salade de crudités au jambon. Elle s'efforça de faire comme si tout était normal, tandis que les conversations reprenaient autour d'elle. Mais chaque bouchée avait du mal à passer. A peine eut-elle le temps de regagner son bureau qu'elle dut se précipiter dans les toilettes pour vomir. Elle se lava les mains, se rafraîchit le visage. Nauséeuse, mal à l'aise, elle avait vraiment triste mine. Les doutes qui la taraudaient depuis quelques jours devenaient de plus en plus sérieux. Elle sortit son téléphone portable et consulta son agenda trimestriel, dans lequel elle notait absolument tout. Elle compta et recompta avant de se ruer dans les toilettes, où elle s'enferma à double tour. Elle sentit la panique s'emparer d'elle… Non, tout mais pas ça ! Secouée de tremblements, elle s'appuya contre le mur, ferma les yeux. Le téléphone glissa de ses mains et percuta le carrelage avec un bruit sourd. Son cœur battait à se rompre, elle oscillait entre désespoir et terreur. Des images défilèrent devant ses yeux… *Mon enfant se serait appelé Ethan et je l'aurais aimé de tout mon cœur.*

25

Mi-octobre, la température chuta de plusieurs degrés en quelques jours. Une couverture nuageuse plus dense, le vent du large plus frais et un brouillard de pluie qui tombait sans bruit comme un murmure... L'automne prenait ses marques.

Camille profita d'une semaine de promotions dans les magasins pour compléter sa garde-robe en vêtements plus chauds. En essayant des tenues dans diverses boutiques elle prit conscience des changements survenus dans sa vie depuis qu'elle était en Bretagne. Elle ne s'attarda pas sur les marques mais opta pour des tenues confortables, jupes et robes en lainage, quelques pulls et deux tailleurs à la coupe chic mais sobre.

Le soir, elle mitonnait des potages en variant les légumes. Vincent les appréciait toujours. Ils passaient toutes leurs soirées et leurs week-ends ensemble. Il lui avait proposé d'apporter du bois et s'occupait d'allumer le feu dans la cheminée.

Regarder un film, ou écouter de la musique, bercée par le crépitement des flammes dans l'âtre, Camille n'avait jamais goûté un bonheur aussi simple.

Les Palets bretons avaient retrouvé la pleine activité d'avant la tempête. A l'approche des fêtes de fin d'année, les commandes tombaient en cascade. Par des voies détournées, Bernard Grant avait obtenu des nouvelles de Christophe Durieu. Il était sorti de l'hôpital pour entrer au Centre de rééducation fonctionnelle de Tréboul. Parallèlement à la procédure pénale, son avocat avait lancé une requête auprès du conseil des prud'hommes. Lors de l'audition, Camille s'était abstenue de représenter Valand. Elle l'avait convaincu de se faire assister d'un représentant syndical des petites et moyennes entreprises. Elle préférait réserver son intervention pour la rencontre avec le juge d'instruction. Toutefois, elle avait donné certaines directives à son patron : expliquer les faits de façon concise, ne pas rejeter la faute de l'accident sur la victime, mais ne surtout pas admettre la moindre responsabilité à titre personnel. « Tenez-vous-en à cela, avait-elle conclu, ce qui se joue aux prud'hommes c'est le montant des indemnités, et dans sept affaires sur dix le chef d'entreprise perd… »

En arrivant au bureau ce matin-là, Camille croisa Roseline Dupin, une employée des ateliers, et la salua rapidement. Roseline jeta un coup d'œil furtif autour d'elles avant de se décider à aborder Camille :

— Il y a quelques jours, vous aviez dit qu'on pouvait vous parler en privé, c'est toujours le cas ?

— Euh... oui, bien sûr, répondit Camille, surprise. A 19 heures ?

— D'accord, merci beaucoup.

Au fil d'une journée bien remplie, Camille oublia son rendez-vous avec sa collègue. Elle traita plusieurs dossiers d'impayés, relança les sociétés. Loïc l'écoutait, il prenait des notes, admiratif devant son savoir-faire ; d'instinct, elle savait différencier les mauvais payeurs des clients qui affrontaient réellement une mauvaise passe financière. Puis elle reprit son dossier « Valand/Durieu ».

La convocation chez le juge d'instruction avait été reportée, au grand dam de Valand, qui n'en pouvait plus d'attendre. L'avocat de Durieu avait demandé à être présent, et il avait avancé l'état de santé de son client pour requérir un délai. Camille avait expliqué à Yves que ce ne serait plus un simple interrogatoire, mais une confrontation face au juge.

« Et qu'est-ce que ça change ? avait-il demandé.

— Le juge dirigera les débats, mais dans ce cas de figure l'avocat de la défense, moi en l'occurrence, peut questionner l'autre partie, et ce ne sera pas pour me déplaire. Par ailleurs, le but de la confrontation est d'obtenir des précisions supplémentaires, nous pourrons donc faire appel à des témoins... »

Valand avait aussitôt opposé son veto :

« Je refuse de mêler les employés à ça !

— Parce que vous croyez que Maubec va se priver de fournir des témoins à la partie adverse ? Il suffit de deux ou trois personnes, Bernard, Loïc... Laissez-moi faire, Yves, et arrêtez de vous inquiéter. »

En dépit de ces paroles rassurantes, Valand affichait une mine de plus en plus soucieuse.

A 19 heures, elle entassa divers papiers dans son attaché-case et, comme un rituel quotidien, se mit en quête de ses clés et de ses lunettes de conduite. Après un coup léger, la porte s'ouvrit sur Roseline Dupin.

— Asseyez-vous, dit Camille en libérant un siège des dossiers qui l'encombraient. Vous vouliez me parler des coupures de presse exposées dans le réfectoire ?

— Non, enfin pas vraiment...

La jeune femme posa son sac à ses pieds, elle semblait hésiter. Camille appuya les coudes sur son bureau et attendit.

— Il faudrait que je demande le divorce... et je ne sais pas comment m'y prendre...

— D'abord vous devez être sûre de votre démarche, ensuite prendre un avocat.

— Justement... enfin, j'ai pensé à vous. Est-ce que vous pouvez le faire ? Etre mon avocate, je veux dire.

Camille prit le temps d'examiner Roseline avant de répondre. Une petite quarantaine d'années, un peu gauche – ou peut-être l'intimidait-elle ? –, des cheveux châtains coupés court, un teint frais sans maquillage et un joli sourire, bien qu'effacé.

— Si vous avez lu les articles qui fleurissent les murs de l'usine, vous savez que je n'exerce plus.

— Mais j'ai entendu dire que vous défendiez le patron...

— C'est exact, mais c'est exceptionnel, et dans un secteur, celui des affaires, qui n'était pas mon domaine de compétence avant.

Roseline ne trouva rien à dire, mais deux larmes glissèrent sur ses joues et tombèrent sur ses mains, qu'elle gardait nouées sur ses cuisses. Elle finit par sortir un mouchoir en papier de son sac et se tamponna les yeux.

— Je n'ai pas les moyens de payer un bon avocat.

— Il y en a d'excellents commis d'office, vous savez.

Lorsque Roseline s'étira pour jeter le mouchoir dans la corbeille à papier, Camille découvrit des meurtrissures sur son poignet. Elle semblait terrorisée, une vraie peur, viscérale, absolue. Camille connaissait cette peur, elle l'avait souvent décelée chez certaines de ses clientes.

— Racontez-moi, dit-elle.

Roseline Dupin décrivit l'ambiance familiale, la terreur quotidienne.

— Il vous frappe ?

— Quand il a bu... Mais c'est en partie ma faute, j'ai le chic pour dire ou faire ce qu'il ne faut pas...

Bien sûr que c'était sa faute à elle ! pensa Camille, qui sentait une vieille colère monter en elle. Les femmes battues ont toujours tendance à se croire coupables !

— Vous ne devez pas accepter cela ! Vous avez le droit de vous sentir en sécurité chez vous. Il y a des lois.

— Je voudrais surtout protéger mes enfants. Ils sont si jeunes, huit et onze ans…

— Est-ce qu'il les frappe aussi ?

— Non, j'essaie de m'interposer.

— Une brute reste une brute, Roseline. Quand un homme bat sa femme, il finit toujours par s'en prendre à ses enfants. Pour l'instant, vous servez de tampon entre eux, mais pour combien de temps ?

— Je voudrais tellement savoir ce que je dois faire, répéta la jeune femme en baissant les yeux. Peut-être lui donner une chance de redevenir l'homme attentionné que j'ai épousé…

Camille crut remonter le temps de plusieurs mois en pensant à tous les hommes qui prenaient plaisir à martyriser leurs proches et à toutes les femmes qui n'osaient pas les quitter, en espérant qu'un jour tout redeviendrait comme avant.

— Vous devez aller à la gendarmerie et porter plainte, Roseline, et croyez-moi, le plus tôt sera le mieux.

— Si je préviens les gendarmes il me tuera !

— Parlez-en au moins à une assistante sociale, je suis sûre qu'elle vous donnera les coordonnées d'une association qui vient en aide aux femmes battues. De mon côté, je vais me renseigner au barreau de Quimper pour trouver un avocat spécialisé dans le droit des familles.

Camille vit la déception sur le visage de Roseline, et la jeune femme passa des larmes aux sanglots avant de s'effondrer complètement. Camille sentit de vagues réminiscences d'anciennes luttes jaillir en elle. Elle savait ce qu'elle ferait à la place de l'avocat, elle imaginait les requêtes, échafaudait un système d'attaque contre ce salopard. Cela lui paraissait tellement facile. Force était de constater que durant ces quatre mois de retrait elle n'avait rien perdu de sa pugnacité.

— Ecoutez, Roseline, prenez rendez-vous avec une assistante sociale, c'est un premier pas que vous *devez* faire afin de ne jamais rien regretter. Revenez me voir ensuite. Je ne vous promets rien, mais je pourrai au moins vous conseiller.

Roseline promit de rencontrer une assistante sociale, mais Camille eut la certitude qu'elle n'en ferait rien.

Camille quitta les Palets bretons sous une pluie battante. Elle avançait prudemment au milieu du trafic en se remémorant son entrevue avec Roseline Dupin. Jusqu'au moment où elle prit conscience qu'en d'autres temps elle aurait aimé assurer sa défense et ne faire qu'une bouchée de ce sale type.

Le temps viendrait-il où elle renouerait le fil interrompu ?

En arrivant chez elle, elle changea de tenue, constata que la température avait baissé dans la maison. Elle augmenta le chauffage de deux degrés. Puis elle vida le lave-vaisselle et y glissa les tasses du petit déjeuner qui étaient entassées dans l'évier. Vincent s'était levé tôt, ce matin. Il lui avait apporté une tasse de café avant de s'en aller et elle était restée un moment au lit, s'était enroulée dans les draps à sa place, avait respiré son odeur.

Il était certainement revenu à l'heure du déjeuner, car des bûches étaient soigneusement empilées dans la cheminée, prêtes à s'embraser. Les dégâts des eaux étaient réparés chez lui, malgré cela il s'était pratiquement installé chez elle. Elle préparait le dîner, il s'occupait du feu et Surcouf prenait sa place entre eux, avec sa bonne grosse affection de chien. Une nuit, pendant l'amour, Vincent avait murmuré « Je t'aime » à son oreille. Elle n'y avait pas prêté attention. Deux mots qu'on prononce au plus fort du plaisir, sans avoir besoin de réellement éprouver ce qu'on dit.

Camille ouvrit le réfrigérateur, sortit le potage de légumes, puis les escalopes, qu'elle badigeonna d'huile d'olive et de thym citronné. Elle lava et éplucha des carottes, les coupa en fines rondelles avant de mettre quelques pruneaux à tremper dans un thé léger. Une recette qu'Odile lui avait donnée lorsqu'elle les avait invités, Vincent et elle, la semaine précédente. Elle mit les carottes dans une cocotte, et alluma la plaque de cuisson à feu très doux. Elle aimait ce moment de la journée où elle s'adonnait à des tâches ménagères en attendant Vincent. Un léger frisson la parcourut. Elle avait hâte qu'il arrive et qu'il fasse enfin du feu dans la cheminée. Elle enfila une longue veste de laine pardessus son pull et se sentit mieux. Puis elle égoutta les pruneaux. Elle s'apprêtait à les couper en petits dés lorsque son ancien téléphone résonna dans le séjour. Elle s'approcha, vit s'afficher le numéro d'Ingrid et ne répondit pas. Un petit signal retentit, Ingrid avait laissé un message. Finalement, Camille décida de l'écouter :

— Camille ? C'est Ingrid ! Réponds-moi.

Il y eut une pause et Ingrid reprit de plus belle :

— Je suis sûre que tu es là ! Rappelle-moi ! J'ai des infos importantes à te communiquer… S'il le faut, je vais y aller, dans ton coin paumé !

Camille était certaine qu'Ingrid tiendrait parole, aussi prit-elle la peine de la rappeler.

— Qu'est-ce que tu veux ?

— Enfin ! T'en as mis, du temps !… Il faut que je te parle, et je tiens à faire la paix avec toi.

— Mais je ne suis pas en guerre…

Ingrid ne releva pas le soupçon d'ironie dans la réplique de Camille et attaqua d'emblée :

— Il y a du nouveau dans l'affaire Delmas. Tu sais, la preuve est faite que tu n'étais absolument pour rien dans le suicide du père.

Camille sentit son estomac se nouer, elle s'appuya au tabouret face au comptoir de la cuisine et garda le silence.

— Tu m'entends ? reprit Ingrid. Leur fils Adrien a été appréhendé après avoir tabassé sa mère, il l'a même salement amochée. Figure-toi qu'au moment de leur divorce cette salope avait menacé son mari de porter plainte pour attouchements sexuels sur leur fille s'il n'acceptait pas toutes vos requêtes !

— Comment es-tu au courant ? demanda Camille, effarée.

— Brigitte Delmas a pris Jean-Pierre Paris pour défendre son fils. Tu te souviens de lui ? Un mec génial et un bon avocat. Je l'ai toujours soupçonné d'avoir le béguin pour toi. Il s'est arrangé pour laisser fuiter les infos. Pour lui comme pour moi, c'est évident ! Delmas s'est flingué parce qu'il s'est senti pris au piège par sa bonne femme.

— Il aurait pu se défendre…

— Ce n'est pas moi qui t'apprendrai qu'on ne sort jamais indemne d'une rumeur de pédophilie, surtout à l'encontre de ses propres enfants !

Ingrid avait raison et Camille comprenait mieux la réaction d'Alain Delmas. Son épouse l'avait poussé dans d'ultimes et effroyables retranchements, et il avait dû vivre un enfer. Jusqu'au point de non-retour.

— Tu es bien d'accord avec moi ? lança Ingrid. Tu n'as plus aucune raison pour ne pas reprendre ta place au cabinet !

Camille avait toutes les raisons, bien au contraire, au point qu'elle avait de la peine à en choisir une !

— Je ne peux pas rentrer dans l'immédiat, j'ai des affaires en cours que je veux mener à leur terme.

— Tu te fous de moi ? Je te rappelle que tu es associée dans le cabinet, tu as des obligations...

— Je n'ai aucune obligation. C'est toi, l'actionnaire majoritaire. Tu peux toujours te chercher un autre associé pour racheter mes parts.

— J'espère que tu plaisantes, là ? Je t'ai fait confiance il y a six ans ! Comme quoi on ne connaît vraiment personne tout à fait...

Camille s'aperçut que les carottes se desséchaient. Elle cala le téléphone entre son oreille et son épaule et versa un peu d'eau dans la poêle.

— Tu as déjà oublié que c'est toi qui m'as contrainte à prendre des congés et à quitter Toulouse ? Tu as même mentionné la réputation de ton cabinet. Tu dois être satisfaite, je ne mets plus sa renommée en jeu, aujourd'hui.

— Et qu'est-ce que tu attends, des excuses ?

— Pourquoi pas ? Et en même temps tu pourrais t'excuser pour avoir lancé notre enquêteur à ma recherche !

— Mais merde à la fin ! Tu n'es même plus capable de réfléchir, à présent ? Qu'est-ce que tu voulais que je fasse ? J'en avais marre d'être harcelée par ton *père*, ton *frère*, et ton *mec* !

Elle avait longuement martelé chaque mot.

— Et oui, je t'ai bien demandé de prendre un congé, mais pas de t'enfuir lâchement en me laissant dans la merde !

Camille entendit les aboiements de Surcouf dans le jardin. Vincent était rentré. Il serait là dans quelques minutes. Au téléphone, Ingrid vociférait toujours. Etonnée de la patience avec laquelle elle avait enduré ce flot ininterrompu de critiques, Camille finit par sentir la moutarde lui monter au nez.

— J'en ai rien à foutre de tes excuses, Ingrid ! Je ne sais pas quand je rentrerai à Toulouse, et tu vois, là, tout de suite… j'ai envie de te dire que ce ne sera pas avant l'année prochaine !

Elle raccrocha. La sonnerie retentit aussitôt et le numéro d'Ingrid s'afficha de nouveau. Excédée, elle éteignit le téléphone.

26

Camille incorpora les dés de pruneaux aux carottes étuvées, puis versa une cuillerée de cassonade et un filet de vinaigre balsamique. Elle goûta et ajouta une pointe de poivre blanc. Avant de dresser la table, elle augmenta le chauffage d'un degré supplémentaire. Puis elle referma sa veste de laine autour de ses épaules et s'installa dans le fauteuil, face à la fenêtre qui donnait sur le jardin. Elle repensait au suicide de Delmas, aux raisons évoquées par Ingrid. Elle revoyait inlassablement la scène, comme si elle s'était déroulée un instant auparavant. Il l'avait longuement regardée avant de tirer, elle cherchait à se rappeler l'expression de son visage. Du désespoir ! Du désespoir plus que des reproches à son encontre. L'ignominie des menaces de sa femme ne lui avait laissé aucune chance de s'en sortir. Camille était sûre que Brigitte Delmas aurait tenu sa promesse, et sans doute son mari le savait-il aussi. Il avait dû se sentir seul, meurtri.

Ingrid avait raison, même en apportant des preuves de son innocence, la rumeur aurait détruit sa réputation auprès de ses proches, de ses amis, et jusque dans le cadre de son travail. Sa vie était finie... Que pouvait-il faire, sinon céder ? Des images se succédaient dans la tête de Camille. Lui avait-elle suffisamment prêté attention ce jour-là ? Ou avait-elle été obnubilée par l'arme ? Il l'avait levée dans sa direction avant de la retourner contre lui. Ensuite, tout était allé très vite... l'intervention du bâtonnier, la police... la presse qui s'était déchaînée. Elle avait perdu tous ses moyens. Jusqu'à sa plaidoirie manquée, la colère d'Ingrid... Ingrid qui venait de lui révéler une autre version du drame. Tous ces mois d'angoisse, de culpabilité, toutes les questions sans réponses qui avaient hanté son esprit, peuplé ses nuits d'interminables cauchemars, tout cela semblait s'effacer d'un coup. C'était une sorte de délivrance qu'elle éprouvait soudain, une sensation étrange qui, brusquement, domptait le désordre. Elle avait envie de rire, de chanter, et de rire encore, de plus en plus fort, jusqu'au fou rire.

La pluie venait frapper les baies et s'écoulait en petites rigoles le long des vitres. Le regard de Camille se posa au fond du jardin. Odile lui avait signalé que les pommes étaient mûres. Ce week-end, elle ferait de la compote ou une tarte. Et pourquoi pas les deux ?

Soudain, elle prit conscience qu'elle pourrait rentrer à Toulouse sur-le-champ, la tête haute. Elle avait défendu sa cliente en donnant le maximum, comme elle avait coutume de le faire. Elle s'appuyait sur des lois qu'elle savait utiliser, mais qu'elle n'avait pas conçues. Celle qui devait endosser le mauvais rôle, c'était Brigitte Delmas. D'ailleurs, son propre fils avait bien compris, lui. « C'est ma mère, la salope », avait-il dit. Les messages de menaces avaient cessé depuis quelque temps. Ce qui semblait confirmer qu'Adrien en était bien l'auteur. Comment lui en vouloir ? Camille ne pouvait qu'imaginer sa vie d'ado brisée. Adulte, il pourrait commettre les actes les plus terribles et les justifier, les absoudre en les ramenant aux épreuves de son enfance.

Rentrer à Toulouse... Un instant, Camille s'amusa à imaginer son retour au cabinet. Le premier face-à-face avec Stéphanie Maurin, qui avait lancé les enquêteurs à ses trousses, les pauses avec ses collègues, les nouvelles clientes, les réunions avec Ingrid... Et les soirées de travail qui s'éternisaient dans son bureau meublé de verre et de métal aux lignes épurées, décoré de gros volumes de droit reliés cuir, destinés à impressionner les clients mais que personne n'ouvrait jamais.

Elle s'était battue, elle avait travaillé d'arrache-pied pour arriver à cette réussite... et maintenant ? Quelque chose au fond d'elle lui soufflait que ce n'était plus possible. Avait-elle obéi à ce sentiment confus en disant à Ingrid qu'elle resterait en Bretagne jusqu'à la fin de l'année ? Tant de choses pouvaient survenir et provoquer de profonds bouleversements en quelques semaines. Elle pensa à Valand, le report du rendez-vous chez le juge avait fini de le déstabiliser. Dans ce contexte, il n'avait jamais eu autant besoin d'elle. Et brusquement l'image de Roseline Dupin s'imposa à elle, ses poignets meurtris, l'immense détresse contenue dans son regard. En cet instant précis, elle sut qu'elle allait la défendre. Autant d'excellents motifs qui justifiaient qu'elle reste à Douarnenez. Et plus que toutes les raisons qu'elle pouvait imaginer, il y avait Vincent.

Tout à coup, elle regarda l'heure… 20 h 30 ! Il aurait dû être là depuis plus d'une heure. Avait-il un souci ? Elle sortit son téléphone portable mais, se ravisant, elle se chaussa, enfila son caban et se munit d'un parapluie. Elle était si impatiente de le voir. L'idée de lui faire partager le soulagement qu'elle éprouvait depuis sa conversation avec Ingrid l'emplissait de joie.

Elle traversa le jardin, entendit les aboiements de Surcouf enfermé dans la maison. En arrivant, elle s'aperçut que la porte était fermée à clé. Etait-il ressorti ? C'était surprenant. D'habitude, il s'occupait du chien dès son retour, puis il se précipitait chez elle.

En se retournant, Camille remarqua que la villa était éclairée. Vincent ne l'y avait jamais invitée et elle n'avait pas cherché à s'y rendre. Après une brève hésitation, elle emprunta l'allée qui serpentait au milieu du jardin. La grande bâtisse à étage était construite sur une hauteur qui dominait le parc. Une odeur âcre s'échappait du tapis de feuilles mortes, qui n'avaient pas dû être ramassées depuis des années. Sur le bord de l'allée, des hortensias, des rosiers, des rhododendrons se mouraient dans des massifs à l'abandon. Un porche longeait la façade. Camille poussa la porte entrouverte qui donnait sur une entrée lambrissée.

Elle fit quelques pas, appela Vincent. Le silence régnait à l'intérieur de la demeure traversée d'un courant d'air frais. Depuis le hall une large porte à double battant ouvrait sur le salon, la salle à manger et la bibliothèque. Camille s'avança. C'était une succession de pièces en enfilade, séparées par quelques marches, avec de hauts plafonds et des murs recouverts de boiseries. La bâtisse évoquait les maisons biscornues des romans d'Agatha Christie. La salle à manger était dotée de buffets à deux corps, d'une longue table et d'un vaisselier breton qui abritait une collection de vases et d'assiettes en faïence décorée. Des rayonnages dont certains étaient vides couraient tout autour des murs de la bibliothèque. Mais il n'y avait ni bureau ni fauteuils. Seule une horloge bretonne aux poids de bronze occupait l'espace entre les fenêtres. Camille descendit les deux marches qui séparaient la bibliothèque du salon. Les fauteuils, les canapés étaient recouverts de housses de tissu écru. Camille repéra le piano dans l'ombre. Face à l'immense cheminée de pierre, des bancs d'âtre bretons de très belle facture et au-dessus un portrait de femme... Avec de longs cheveux blonds épars, une bouche bien dessinée aux commissures relevées par un léger sourire, elle était belle à couper le souffle. Camille resta fascinée devant le regard d'un vert exceptionnel, comme gemmé d'émeraudes. Soudain, elle se sentit l'intruse dans cette maison. Elle regagna le hall, et de nouveau elle appela Vincent. Pourquoi ne répondait-il pas ? Elle prit l'escalier et s'avança dans le couloir. Une pièce était éclairée au fond. Sur la pointe des pieds, elle s'approcha jusque dans l'embrasure de la porte. C'était une grande chambre aux murs tapissés de bleu, équipée d'une coiffeuse Art déco, de fauteuils et d'une magnifique armoire bretonne. Un grand lit bateau aux montants de bois arrondis était accolé au mur de droite. Il était entouré de rideaux relevés par des embrasses et recouvert d'un jeté de lin blanc.

Vincent était assis au pied du lit. Le visage fermé, douloureux, il sanglotait doucement en tenant une bouée d'enfant en forme de tortue serrée contre sa poitrine. Il semblait pétrifié en fixant l'armoire ouverte, emplie de vêtements féminins soigneusement suspendus sur des cintres. Camille murmura son nom. Mais il paraissait tellement absorbé dans son chagrin ! A croire qu'il ne s'apercevait pas de sa présence.

— Je suis désolée, dit-elle un peu plus fort.

Il sursauta et se tourna vers elle, et elle eut le temps de voir ses yeux gonflés.

— Je voulais juste te dire que je vais rester un peu plus longtemps à Douarnenez. Mais ne t'inquiète pas, nous en parlerons plus tard… Quand tu voudras.

Son pouls s'accéléra, elle prit une longue inspiration pour lutter contre la tristesse qui sourdait en elle et elle s'enfuit en courant. Elle espéra qu'il se ressaisirait, qu'il quitterait cette espèce de prostration pour se lancer à sa poursuite. Rien de tout cela ne se produisit.

Elle quitta la maison et marcha jusque chez elle. C'est en rentrant qu'elle s'aperçut qu'elle avait oublié son parapluie quelque part… elle était trempée jusqu'aux os et une cascade de gouttes de pluie perlait sur son visage.

27

C'était la première dégustation depuis les ravages de la tempête. Enfermé dans son laboratoire, Yves Valand avait créé une gamme de « chocofrettes », un mélange de fins biscuits feuilletés et de diverses ganaches. Les biscuits fourrés de chocolat aux amandes du Piémont remportèrent un vif succès. Il présenta aussi des crêpes Suzette garnies de pâte de fruits à la framboise, aux myrtilles, et des fondants caramel-poire.

Camille s'extasia le plus sincèrement du monde avant de croiser le regard navré de Bernard Grant.

— Quelque chose cloche ? lui demanda-t-elle peu après le départ de leur patron.

— Les années précédentes, à cette même période, c'est huit ou dix nouveautés qu'il aurait présentées. Il ne tient pas la moitié de sa forme ! Il est temps que toute cette affaire soit enfin réglée.

Camille le pensait aussi. Le renvoi de l'entrevue avec le juge d'instruction avait profondément déstabilisé Yves, qui espérait en avoir déjà fini, quelle que soit l'issue de la rencontre. « C'est terrible, cette épée de Damoclès au-dessus de ma tête », avait-il dit à Camille. Elle s'était montrée rassurante, il enviait son calme mais ne cessait de s'inquiéter.

A l'issue de la dégustation, Camille demanda à Roseline Dupin de la suivre jusque dans son bureau. Après quelques jours de réflexion, elle avait décidé d'assurer sa défense. Roseline s'assit et Camille lui offrit une tasse de café. Roseline se laissa aller au fond du siège, elle tremblait si fort qu'elle renversa un peu de café. Lorsqu'elle voulut reposer la tasse sur le bureau de Camille, la soucoupe heurta le plateau et une flaque de café se répandit sur les papiers. Elle éclata en sanglots, et Camille eut du mal à la convaincre que ce n'était pas grave. Puis elle lui annonça qu'elle acceptait d'être son avocate et nota son adresse personnelle sur un Post-it qu'elle lui tendit.

— Nous programmerons nos rendez-vous chez moi. Je dois mener cette action en dehors du cadre de mon travail, et je veux éviter toute collusion entre l'entreprise et mes activités personnelles.

— Ce ne sera pas possible, je crois.

Roseline décrivit la situation d'isolement dans laquelle son mari la contraignait à vivre.

— Il surveille mes horaires, il contrôle mon emploi du temps et celui des enfants. Je n'ai même pas de téléphone portable. Il veut m'empêcher de contacter mes parents ! Il les déteste et il a toujours redouté mon père.

Puis elle montra les traces de coups sur ses bras, sur sa poitrine. Camille refréna sa colère, mais elle mourait d'envie d'aller dire deux mots à cette ordure. Elle demanda à la jeune femme si ses parents pouvaient l'héberger, ses enfants et elle.

— Oh oui ! Ils ne demandent que ça. Et si mon père conduit les enfants à l'école, Olivier ne tentera rien.

Camille s'étonna que Roseline ne soit pas partie plus tôt. Mais elle connaissait ces femmes qui avaient besoin d'un déclencheur pour agir – pour certaines c'était le coup de poing de trop, pour d'autres une personne extérieure qui les y encourageait. Elle appela une assistante sociale et avertit Yves et Bernard qu'elle s'absenterait jusqu'en milieu d'après-midi. Elle entraîna Roseline chez un médecin, où elle fit constater les traces de coups, et munies d'un certificat médical elles se rendirent à la gendarmerie, où Roseline déposa plainte. Les gendarmes s'engagèrent à rendre visite à Olivier Dupin le soir même. Ils se chargeraient de porter la plainte de son épouse à sa connaissance. Elles se rendirent ensuite au tribunal de Quimper. Camille entama la procédure de divorce et déposa une requête en référé afin d'obtenir une mesure d'éloignement. Puis elle raccompagna Roseline chez elle, où elle avait donné rendez-vous à l'assistante sociale. Elles assistèrent Roseline, qui emplit trois valises de vêtements, de matériel scolaire, de livres et de jouets.

— Prenez tous vos papiers, conseilla Camille.

Après quoi, elles déposèrent les valises chez les parents de la jeune femme, qui l'accueillirent à bras ouverts. Après un tonitruant « Ce n'est pas trop tôt ! », son père promit de se charger des trajets scolaires. Camille laissa Roseline entre les mains de l'assistante sociale pour l'aider à définir toutes les aides auxquelles elle pouvait prétendre.

— Reprenez votre travail demain, conclut-elle, et surtout, vous n'entrez plus en contact avec votre mari, d'accord ? Maintenant, c'est l'affaire de vos avocats.

Ce même soir, Camille fit quelques courses en quittant le bureau. Le crépuscule tombait de plus en plus tôt, l'air était frais et un léger brouillard planait sur Douarnenez. Elle passa devant des boutiques fermées aux devantures faiblement éclairées. Il se faisait tard. Après un détour par la pharmacie, elle acheta du pain et se hâta de rentrer chez elle. Elle trouva une place libre juste devant sa porte et ne remarqua pas la personne qui l'observait, à quelques mètres d'elle.

Elle n'avait pas revu Vincent depuis plus d'une semaine. Le soir, elle entendait Surcouf aboyer dans le jardin et elle apercevait de la lumière aux fenêtres, tantôt dans la maison du gardien, tantôt dans la villa. Elle ne pouvait effacer de son esprit son visage atterré, creusé de chagrin, quand elle l'avait découvert, assis sur le lit conjugal. Le lendemain, il lui avait envoyé un SMS : *Je pense à toi, Camille, je voudrais que tu me comprennes, j'ai besoin de voir clair en moi, je t'en prie, laisse-moi un peu de temps...*

Deux jours plus tard, elle avait reçu un autre message : *Je ne t'oublie pas, Camille, je tiens à toi tu sais, j'espère que tu vas bien, prends soin de toi... je t'appelle très vite.* Depuis, plus rien. Elle consultait sa messagerie dix fois par jour, mais il gardait le silence.

Elle eut froid, soudain. Elle s'approcha de la cheminée en se demandant si elle devait essayer de l'allumer. Elle était sûre qu'elle ne saurait pas. Mais elle rêvait de ces soirées où elle regardait Vincent préparer le feu. Du papier journal roulé en boule, du petit bois bien sec, les bûches entrecroisées par-dessus. Et le craquement de l'allumette, le papier qui s'enflammait, le bois qui crépitait, et le regard satisfait de Vincent... Camille respectait son désir de rester seul. Peut-être était-ce mieux ainsi. Cela lui donnait l'opportunité de réfléchir aussi. Il lui avait répété qu'il tenait à elle, mais c'était clair qu'il était toujours épris de sa femme. Elle demeurait hantée par l'image de ses traits crispés, et toute cette détresse sur son visage ; elle aurait voulu le voir, l'écouter, découvrir tout ce que sa voix n'exprimait pas dans ses messages.

Combien de temps la laisserait-il dans l'attente et l'incertitude ? Elle en arrivait à imaginer son appel : « Tu es là, Camille ? Je viens dans une petite heure… » Et elle entendrait la clé tourner dans la serrure. Son absence la déconcertait. Les soirées, les nuits passées près de lui prenaient une intensité singulière. Et avec l'attente, le sentiment de solitude était revenu, plus fort, plus oppressant. C'était de plus en plus difficile de résister au besoin impérieux de l'appeler, d'aller le voir lorsqu'elle apercevait une fenêtre éclairée.

Combien de temps pourrait-elle encore attendre avant de lui parler ? Par simple mesure de sûreté, elle avait acheté un test à la pharmacie. Mais les symptômes ne laissaient planer aucun doute… les seins gonflés, les nausées matinales, une certaine fatigue physique le soir…

Elle attendait un enfant.

La semaine se déroula sur un rythme insoutenable. Camille se sentait patraque, elle n'avait pas d'appétit et la fatigue la gagnait au fil de journées harassantes. Le soir elle rentrait épuisée, avec une seule idée, prendre une douche et se glisser dans son lit.

Elle avait appelé le P-DG de la cidrerie Monez à moult reprises en tentant le tout pour le tout afin de relancer le projet d'association qu'elle savait important pour les Palets bretons et pour Yves. Au terme d'un ultime entretien, il avait cessé de lui opposer un refus catégorique : « Je pars en déplacement, rappelez-moi dans une semaine, on fixera un rendez-vous et on reparlera de tout ça ! »

Par ailleurs, la date de la confrontation chez le juge d'instruction approchait. Yves ne tenait plus en place. Il en parlait à Camille plusieurs fois par jour, et il s'affolait !

« Je ne dors plus, Camille... Je suis conscient d'empoisonner la vie d'Emilie et des enfants... Vous êtes sûre d'être prête ? »

Elle avait beau lui affirmer que tout allait bien, il n'était pas rassuré pour autant. De son côté, Camille savait qu'à présent elle devait consacrer l'essentiel de son temps à boucler sa stratégie de défense. Elle avait surpris des conciliabules entre le délégué Maubec et quelques employés. Il devait recenser les témoins à charge avant la confrontation. Comment lui en vouloir, puisqu'elle faisait de même. Bernard Grant, Loïc étaient tout acquis à Yves. Camille recensa les employés présents au moment de l'accident et les approcha. Elle leur expliqua la situation, les enjeux pour l'entreprise, et elle lista ceux qu'elle pouvait citer comme témoins. Elle les convoqua, prépara soigneusement leur intervention en insistant sur le déroulement de la procédure :

— Vous serez entendus séparément et hors de la présence des parties. Chaque mot que vous prononcerez aura de l'importance, réfléchissez bien avant de répondre et ne cherchez pas à défendre Yves, dites seulement les faits, tels que vous les avez vus et entendus. Et surtout ne vous laissez pas impressionner par le juge ou la solennité des lieux !

Désormais, Roseline Dupin était installée chez ses parents. Quand elle avait quitté le domicile conjugal, il avait fallu toute l'autorité des gendarmes pour endiguer la colère de son mari. La plainte, appuyée du certificat médical, avait calmé sa fureur. Camille avait officiellement lancé la procédure de divorce en ayant à cœur d'examiner chaque détail. Elle renouait avec son ancienne méthode de travail, pourtant quelque chose était différent. Yves… Roseline… Ce n'était plus seulement des noms inscrits sur la page de garde d'un dossier. L'homme tourmenté par un accident dont il s'imaginait responsable, la femme meurtrie qui devait affronter ce moment où elle comprenait que son époux, le père de ses enfants, était devenu un étranger… Ils étaient plus importants qu'une analyse étayée de faits concrets mais froids et détachés.

Ce matin-là, Camille se rendit dans l'atelier où travaillait Roseline et lui rendit compte de ses dernières démarches.

— Nous devrions obtenir la mesure d'éloignement d'ici quelques jours, votre plainte à la gendarmerie a accéléré la procédure.

— Mais en attendant il peut faire ce qu'il veut ? Mon père accompagne les enfants à l'école, mais moi, je suis sûre qu'il me suit !

Camille fronça les sourcils.

— Vous l'avez vu à proximité ?

— Oui, trois soirs de suite, au carrefour juste avant l'entrée de l'usine.

— Il ne s'est pas approché de vous ?

— Non, mais j'ai la frousse ! D'autant plus que la semaine prochaine je ferai partie de l'équipe qui termine à 19 h 30. Il fait presque nuit maintenant.

— Je comprends, laissez-moi y réfléchir.

A l'heure de la pause-déjeuner, Camille attendit qu'il y ait le plus grand nombre d'employés présents dans le réfectoire. Elle expliqua la position de Roseline et, tout en coulant un regard en douce vers le délégué Maubec, elle requit des bonnes volontés pour accompagner la jeune femme matin et soir.

— C'est l'affaire de quelques jours, jusqu'à l'obtention de la mesure d'éloignement.

D'emblée, plusieurs personnes se portèrent volontaires.

— Parfait ! Loïc va établir un planning selon vos disponibilités.

Puis, croisant le regard de Maubec, elle le gratifia d'un sourire un tantinet narquois.

— Comment se fait-il que vous ne vous soyez pas porté volontaire pour aider notre collègue ?

Maubec perçut immédiatement le sous-entendu dans la question de Camille, mais elle ne lui laissa pas le temps de répondre :

— C'est vrai ! Il y a peu de chances que cette action vous vaille des articles dans la presse ou les éloges de vos instances syndicales… Je suis ravie de voir où vont vos priorités, et j'espère que nos collègues apprécieront.

Sur cette dernière pique elle tourna les talons et quitta le réfectoire, sans voir le regard haineux de Maubec.

28

Le dévidoir du ruban adhésif était presque vide. Fort heureusement, Vincent refermait le dernier carton. Il le descendit dans l'entrée, le posa sur la pile. Puis il fit un détour par la cuisine et se servit une bonne rasade de whisky sur deux cubes de glace. C'était fini. L'antiquaire avait récupéré tous les meubles de valeur, la chambre, le vaisselier, les bahuts bretons, il avait vu partir les caisses emplies des porcelaines, argenterie et faïences que Sophie avait héritées de ses grands-parents. Demain, le brocanteur viendrait enlever tout ce dont l'antiquaire n'avait pas voulu. Des cartons s'entassaient dans le salon et l'entrée, garnis de linge de maison, de bibelots et de la vaisselle ordinaire destinés à une association caritative. Il venait d'y ajouter les vêtements de Sophie et tous ses cartons à chaussures. Il avait l'impression d'entendre encore ses exclamations joyeuses, son rire quand elle lui montrait une nouvelle paire d'escarpins. Il avait longtemps cru qu'elle résonnait encore, cette voix ! Comme si Sophie était toujours là, quelque part dans la maison. Vincent but une généreuse gorgée d'alcool pour se donner du courage et il regarda le jardin par la fenêtre de la cuisine. C'était toujours triste, la vision d'un jardin sous la pluie. Mais là ! C'était carrément sinistre. Il s'en voulait de l'avoir laissé à l'abandon. Demain, il se renseignerait auprès de ses collègues pour trouver un jardinier. Il posa le verre sur le coin de l'évier, puis se ravisant il se servit un second whisky. C'est fini, se répétait-il. Il regarda l'heure. En dépit de la pluie, il eut envie de sortir Surcouf, de descendre sur la plage, de respirer…

Il jeta un coup d'œil dans le salon et la salle à manger aux trois quarts vides. Il avait décroché les rideaux, des petits filets de lumière se faufilaient à travers les persiennes. Un voile de poussière recouvrait les quelques meubles encore en place, la cheminée, les rayonnages vides de la bibliothèque. Il vit des toiles d'araignée dans les coins, et il nota de prendre contact avec une entreprise de nettoyage. Le ménage, le jardin… Il résista à l'envie de se servir un autre verre. Il lui restait encore quelque chose à faire. Il ne quitterait pas la maison sans l'avoir fait. Il monta l'escalier en prenant tout son temps et rejoignit la chambre. Il n'avait gardé que le tapis. Ce tapis qu'il avait acheté sur un coup de tête pour recouvrir les aspérités du parquet, et parce qu'il en avait assez des échardes de bois dans les pieds. Il n'avait pas réfléchi aux motifs, aux couleurs, au grand dam de Sophie, qui trouvait qu'il ne s'accordait pas du tout au style de leur chambre.

Vincent s'adossa au mur, balaya la pièce du regard. La solitude… il n'y avait que cela autour de lui. Le parfum de Sophie avait disparu, remplacé par la poussière et les miasmes de la moisissure.

La bouée-tortue était là, au centre du tapis. Ses pensées remontèrent jusqu'à ce jour d'été. Sophie gardait la petite fille d'une amie pendant son séjour à la maternité. La fillette s'ennuyait, elle réclamait sans arrêt ses parents et son petit frère. Ce jour-là, Sophie avait décidé de faire une promenade et un pique-nique sur la plage. C'est en longeant les boutiques qu'elle avait acheté la bouée, et elle avait choisi une tortue, sans tenir compte de l'avis de la petite Mélanie, qui préférait un canard. En arrivant sur la plage de sable blanc, ils avaient rejoint une petite crique épargnée par le vent. Sophie aimait tant ce lieu tourné vers le large, cette mer tranquille où ne manquait pas une vague. Comme de brèves caresses, l'eau recouvrait le sable avant de se retirer. Vincent revoyait toute la scène. Tandis qu'il sortait le jambon et les tomates de la glacière portative, Sophie avait voulu gonfler la bouée. Elle n'y arrivait pas et s'était énervée. Il n'avait pas proposé de l'aider. Il la connaissait, si elle avait décidé qu'elle pouvait le faire, rien ne l'en empêcherait ! Cela avait pris un certain temps, mais elle avait rebouché la valve avec un petit sourire triomphant. Si seulement ses souvenirs avaient pu s'arrêter là, à l'image de Sophie rayonnante au milieu des vagues, guidant la fillette, ceinturée de sa tortue. Mais il y en avait tant d'autres qui ne l'avaient plus laissé en paix depuis cette matinée d'été sur la plage. Le surlendemain, Mélanie était rentrée chez elle, et la bouée était restée dans un placard. Il l'avait retrouvée après le décès de Sophie, il n'avait jamais pu se résoudre à la dégonfler ! La tortue aux écailles vertes et bleues portait le souffle de Sophie en elle. Les toutes dernières traces de sa vie.

Vincent ouvrit la fenêtre qui donnait sur le parc, s'assit en tailleur sur le tapis et prit la bouée entre ses bras. Cette douleur éprouvée pendant toutes ces années, c'était de l'amour. Mais le poids était devenu trop lourd à porter. C'était fini. Elle était morte. Il devait la laisser s'en aller, maintenant. Il retira la valve de la bouée. Le dernier souffle de Sophie s'échappa doucement et se répandit dans l'air frais de la chambre vide.

Les jours défilaient rapidement. La convocation devant le conseil des prud'hommes se déroula ainsi que Camille l'avait prévu. Les Palets bretons en la personne de Valand furent condamnés à verser d'importantes indemnités d'invalidité à Christophe Durieu. La plus grosse part serait prise en charge par la responsabilité civile de l'entreprise.

— Pour le solde, je vais me débrouiller, expliqua Yves à Camille, Emilie m'a proposé de prendre une hypothèque sur la petite maison de famille qu'elle a héritée de ses parents. Je pourrai la rembourser, l'activité des Palets bretons est saine, je pense.

— Je le pense aussi, et je vais faire tout mon possible pour concrétiser votre association avec Monez.

— Je sais que vous faites tout votre possible, Camille, je ne vous remercierai jamais assez de votre aide.

Ils évoquèrent la confrontation chez le juge d'instruction, fixée au mardi suivant. Dans le courant de la matinée, Emilie Valand appela Camille et l'invita à dîner.

— J'ai également invité Bernard Grant et son épouse.

Camille accepta l'invitation avec une petite réserve :

— Il n'est pas question de parler du rendez-vous de mardi prochain chez le juge. Votre mari a besoin de se détendre.

— Je suis bien d'accord avec vous, et nous ne serons pas trop de deux pour lui faire entendre raison !

Tout compte fait, Camille passa une bonne soirée. Emilie était vraiment une jeune femme charmante et une cuisinière hors pair, Pierre et Gaël Valand un brin effrontés, juste ce qu'il fallait pour en faire des enfants adorables.

Il était 23 heures passées lorsque Camille regagna son domicile. Il n'y avait plus de place libre à proximité, elle se gara plus loin et descendit la rue à pied. En marchant elle eut l'impression d'être observée et se retourna brusquement. Mais il n'y avait personne dans la rue. Elle attendit quelques secondes, se retourna une seconde fois et finit par penser qu'elle était en train de se faire un film dans sa tête. En entrant, elle ouvrit la boîte aux lettres, en retira des enveloppes et des prospectus. Tout au fond, elle découvrit un petit paquet rectangulaire enveloppé de papier kraft. Elle vérifia l'adresse, il lui était bien destiné mais ne comportait aucune référence d'expéditeur.

Camille prit le temps d'ôter sa veste, elle troqua ses escarpins contre une paire de sandales à talons plats et se dirigea vers la cuisine. Elle avait refusé le café qu'Emilie lui avait proposé et s'était contentée d'une tisane. Sans tenir compte du regard étonné de Bernard, qui l'avait vue ingurgiter des litres de café depuis son arrivée à l'usine. Pour l'heure, elle fixait la cafetière et le sachet de capsules sur le plan de travail. Que n'aurait-elle donné pour une petite dose de caféine ! Elle sortit la brique de lait du réfrigérateur, emplit une tasse qu'elle glissa dans le four à micro-ondes. Elle but une gorgée de lait et se réchauffa les doigts autour de la tasse.

Puis elle prit un couteau et revint dans le séjour, où elle entreprit d'ouvrir le paquet. Ce qu'elle vit la plongea dans un effroi indescriptible ! Son mouvement de recul fut si violent qu'elle bouscula la tasse, et du lait se répandit sur le tapis. Etendue sur un lit de mousse synthétique reposait une poupée mannequin habillée d'une robe d'avocate. La tête était séparée du corps. Le souffle devenu court, le visage en feu, Camille eut l'impression que son cœur cessait de battre. Elle sentit la moiteur se former au creux de sa nuque et d'un geste brutal, irréfléchi, elle posa les mains sur son ventre. Qui était le salaud à l'origine de cette sinistre plaisanterie ? Etait-ce vraiment une plaisanterie ou bien la menaçait-on de mort ? Elle pensa au délégué Maubec, au mari de Roseline... et pourquoi pas Denis ? Il fallait réellement lui en vouloir pour échafauder un plan aussi tordu !

La peur panique laissa bientôt la place à un irrépressible besoin d'agir. Ses jambes encore flageolantes la portèrent jusqu'au fauteuil, où elle se recroquevilla, ses bras enserrant ses genoux repliés contre sa poitrine. La tête inclinée sur le côté, elle s'efforça de respirer profondément et de réfléchir. Elle devait reprendre ses esprits. Elle fut tentée d'appeler Vincent, mais elle s'était promis de respecter son silence. Il lui avait demandé du temps... En l'occurrence, elle n'en avait pas.

Au bout d'un moment, elle se leva, épongea le lait renversé sur le tapis et en fit chauffer une autre tasse. Elle brancha son ordinateur portable et consulta les horaires d'ouverture de la préfecture et les vols au départ de Nantes. Puis, en dépit de l'heure avancée, elle composa un numéro de téléphone à Toulouse.

29

Après plusieurs tentatives infructueuses, Vincent s'inquiéta. Camille ne répondait plus à ses appels, ni à ses messages. Il jeta un coup d'œil à sa montre : 21 heures passées, elle devait être rentrée maintenant. Il se rendit chez elle, découvrit la maison plongée dans l'obscurité, le volet de sécurité fermé. Et devant la porte close il fut saisi d'une brusque appréhension. Qu'est-ce que cela voulait dire ? Fou d'inquiétude, il se précipita chez Odile. Il était tard, la vieille dame était déjà couchée. Elle se leva, regarda prudemment par la fenêtre du premier étage et lorsqu'elle vit Vincent planté devant sa porte, elle se décida enfin à descendre.

— Camille ? Mais elle est partie à Toulouse.

Vincent devint livide.

— A Toulouse ? Elle est repartie… elle a déménagé ?

— Non, enfin pas encore. Elle m'a dit qu'elle avait certaines démarches à effectuer qui nécessitaient qu'elle reste sur place deux ou trois jours.

— Quand rentre-t-elle ?

— Je ne sais pas, Vincent, elle doit me prévenir... Que se passe-t-il, ça ne va pas ?

— Si, merci, Odile, je suis désolé de vous avoir dérangée à pareille heure, j'ai dû vous faire peur.

La vieille dame sourit.

— Ne vous tourmentez pas, elle va revenir.

Vincent rentra chez lui. Mais avait-il encore un chez-lui ? Il s'était si longtemps égaré entre les deux maisons qu'il se sentait complètement perdu. Il donna des croquettes à Surcouf, vérifia sa gamelle d'eau et gagna son bureau. Camille était partie à Toulouse, et même si Odile lui avait assuré que ce n'était pas définitif, il n'en demeurait pas moins troublé. Elle ne l'avait pas averti de son départ et il ne cessait de s'accabler de reproches en des termes qu'il ne trouvait pas assez durs. Il fit une nouvelle tentative pour la joindre, laissa encore un message et attendit. Le téléphone resta muet. Pourquoi l'avait-il laissée aussi longtemps sans nouvelles ? Quel crétin ! Il aurait dû lui expliquer que durant ces deux semaines il avait seulement voulu l'épargner, la tenir à l'écart de l'épreuve qu'il traversait.

Il se prépara une grande tasse de café, s'installa sur le canapé et laissa filer les heures dans l'attente d'une sonnerie qui ne retentit pas. Il dut s'assoupir cependant car le signal de sa messagerie le tira de son état comateux. Il regarda l'heure, à peine 6 heures du matin. Camille lui avait écrit quelques mots, elle rentrait ce soir même à Douarnenez.

Camille avait terminé les différentes démarches qui l'avaient conduite à Toulouse. Son vol était prévu le lendemain matin, avec une courte escale à Bordeaux. Elle avait pris rendez-vous avec son professeur de droit pénal, aujourd'hui à la retraite. Elle avait une foule de questions à lui poser et ne doutait pas un seul instant qu'il détienne la plupart des réponses.

Elle dîna rapidement, mais avant de rejoindre son hôtel elle reprit sa voiture de location et se dirigea vers le centre-ville. Elle gagna le quartier où elle résidait, s'arrêta devant sa maison. Il n'était pas encore 19 heures et le soir tombait déjà. Elle entrouvrit la vitre et écouta le bruit de l'avenue toute proche, où les voitures ronronnaient. Un chien dont elle avait du mal à définir la race gambadait dans son jardin. Elle vit la silhouette de Denis se détacher devant la fenêtre éclairée de la salle à manger, très vite rejointe par celle des enfants. Soudain la porte s'ouvrit et Sabine héla son chien.

Camille fut surprise de n'éprouver aucune émotion, pas plus que lorsqu'elle s'était arrêtée quelques instants devant le palais de justice de Toulouse, juste le temps de fixer les marches… Pour la première fois elle éprouva une impression de déracinement. Comme si le lien affectif entre elle et cette demeure était rompu. Elle boucla sa ceinture, appuya sur la touche du contact et regagna son hôtel.

Le lendemain, elle prit la direction de l'aéroport de Blagnac et, après avoir restitué la voiture de location, elle acheta des revues et un sachet de bonbons à la menthe. Le voyage de retour fut pénible, l'avion traversa des zones de turbulences. A chaque trou d'air, certains passagers poussaient des exclamations et Camille sentait venir un début de nausée.

Elle atterrit à Nantes, récupéra sa voiture et rentra à Douarnenez. Vincent lui avait envoyé un nouveau message, il l'attendait avec impatience. En effet, à peine fut-elle garée devant sa porte qu'il se précipita, la serra dans ses bras jusqu'à lui couper le souffle et l'embrassa tendrement.

— Camille, je suis tellement désolé de t'avoir laissée sans nouvelles. Si tu savais comme j'ai eu peur que tu sois partie définitivement. Je ne me le serais jamais pardonné ! J'ai vécu une période difficile, ce n'était pas simple... Et toi, tout va bien ?

— Oui, mais je suis vidée ! C'est bien, les vols low cost, mais ce n'est pas très confortable.

— Justement, je voulais te proposer d'aller dîner quelque part.

La perspective d'un long repas n'enchantait guère Camille et elle fut tentée de refuser.

— Un petit coin tranquille et sympa, insista Vincent, tu pourrais te détendre.

Camille prit sur elle et accepta :

— Je voudrais prendre une douche avant, on se retrouve dans une heure ?

— D'accord, je m'occupe de Surcouf en t'attendant.

Vincent avait réservé une table dans un restaurant sur le vieux port, face à la mer. La salle était presque vide, ils choisirent un endroit discret près de la cheminée où crépitait un joli feu. Vincent aida Camille à retirer son imperméable. Dessous, elle portait une robe noire mi-longue qui épousait les lignes souples de son corps. Dès qu'ils furent installés, la serveuse leur proposa de prendre un apéritif. Vincent suggéra du champagne, mais Camille refusa et demanda un jus d'orange. Il se rembrunit et, masquant sa surprise, commanda un porto. Lui en voulait-elle au point de refuser de trinquer avec lui ? Il la regarda attentivement. Elle avait mis un peu de mascara et de brillant à lèvres, nonobstant il lui trouva une mauvaise mine, les traits tirés, le teint terni de petites taches. Et pourtant, chacune de ces imperfections la rendait plus séduisante.

Camille but quelques gorgées de jus de fruit. Vincent s'était penché vers elle en lui prenant la main par-dessus la table. Il était si proche d'elle soudain, elle trouva cela plaisant et réconfortant. Mais il paraissait soucieux.

— Tout s'est bien passé, à Toulouse ? demanda-t-il en cédant enfin à son impatience d'en savoir un peu plus.

Camille expliqua qu'elle avait besoin de récupérer des papiers au greffe, elle devait réactualiser certains documents et elle évoqua longuement le cas de Roseline Dupin. Elle ouvrait la bouche pour lui parler du colis déposé dans sa boîte aux lettres, de la poupée décapitée. Mais, obéissant à son instinct, elle se tut. Il l'inciterait à porter plainte, à multiplier les mesures de sécurité… Elle n'avait pas envie de discourir de tout cela maintenant. Elle était persuadée d'avoir fait ce qu'il fallait. Et ce n'était pas ce soir non plus qu'elle lui parlerait du bébé. Elle était vidée.

— Alors tu vas renouer avec ton ancien métier, c'est définitif ? demanda Vincent.

— C'est mon métier, je suis toujours avocate. Le cas de Roseline Dupin ne me pose pas de problème, les divorces difficiles, c'est mon domaine de prédilection. En revanche, défendre Yves mardi prochain sera tout à fait nouveau. Un vrai défi !

— Je suis sûr que tu réussiras !

La confiance qu'il plaçait en elle l'émut et elle sourit.

— Merci !

La serveuse prit leur commande, un carpaccio de langoustines pour Vincent, de la raie pochée pour Camille, et ils tombèrent d'accord sur de la salade verte en accompagnement. Camille jouait discrètement avec ses couverts en gardant le silence. Puis elle contempla le port illuminé à travers la baie. La mer n'était plus qu'une masse houleuse, d'un gris tirant sur le brun, que le vent projetait contre les rochers. Elle avait dit ce qu'elle avait à dire, c'était à Vincent de parler, maintenant. Il mit un certain temps avant de se lancer.

— Je n'ai pas pu te parler plus tôt, c'était trop dur.

Il décrivit dans le moindre détail ce qu'il avait fait pendant ces deux interminables semaines.

— Le moment était venu, dit-il, je devais faire tout cela. Et après ce grand nettoyage je vais contacter un artisan pour remplacer les peintures et les tapisseries.

Il n'osa pas lui demander si elle voulait bien l'aider à choisir cette nouvelle décoration, et il ne lui parla pas non plus de la petite bouée-tortue. C'était l'ultime secret qu'il partagerait avec Sophie. Il l'avait tant aimée… et sans doute l'aimerait-il toujours un peu, elle qui n'avait fait qu'une brève apparition dans sa vie !

Il proposa à Camille de commander du vin blanc avec son poisson, mais elle refusa. Elle semblait distraite, tout à coup, puis il comprit qu'elle était simplement épuisée.

— Camille, tu ne penses pas qu'il est temps de parler de nous, maintenant ? Que comptes-tu faire ?

— A quel propos ?

— Ton travail, et tout le reste.

La serveuse arriva avec leur commande et posa les assiettes fumantes devant eux. La jeune fille partie, Vincent ne résista pas au plaisir de goûter aux langoustines et les accompagna d'une bouchée de délicieux pain noir. Puis il reposa les couverts sur le bord de son assiette, planta son regard dans celui de Camille.

— Il y a quelque chose que je n'ai pas dit depuis une éternité : je t'aime ! C'est merveilleux, non ?

Camille goûta le poisson. Finalement, ce voyage à Toulouse lui avait été bénéfique. Elle se sentait la force de regarder ses sentiments en face, elle devait les accepter, quels qu'ils soient, et avancer. En compagnie de Vincent, sa vie perdait ses contours flous, ses approximations. Elle comprit soudain qu'elle l'aimait aussi, au-delà de ses doutes, des luttes intérieures qu'elle affrontait depuis si longtemps.

— Sais-tu ce qui est encore plus merveilleux ? demanda-t-elle. Dire *je t'aime* quand on ne l'a jamais dit à personne.

Il sourit. Ils trinquèrent, muscadet contre Perrier-citron, les verres se rencontrèrent, leurs bouches aussi.

— Camille, si tu dois rentrer à Toulouse pour reprendre ta place dans ton cabinet, je demanderai ma mutation.

— Vraiment, tu ferais cela ? Tu tiens à ce que nous vivions officiellement ensemble ?

— Pas toi ? Et n'est-ce pas un peu ce que nous faisons déjà ?

Sur l'instant, Camille ne trouva rien à répondre. La tentation de lui parler de l'enfant qu'elle attendait lui revint furtivement à l'esprit. Mais une alerte résonna dans sa tête, lui conseillant de se taire, d'attendre, de cacher encore un peu ce bouleversement unique, merveilleux, qui s'opérait doucement en elle.

— Tu ne dis rien ? demanda Vincent. Tu n'es pas d'accord ?

— Si, mais c'est un peu rapide. Et si nous nous accordions un peu de temps ? Au moins jusqu'à la fin de l'année, que j'y voie un peu plus clair dans mon travail.

— Si tu veux, mais je te jure que je vais t'en parler tous les jours !

Ils éclatèrent d'un même rire. La serveuse leur proposa la carte des desserts, mais Vincent déclara qu'il se contenterait d'un café. Camille préféra une tisane pomme-cannelle.

Plus tard, ils se retrouvèrent chez Camille et ils firent l'amour comme si c'était la première fois. Camille se laissa absorber dans le plaisir partagé, elle se sentit grisée, puis tranquille. Et ils restèrent étendus dans l'obscurité, immobiles, liés par le silence apaisant qui les entourait et que ni l'un ni l'autre ne voulait rompre. Vincent finit par s'assoupir avec l'impression troublante que Camille ne lui avait pas tout dit. Il avait décelé de légères hésitations, suffisantes pour qu'il en déduise qu'elle lui taisait quelque chose.

Camille resta longtemps éveillée, le bras de Vincent posé sur son ventre. Elle se demandait ce qu'il allait advenir d'eux, où des moments de bonheur comme cette nuit les conduiraient, et elle n'en avait pas la moindre idée. En se réfugiant à Douarnenez, elle n'avait pas imaginé qu'elle quitterait Denis, qu'elle tomberait amoureuse d'un autre homme et, moins encore, qu'elle attendrait un enfant de lui… Comment aurait-elle pu deviner qu'elle reprendrait son métier d'avocate dans un contexte aussi différent ! Vincent voulait qu'ils vivent ensemble. N'était-il pas la plus merveilleuse occasion de refaire sa vie ? Si tant est qu'elle ait eu une vie avant ? « Peu importe l'endroit, avait-il dit, ici, à Toulouse… »

Mais là-bas, tapie dans l'ombre face à sa maison, elle avait compris qu'elle ne s'y sentirait plus chez elle désormais. C'est ici, en Bretagne, qu'elle avait trouvé une certaine sérénité, dans ce pays rigoureux, solide et généreux. Et elle s'était sentie en sécurité parmi ces maisons de granit aux toits d'ardoise, ces plages à l'infini et ces rochers auxquels se retenir pour ne pas sombrer dans ses propres sables mouvants.

Oui, elle s'était sentie en paix ici… jusqu'à la découverte du colis dans sa boîte aux lettres et cette désagréable impression d'être suivie, épiée.

30

Le jour de la confrontation arriva enfin. Camille avait donné rendez-vous à Yves au palais de justice de Quimper, quai de l'Odet, vingt minutes avant l'heure fixée par le juge. Le délégué des PME et Bernard Grant l'accompagnaient, et ils furent bientôt rejoints par les trois témoins que Camille avait préparés à cette confrontation. Ils s'installèrent dans le couloir, près du cabinet du juge. Quelques minutes s'écoulèrent et Mme Durieu arriva en compagnie de son avocat, du délégué syndical Maubec et de deux employés des Palets bretons que Maubec avait convaincus de témoigner. Ils s'arrêtèrent un peu plus loin, mais la porte du cabinet du juge s'ouvrit presque aussitôt et le greffier pria les parties d'entrer, ainsi que leurs conseillers et les délégués. La pièce aux murs garnis de meubles de rangement, d'étagères croulant sous les dossiers et les livres, était éclairée d'une seule fenêtre et de plusieurs lampes posées de-ci de-là. Derrière un large bureau recouvert de cuir brun, aux pieds ouvragés, se tenait un bel homme dans la cinquantaine, aux cheveux poivre et sel taillés en brosse. Il dévisagea chacun des protagonistes, les pria de prendre place et chaussa ses lunettes.

Le greffier rappela les faits et donna la parole au plaignant. L'avocat de Mme Durieu évoqua les manquements aux règles essentielles de sécurité.

— En effet, monsieur le juge, M. Valand est aujourd'hui accusé de défaut de prévention pour n'avoir pas su empêcher mon client de se mettre en danger.

Camille écoutait son confrère, prête à relever les accusations. Elle avait soigneusement préparé ses arguments, trié le bon grain de l'ivraie – dixit son ancien prof de droit pénal –, séparé l'essentiel du détail pour éviter d'interminables circonlocutions. Elle se sentait parfaitement à l'aise. A présent, elle n'était plus l'avocate tueuse de maris. Un article était paru dans *Le Midi libre*, où les vraies raisons du suicide d'Alain Delmas étaient largement commentées. Quelqu'un s'était procuré un exemplaire du journal, avait photocopié l'article et l'avait abondamment placardé dans l'usine. Camille soupçonnait Bernard Grant d'être à l'origine de cette petite manœuvre.

L'avocat de Durieu parlait toujours :

— … et même s'il n'est pas directement responsable du dommage, c'est au chef d'entreprise que revient…

Soudain, une marche militaire retentit dans le cabinet. Le juge d'instruction fusilla l'assemblée du regard et s'arrêta sur le délégué Maubec, qui se dépêcha de sortir son téléphone de sa poche avec un piteux geste d'excuse. Camille se félicita d'avoir invité Yves et le délégué des PME à mettre leur téléphone sur mode silencieux avant d'entrer.

— ... c'est au chef d'entreprise, reprit l'avocat, que revient l'obligation de veiller à la stricte application des règles de sécurité. M. Valand n'a pas respecté ces règles qui, je vous le rappelle, sont rigoureusement définies par le Code du travail...

— Inutile de me le rappeler, maître, coupa le juge, je le sais.

Puis il donna la parole à Camille. Elle ne pensa pas une seule seconde que cela faisait des mois qu'elle ne s'était pas retrouvée en face d'un juge, un client à ses côtés. Avec un léger frisson d'excitation, elle commença par formuler des vœux pour la guérison de Christophe Durieu et ne manqua pas de redire à son épouse combien son client compatissait à l'épreuve qu'elle devait affronter. Puis elle rappela la tempête et les ravages qu'elle avait causés dans la baie de Douarnenez, les dégâts dans toute la ville, avant d'aborder le cas des Palets bretons, l'affolement général, l'accident de la route qui avait retardé l'intervention des secours. Pour finir, elle relata le contexte de l'initiative de Christophe Durieu.

— Sur l'instant, il a seulement cherché à pallier le retard des pompiers en essayant de protéger l'empaqueteuse, et c'est tout à son honneur. Mais comment en imputer la responsabilité à mon client, qui se battait au téléphone pour obtenir de l'aide quand cet épouvantable accident est survenu ? Mon confrère présente son accusation comme si mon client avait été informé des risques que prenait M. Durieu et qu'il l'avait laissé faire… ce qui est faux.

Avec juste ce qu'il y fallait de charme, elle prit une voix pathétique pour continuer :

— Puis-je porter à votre connaissance, monsieur le juge, que mon client a comparu devant le conseil des prud'hommes et qu'il ne conteste pas les indemnités auxquelles il a été condamné ? Il s'apprête à hypothéquer sa maison pour assurer la somme, qui ne sera pas couverte par la responsabilité civile de la société.

Conjointement au greffier, le juge prit quelques notes, posa des questions sur les dégâts dans les ateliers, le recours, ou non, au chômage technique. Puis il demanda aux parties de conclure avant qu'il auditionne les témoins.

L'avocat de la partie adverse résuma ce qu'il avait déjà dit et demanda le renvoi de l'affaire en correctionnelle. Quand vint le tour de Camille d'apporter ses conclusions, elle eut un de ses regards directs, accompagné d'un infime sourire.

— Dans une petite entreprise où on se côtoie tous les jours, où on travaille ensemble, où on s'entraide, un accident comme celui qui a frappé

M. Durieu, avec d'aussi terribles conséquences, est un drame familial.

Elle croisa le regard du juge, sentit que la confrontation tournait à son avantage, joua alors son ultime atout :

— En conclusion, monsieur le juge, je voudrais ajouter que mon client propose à Mme Durieu une place dans son entreprise... à temps complet, ou à temps partiel, comme elle voudra, selon sa disponibilité. Mais qu'elle sache bien qu'elle a un emploi assuré aussi longtemps que son mari sera dans l'incapacité de reprendre son poste.

Camille entendit un grognement dans son dos, le raclement d'une chaise sur le parquet. Elle était sûre que c'était Maubec qui bougeait. Sans doute s'en voulait-il de n'avoir pas envisagé cette solution pour aider la famille de son collègue blessé.

Ils se retirèrent et le greffier annonça l'audition des témoins, qui commencerait par ceux du plaignant. Camille échangea deux mots avec le greffier et rejoignit Valand et son groupe. En marchant le long du couloir, elle esquissa un sourire satisfait. Elle avait déroulé une plaidoirie pertinente, bien pensée. Le délégué des PME rapporta à Bernard Grant et aux autres témoins l'intervention de Camille, qu'il jugeait brillante.

— Je connais le juge, dit-il, j'ai déjà eu affaire à lui. Sa femme est à la tête d'une PME, il connaît l'entreprise. Je crois pouvoir dire qu'on se dirige vers le non-lieu.

Camille le pensait aussi, mais elle se garda bien d'être aussi catégorique. Du moins pour l'instant. Loïc applaudit le premier, les autres suivirent, mais Camille coupa court à cet enthousiasme prématuré et conseilla à Yves d'aller parler à Mme Durieu.

— Si son avocat vous laisse faire, prenez seulement des nouvelles de Christophe…

— Christophe va mieux, les informa Yves en revenant au bout d'une dizaine de minutes, son épouse a apprécié notre proposition d'emploi, son avocat un peu moins… et Maubec pas du tout ! Elle a dit qu'elle m'appellerait dans la semaine.

Ce fut au tour des témoins de la défense d'être entendus, et le délégué des PME se retira, non sans avoir renouvelé ses félicitations à Camille :

— Si vous voulez d'autres clients, faites-moi signe, je vous en trouverai !

Ils attendirent une demi-heure encore avant d'être à nouveau tous réunis.

— Et si nous allions prendre un verre ? suggéra Bernard Grant. C'est moi qui régale !

Ils se retrouvèrent dans un bar près du palais de justice. Grant voulut commander une bouteille de champagne, mais Camille se contenta d'un jus de pomme et leur rappela le bon vieux proverbe qui conseille de ne pas vendre la peau de l'ours… Puis elle prit congé.

Elle résista à l'envie d'accélérer le pas ou de se mettre à courir pour rejoindre sa voiture sur le parking. Cette confrontation lui avait fait mesurer combien elle avait aimé se retrouver dans ce rôle d'avocate, combien elle était faite pour élaborer des défenses, les argumenter. Si un jour elle décidait d'en faire à nouveau son métier, elle devrait juste choisir ses clients, définir ses combats, relever le défi de l'adversité, mais pour imposer ce en quoi elle croirait désormais, une certaine justice.

Elle quitta Quimper alors qu'une légère brume planait sur la ville. Sur la route qui menait à Douarnenez, la circulation était ralentie par un accident. Les voitures roulaient au pas, des klaxons retentissaient. Tout à coup, Camille dut freiner pour laisser passer un motocycliste qui avait coupé la route devant sa voiture.

Elle se concentra sur la circulation sans perdre le fil de ses réflexions. La lumière suave de ce début de soirée automnal s'éteignait doucement. Et pourtant tout était si lumineux dans son esprit, où ne subsistait plus aucune équivoque. Sa décision était prise, elle parlerait à Vincent ce soir. Il était temps de lui dévoiler l'autre face de son passé, la plus sombre sans doute. Il était temps aussi qu'elle lui annonce qu'elle attendait un enfant, leur enfant. Serait-il heureux, lui qui souhaitait partager sa vie ? Elle savait que ce ne serait pas facile, ils avaient l'un et l'autre une histoire douloureuse à assumer, et c'était certainement ce qui les avait rapprochés. Etait-ce suffisant pour décider de fonder une famille ? Tant d'incertitudes, de doutes, persistaient. Et pourtant, ce soir, elle avait envie d'emprunter un nouveau chemin, de croire à l'impossible.

Elle arriva enfin chez elle et se gara à l'autre bout de la rue. En marchant, elle sortit son téléphone et composa le numéro de Vincent. Soudain, sous le coup d'une épouvantable frayeur, elle serra le téléphone contre elle. Une silhouette avait brutalement émergé de derrière un arbre à quelques mètres d'elle. Elle se figea, son cœur s'emballa et elle se mit à trembler.

Bien sûr, la poupée décapitée, ce ne pouvait être que lui ! Cette cruauté lui correspondait si bien.

Son ex-mari s'avançait vers elle. Elle dut se dominer pour ne pas rebrousser chemin et se réfugier dans sa voiture.

31

Il marchait vers elle. C'était lui, Serge, son ex-mari. Il s'arrêta à quelques pas d'elle et lui adressa un sourire qui tenait plus de la grimace. Camille ne s'était pas préparée à un tel choc. Son regard bleu, glacé, était toujours le même, mais quelque chose avait changé chez lui. Il avait perdu de sa superbe, et son éternelle arrogance paraissait fissurée. Les années avaient dessiné des plis sur son visage, il avait les yeux bouffis, une barbe de plusieurs jours. Il était vêtu d'un pantalon marine, d'un pull blanc et d'un blouson de cuir. Camille ne l'avait jamais vu porter une tenue aussi commune. Où étaient passés ses costumes Armani, ses mocassins en cuir italien ?

— Bonsoir, Camille, tu as l'air en forme, je peux entrer ?

— Non ! Que fais-tu ici ?

— Ce serait trop long à expliquer, répliqua-t-il sur un ton cassant, et je suis sûr que tu n'as pas vraiment envie qu'on parle dehors, à moins que tu ne souhaites ameuter tes voisins.

D'autorité, il lui prit le bras et Camille n'eut d'autre choix que de sortir ses clés et d'ouvrir sa porte. Que pouvait-elle craindre, au fond ? Même si sa présence l'intriguait, elle n'avait plus rien à redouter de lui aujourd'hui. Alors pourquoi ce sentiment d'appréhension ? Ils entrèrent et Serge Maillard promena un regard méprisant autour de lui.

Comme mon père, il y a quelques semaines, pensa Camille.

Elle posa son sac et ses clés.

— Que veux-tu ? demanda-t-elle, passablement agacée.

— Un verre, d'abord !

Il avait repéré la bouteille de scotch sur le bahut du séjour ; il se servit une bonne rasade d'alcool dans un verre à jus de fruit avant de reprendre :

— Tu as vu ton père, récemment ?

— Ça ne te regarde pas.

— Inutile de mentir, je suis au courant, et justement, si, ça me regarde ! Je ne vais pas te laisser détruire tout ce que j'ai construit pendant toutes ces années où j'ai dû supporter ce vieux con et ses sempiternelles leçons !

La colère déformait ses traits et devant l'étonnement de Camille il s'écria :

— Ton père m'a viré du cabinet juridique et il m'a menacé de représailles si je m'avisais de revenir ! Que lui as-tu raconté, nom de Dieu ?

— La vérité sur notre séparation il y a six ans, répondit-elle, d'une voix aussi posée que possible.

— Quelle vérité ?

— A l'époque, j'avais fait établir des certificats médicaux pour coups et blessures après ma chute dans l'escalier, tu te souviens ? Cela m'a permis d'obtenir le divorce. Mais ce que tu ne savais pas, et mon père pas davantage, c'est que j'étais enceinte, et j'ai perdu le bébé. C'est ce que j'ai dit à mon père, quand il est venu me voir il y a quelques semaines.

Maillard pâlit et s'avança d'un pas.

— Sale garce ! Tu vas l'appeler et lui dire que tu as menti.

— Jamais, répondit-elle, glaciale, car ce n'est pas le cas !

— Je m'en fous, tu vas l'appeler et tout de suite ! Le ton était dur, aussi déterminé que la violence contenue dans son regard.

— Je te préviens...

La sonnerie de son téléphone l'interrompit. Il décrocha et Camille vit un rictus se dessiner sur son visage, qui lui rappela celui qui avait déformé ses traits au moment de la première gifle...

Tout allait trop vite dans sa tête. L'intarissable flux des images la ramenait à cette standardiste maladroite qui lui avait passé « la chambre de M. et Mme Maillard » alors qu'elle croyait son mari à un congrès d'avocats à Dieppe. Au retour de Serge avait éclaté une dispute, de plus en plus violente, jusqu'à la lutte… et brusquement, d'un coup de poing, il l'avait poussée dans l'escalier. Elle avait crié, trébuché, dégringolé sur une demi-douzaine de marches avant de réussir à se raccrocher à la rampe. Serge l'avait laissée, recroquevillée, les bras enserrant son ventre déchiré, et il était parti en claquant la porte. Elle avait compris immédiatement… Les contractions qui s'intensifiaient, la douleur de plus en plus violente, et très vite le sang ! Chaud, visqueux, ruisselant entre ses jambes, du sang partout sur sa robe, sur les marches de l'escalier. Elle avait appelé son frère et le médecin de famille. Jean-Luc avait accouru et il l'avait trouvée, tassée sur les marches de l'escalier. Il l'avait portée jusqu'à sa chambre, l'avait étendue sur le lit. Après l'avoir examinée, le médecin lui avait fait une piqûre antihémorragique avant d'organiser son entrée d'urgence à l'hôpital. Puis, à la demande de Camille, il avait établi un certificat médical. Jean-Luc l'avait accompagnée dans l'ambulance. Camille se rappelait : il avait consacré l'essentiel du trajet à la persuader de ne pas porter plainte, il en appelait à son sens des responsabilités, au scandale qui rejaillirait immanquablement sur leurs proches et sur le cabinet juridique de la famille. Elle avait cédé. Aux urgences, elle avait évoqué une chute accidentelle. Un voile obscur planait sur ce qui s'était passé quand les portes s'étaient refermées, la séparant de Jean-Luc. Elle s'était réveillée nauséeuse, dépossédée de cet enfant dont elle connaissait déjà le sexe, un petit garçon, lové au fond de son ventre depuis trois mois et demi. Cette période merveilleuse où l'on commence à penser à un prénom, au berceau, à la couleur de la layette. Elle avait choisi de n'en parler à personne, mais elle l'avait tant désiré, cet enfant ! Elle l'avait caché en elle durant des semaines comme un secret, comme un trésor qui n'appartenait qu'à elle. Et elle l'avait perdu... Ce sentiment d'injustice, ce grand froid intérieur ne l'avaient jamais quittée.

Elle avait tenu la promesse faite à son frère, elle n'avait rien dit à leur père, persuadée qu'il prendrait le parti de Serge : ils se ressemblaient tellement, ces deux-là ! Mais elle avait demandé le divorce en évoquant la liaison de Serge et les coups qu'il lui avait portés. Après une interminable bataille, il avait fini par accepter la séparation mais il l'avait menacée jusqu'à la sortie du palais de justice : « Ce n'est pas un adieu ! Tu choisis de ne plus être ma femme, mais tu ne seras jamais complètement séparée de moi, ne l'oublie pas ! »

Faisait-il allusion à leur travail en commun dans le cabinet familial ? Au fait qu'elle gardait son nom d'épouse pour exercer ? Quoi qu'il en soit, Camille avait quitté Strasbourg, son travail, ses proches et ses amis.

Serge Maillard raccrocha son téléphone et revint vers Camille. Il ne semblait guère disposé à lâcher prise.

— Tu te rends compte de ce que tu as fait en racontant ces conneries à ton père ?

— Mais oui ! Il aurait pu être grand-père d'un garçon… lui qui a toujours accordé tant d'importance aux mâles de la famille !

Elle revoyait l'ébahissement, puis la colère sur le visage de son père, en apprenant que son gendre avait provoqué la mort de son futur petit-fils.

— J'ai compris qu'il était en train de changer le regard qu'il avait toujours porté sur toi.

— Espèce de salope ! Tu as usurpé mon nom pour bosser… Tu as passé ta vie à faire chier les mecs, à leur extorquer du pognon… Non seulement tu vas appeler ton vieux, mais tu vas me rendre mon fric !

— Quel fric ?

— La bague de fiançailles et l'alliance de chez Cartier que je t'ai offertes… Ça m'a coûté la peau du cul ! Je suppose que tu les as gardées ? Je veux les récupérer. Prends ça comme une prestation compensatoire, ça existe dans les deux sens, tu sais ?

— Si tu savais comme je m'en fous, de tes bijoux, je vais te les rendre.

Camille se dirigea vers l'escalier, il la suivit, mais elle se retourna promptement.

— Je te défends de mettre un pied sur une seule marche ! Attends-moi ici, cela va prendre quelques minutes, je prépare un reçu que tu devras me signer.

Au premier étage, Camille sortit l'écrin du coffre de sa chambre, elle rédigea quelques mots sur son ordinateur portable et lança l'imprimante. En attendant l'impression, elle composa le numéro de Vincent, mais il ne répondit pas. Elle lui envoya un SMS.

En redescendant, elle trouva son ex-mari de nouveau suspendu au téléphone et elle devina qu'il parlait d'elle. Avec sa seconde femme, peut-être ? Elle constata que le niveau de la bouteille de whisky avait encore diminué. Elle lui tendit l'écrin qui contenait la bague de fiançailles.

— Et l'alliance ?

— Signe le reçu d'abord.

Elle lui tendit le document et un stylo.

— La confiance règne.

— Ça t'étonne ?

A son tour, il examina attentivement les bijoux.

— Ce sont bien ceux que tu m'as offerts, et crois-moi, ils sont comme neufs. Je ne les ai jamais portés.

Il rangea l'écrin dans la poche de sa veste et finit son verre.

— Maintenant, tu appelles ton père ! Et trouve quelque chose de plausible à lui dire. Ce vieux con est en train de me griller auprès de toute la profession…

— Ah bon ? Ce n'est plus le grand amour entre vous ?

— Arrête de te foutre de ma gueule, je suis dans la merde, d'accord ?

— Et ça devrait m'attendrir ? ironisa Camille.

Il lui prit le bras, la secoua en lui enfonçant son téléphone dans la poitrine. Malgré la rage qu'elle devinait dans son regard, Camille parvint à se dégager.

— Tu m'emmerdes, à la fin ! Je ne suis pas en meilleurs termes avec mon père aujourd'hui qu'avant sa visite.

Il lui empoigna le bras et de nouveau, il la secoua :

— Ce vieux salaud a osé me dire que tu étais une meilleure avocate que moi !

Camille ne put s'empêcher d'éclater de rire. Et elle n'eut pas le temps de voir venir la gifle. Elle en eut le souffle coupé et, folle de rage, elle lui rendit le coup. Les poings de son ex-mari s'abattirent sur son visage, sur ses épaules, en une cascade de coups. Elle eut l'impression que la pièce tournait sur elle-même et elle se raccrocha au canapé pour conserver son équilibre. Elle attrapa les verres sur la desserte et les uns après les autres les jeta à la tête de son ex-mari. Dans la lutte, des tasses, des vases volèrent à travers le séjour. Camille avait la joue en feu, elle pouvait sentir le sang couler. La bague… la chevalière aux arêtes coupantes, incrustée de diamants. Elle entendait encore le tintement des pierres sur le cristal du verre quand il buvait un cognac… La bague qui avait laissé une longue estafilade sur son visage, six ans plus tôt ! Tout recommençait. Un nouveau coup la fit tomber à genoux. Les bris de verre, de porcelaine, lui lacérèrent les jambes, restèrent collés à sa peau comme des épines. Son ventre se serra en un spasme douloureux, elle sentit venir le vide en elle, une sensation de froid. De violentes pulsations jaillirent à ses tempes et un sentiment plus puissant que la colère la gagna tout entière. Elle sentit quelque chose imploser dans sa poitrine, juste au niveau du cœur. Là où se tenait l'amour, mais aussi la haine ! Non ! Cela ne se reproduirait pas, il ne tuerait pas son enfant… pas cette fois !

Elle agrippa un vase qui se trouvait à portée de main et le lança à la tête de son ex-mari. Il fit un écart pour l'éviter, et Camille se rua sur le tiroir de la desserte. Elle en sortit un revolver, l'arma et visa.

32

— Déconne pas ! Pose ça tout de suite…

Serge Maillard recula et Camille s'avança… Une fois déjà, elle avait compris qu'on pouvait avoir envie de tuer son conjoint. A présent, elle le tenait en joue et elle découvrait la terreur dans ses yeux. Son doigt restait crispé sur la gâchette tandis que ses pensées remontaient jusqu'au moment où elle s'était réveillée dans une chambre d'hôpital, le ventre vide. Son enfant si peu né et pourtant toujours si vivant. Un petit être en devenir, apparu comme une éclipse, qui lui aurait ressemblé, peut-être, et qui resterait à jamais un mystère. Sa vie était devenue un désert, dans lequel elle s'était perdue.

Serge Maillard essaya de gagner la porte.

— Ça va ! Tu as gagné, je fous le camp…

Camille tira une première fois. La balle frôla Serge, se logea dans le mur.

— Ne bouge pas ! hurla-t-elle.

Soudain, la porte s'ouvrit sur Vincent. Il jeta un regard atterré en direction de Camille, vit l'arme dans ses mains. Il comprit ce qu'elle s'apprêtait à faire.

— Camille, du calme, tout va bien, je suis là.

Il s'avança lentement vers elle et d'un geste précis lui prit le revolver avant de se tourner vers l'inconnu qui avait déjà franchi les quelques pas le séparant de la sortie.

— Pas si vite ! s'écria Vincent. Qui êtes-vous ?

— L'ex-mari de cette folle ! Je peux y aller, maintenant ?

En voyant l'arme de nouveau pointée sur lui, Serge Maillard s'arrêta aussitôt.

— Que s'est-il passé ici ? demanda Vincent en désignant le désordre dans le séjour.

— Je t'expliquerai, dit Camille, déjà calmée.

Le regard de Vincent s'attarda sur son œil tuméfié, la vilaine entaille sur sa joue.

— Explique-moi tout de suite, Camille !

— Elle est tombée, lança Maillard, ce n'est pas de ma faute si elle ne tient pas debout !...

Camille sentit la moutarde lui monter au nez.

— Espèce de pourriture, c'est toi qui bois et c'est moi qui ne tiens pas debout. Ce salopard m'a frappée. Mon père l'a viré du cabinet juridique et il m'en tient pour responsable.

— Et puis quoi...

— Ça suffit, coupa Vincent, j'appelle la gendarmerie.

Camille sut que ce n'était pas une bonne idée. Il y aurait tant de choses à raconter, tant d'événements passés à dévoiler au grand jour... C'était bien la dernière chose dont elle avait envie en ce moment.

— Ce n'est pas la peine.

Elle saisit son téléphone portable et prit des clichés de son ex-mari, du désordre dans la pièce.

— Demain matin, j'irai voir le médecin et je réclamerai un certificat médical. Avec tous les documents que je garde précieusement depuis six ans, y compris l'attestation de mon séjour à l'hôpital, j'ai de quoi t'envoyer en taule si tu réapparais dans ma vie. Et cette fois, mon frère ne m'empêchera pas de porter plainte. Prends tes saloperies de bijoux et tire-toi... Tout de suite !

Serge Maillard ne se le fit pas dire deux fois. Il décocha un mauvais regard à Camille et sortit en lançant :

— J'ai toujours pensé que tu n'étais qu'une pétasse !

La porte claqua bruyamment. Camille redressa les sièges, elle commença à ramasser les bris de verre, mais Vincent l'arrêta et lui tendit les bras. Elle avait le visage contusionné, les mains ensanglantées, des ecchymoses couvraient ses poignets et ses avant-bras.

— Veux-tu que j'appelle un médecin ? demanda Vincent.

— C'est gentil, mais je vais bien, ne t'inquiète pas. J'ai juste besoin de me rafraîchir un peu. Tu m'accordes un instant ?

Elle se rendit dans la salle de bains, se déshabilla et se glissa sous la douche. Elle laissa l'eau couler sur son corps meurtri, s'efforça de chasser toute cette angoisse qui l'étouffait. Soudain, à la place des hurlements de rage, les larmes qu'elle retenait depuis une éternité jaillirent au bord de ses paupières. Elle fit tout son possible pour les refouler, éteignit les robinets et enfila un peignoir. Puis elle prit une boîte de pansements et elle rejoignit Vincent, qui l'attendait en remettant de l'ordre dans le salon. Il l'obligea à s'asseoir.

— Tu vas enfin me dire ce qui s'est passé ?

Elle acquiesça d'un signe de tête, mais incapable de prononcer le moindre mot elle enfouit la tête au creux de son épaule et se laissa aller à pleurer.

— Pleure, murmura-t-il, ne te retiens pas, ma chérie… pleure !

Ce qu'elle fit longtemps, désespérément, avec des soubresauts, des hoquets. Vincent attendit qu'elle s'apaise. Puis il essuya ses larmes, l'embrassa et la serra plus fort encore contre lui avant de poser un pansement compressif sur la coupure qui entaillait sa joue.

— Tu veux un verre pour te remettre de tes émotions ?

— Non, merci, mais sers-toi.

Il versa un doigt d'alcool dans un verre, y ajouta de la glace et apporta un peu d'eau à Camille. Il s'installa près d'elle, but une gorgée, garda le silence. Elle comprit que le moment était venu. Elle ne pourrait plus se dispenser de certaines explications. Elle raconta le début de sa grossesse, dont elle n'avait parlé à personne, pas même à sa mère. Et la découverte de la liaison de Serge, l'énorme dispute qui avait dégénéré en bagarre, son transfert à l'hôpital, les urgences, sa fausse couche.

— A l'époque, je n'ai pas osé en informer mon père, j'étais tellement sûre qu'il prendrait le parti de mon mari… D'ailleurs c'est ce qu'il a fait quand j'ai demandé le divorce. Il a refusé de m'aider à trouver un avocat. Pire encore : chaque fois que je sollicitais l'aide d'un confrère, mon père intervenait pour le dissuader d'assurer ma défense. C'était sa façon de me faire comprendre qu'il refusait que je me sépare de Serge. Pour ma part, je savais que je ne pourrais plus vivre avec lui, non seulement à cause de sa liaison, des coups qu'il m'avait donnés, mais aussi de ma fausse couche, dont il était responsable.

Camille mesurait toute l'aversion que lui inspirait encore son ex-mari. Il l'avait blessée, trompée, il avait usurpé sa place au sein de sa propre famille. Et il avait tué son enfant.

— Alors j'ai réfléchi, poursuivit-elle, et j'ai décidé de me défendre seule. Le juge aux affaires familiales était une femme, ça a joué en ma faveur. Et j'ai remporté ma première affaire familiale, contre mon mari et mon père. Ce fut une révélation ! J'ai compris que cette branche du droit était faite pour moi. Après mon divorce, j'ai plaidé trois ou quatre affaires à Strasbourg, puis je suis venue m'installer à Toulouse.

Camille but quelques gorgées d'eau, elle aurait tout donné pour un verre de vin blanc ou, mieux encore, un cognac. Mais elle pensa au bébé. Dès le lendemain, elle prendrait rendez-vous chez un gynécologue. Elle avait un mal de tête carabiné, ses muscles l'élançaient dans tout le corps. Elle n'en dit rien à Vincent, inutile de l'alarmer, et il n'était toujours pas au courant pour le bébé.

— Après cela, reprit-elle, ma vie a changé. J'avais survécu, et j'ai cessé d'être une victime. J'ai appris à mener mes combats, et surtout à les gagner.

— Tu es merveilleuse, tu sais.

— Tu crois ? Ce n'est pas l'impression que je dois donner en ce moment !

Il éclata de rire en désignant l'impact de balle dans le mur.

— Je t'assure que tu n'es pas mal du tout ! Mais j'ignorais que tu étais armée... Faut-il que je me méfie, à l'avenir ?

— Je suis désolée, j'aurais dû te dire ce qui me tracassait depuis quelques jours.

Elle raconta la poupée décapitée, l'impression d'être épiée.

— Je n'ai pas osé te déranger, tu semblais tellement malheureux. Alors je me suis préparée au pire. J'ai fait une demande de port d'arme à la préfecture, et je suis allée à Toulouse. Le détective privé avec lequel j'ai toujours travaillé m'a procuré un revolver en quarante-huit heures. A mon retour, je suis allée à la gendarmerie, où j'ai déposé une plainte.

Vincent mesura sa part de responsabilité, il avait laissé Camille seule, et ce soir elle aurait pu tuer son ex-mari, ou être tuée.

— C'est moi qui suis désolé, ma chérie. Je te jure que tu n'auras plus jamais à affronter des épreuves toute seule, je serai là désormais. Et quelles que soient les blessures qui te hantent encore, tu pourras compter sur moi. Nous allons vivre ensemble, tu veux bien ?

Camille sentait les sanglots s'estomper, elle respirait mieux.

— Nous allons repartir de zéro, reprit-il, et avec nos histoires respectives, nos souffrances, je suis sûr que nous pourrons reconstruire une vie, bâtir un avenir. Désormais, il y aura toujours quelqu'un sur qui l'on pourra compter. Qu'en penses-tu, tu veux bien vivre avec moi ?

Il releva la mèche qui tombait sur son front, elle interrompit son geste, enveloppa sa main dans la sienne et la posa sur son ventre.

— J'ai encore quelque chose à te dire…

Epilogue

Deux semaines plus tard, Camille prenait l'avion à destination de Strasbourg. Elle avait décidé d'aider l'avocat de son neveu dans la procédure en appel. Son père l'avait appelée, l'avait remerciée, puis il lui avait passé sa mère. Camille avait été peu loquace. Elle donnerait son avis au confrère en charge du dossier, rien de plus. « Je resterai juste le temps qu'il faudra, avait-elle dit, et surtout épargnez-moi les réunions et les repas de famille. »

Dans le hall de l'aéroport de Nantes, Vincent l'avait longuement serrée dans ses bras.

« Appelle-moi, je veux avoir des nouvelles tous les jours ! avait-il dit, la main posée sur le ventre de Camille. Vous me manquez déjà, tous les deux ! »

Il n'avait pas réussi à dissimuler son inquiétude… il avait tellement peur qu'elle ne revienne pas.

« Et si tes proches te persuadaient de rester ?

— Ça n'arrivera pas, l'avait-elle rassuré. Il n'est pas question de retrouvailles, à peine un armistice. Il y a un trop mauvais karma, dans cette famille ! »

Camille se laissa aller contre le dosseret de son siège et ferma les yeux. C'était agréable de se remémorer ces deux dernières semaines. Elle avait rencontré un obstétricien qui lui avait affirmé que le bébé allait bien. Les nausées avaient cessé et, son énergie et son entrain retrouvés, elle avait couru les boutiques à la recherche de ses premières tenues de femme enceinte.

L'automne avait été clément jusqu'à présent. Mais avec l'arrivée de novembre, les matinées étaient brumeuses, les journées de plus en plus froides. Le soir, Vincent allumait le feu, et après dîner ils rapprochaient leurs fauteuils du foyer, et ils faisaient des projets… d'innombrables projets !

Camille avait décidé de continuer son travail aux Palets bretons pendant sa grossesse, tout en cherchant des clients en tant qu'avocate.

Le juge d'instruction avait rendu un non-lieu dans l'affaire Valand et le mari de Roseline avait été contraint d'accepter la mesure d'éloignement et la demande de divorce de son épouse. Depuis, Camille s'était vu confier deux affaires de divorce et la défense d'un artisan placé en redressement judiciaire. Elle envisageait sérieusement de monter son cabinet après la naissance du bébé.

Vincent avait suggéré qu'ils s'installent dans la grande maison et elle avait accepté. Fou de joie, il l'avait entraînée dans les magasins, chez les artisans, et ils avaient passé d'interminables heures à choisir la nouvelle décoration, à imaginer la chambre de leur enfant. Et ils parlaient de lui comme s'il était déjà là. Pendant l'échographie, Camille avait vu battre son cœur. A peine un petit frémissement, des images floues, c'était déroutant, c'était merveilleux... Une immense vague d'émotion l'avait bouleversée. Elle s'était sentie forte, libérée, follement heureuse. Elle savait que Vincent serait là quand le bébé bougerait pour la première fois, il lui tiendrait la main quand viendrait la première contraction.

La nuit précédente, elle avait passé de longues heures dans ses bras. Il lui avait fait l'amour comme on offre la vie, elle avait desserré les poings, inspiré une immense bouffée d'air et expiré un cri. Et en même temps qu'un déchirant bonheur elle avait ressenti une douloureuse envie de rire et de pleurer.

L'hôtesse s'avança et proposa des boissons. Camille prit un thé, et la jeune femme lui offrit du sucre :

— J'ai également du faux, si vous préférez...

Camille choisit un petit morceau de sucre roux. Et elle se mit à chercher tous les synonymes de faux : artificiel, chimérique, contrefait, fallacieux...

Comme toutes ces années perdues, pensa-t-elle.

Pourquoi ne pas reconnaître qu'elle avait vécu avec un homme père de deux enfants par peur de tomber de nouveau enceinte ? Elle avait défendu des femmes en instance de divorce, sans discernement, uniquement mue par un obscur désir de vengeance à l'égard des hommes. Durant toutes ces années, sa vie avait été une imposture. Elle avait refusé de voir l'essentiel, négligé sa capacité d'aimer. Mais elle avait tant appris au cours de ces derniers mois ! Elle s'était affranchie d'un passé difficile et tout était différent aujourd'hui. Débarrassée de ses frayeurs, elle avait compris que c'étaient ses propres colères, ses révoltes, qu'elle redoutait le plus. Elle saurait défendre ses clients mieux qu'elle ne l'avait jamais fait en laissant son histoire derrière elle et en reportant toute son attention sur la personne qui lui confiait son avenir.

Camille but son thé à petites gorgées. Puis elle pêcha son téléphonc dans son sac. Vincent lui avait déjà envoyé deux messages.

Tu me manques aussi, répondit-elle, *j'ai hâte de rentrer.*

Puis avec un léger sourire elle ajouta :

Garde le piano dans la maison, mon cœur. Qui sait ? Et si notre enfant devenait un grand virtuose ?

Vous souhaitez en savoir plus sur les livres et les auteurs de la collection Terres de France ?

Retrouvez toutes les informations sur le site
www.collection-terresdefrance.fr
et abonnez-vous à notre lettre d'information.

Suivez-nous également sur notre page Facebook,
notre compte Twitter et Instagram.

Composition et mise en pages
Nord Compo à Villeneuve-d'Ascq

MIXTE
Papier
FSC FSC® C003309

Imprimé en France par EPAC Technologies
N° d'impression : 4550414335319
Dépôt légal : janvier 2020